女皇

측천무후

下

IMPÉRATRICE
by Shan Sa

Copyright ⓒ Editions Albin Michel, Paris, 2003
Korean Translation Copyright ⓒ HYUNDAE MUNHAK Co., Ltd 2003
All right reserved.
This Korean edition was published by arrangement with Editions Albin Michel(Paris)
through Bestun Korea Agency Co., Seoul

이 책의 한국어판 저작권은 베스툰 코리아 에이전시를 통해
저작권자와의 독점계약으로 ㈜현대문학에 있습니다.
저작권법에 의해 한국 내에서 보호를 받는 저작물이므로
무단전재와 무단복제를 금합니다.

女皇
Impératrice

샨사 장편소설
이상해 옮김

현대문학

● 일러두기
1. 중국 인명, 지명, 관직명, 행정기구 명칭은 원음으로 표기하지 않고, 모두 한자음으로 표기하였다.
2. 한자는 맨 앞에만 병기하고 이후 생략하였다. 단, 명확한 의미 전달이 필요한 경우 한자를 재병기하였다.
3. 주는 원주와 역주로 나누어 표기하였고, 원주는 맨 앞에만 원주 표기를 하고 이후 생략하였다.

일곱

고조 황제는 칼을 휘둘러 중국 땅을 정복했다. 이어 권좌에 오른 태종 황제는 황폐화된 나라의 상처를 감싸주었다. 나라를 세운 지 30년, 회복기에 든 우리 당 제국의 위대함은 깨지기 쉬운 것이었다. 당은 우리 손에 의해 전례 없는 번영을 누리거나 다시 빈곤 속으로 추락할 것이다. 당은 강력한 하나의 제국이 되든지 군소 왕국들로 쪼개지든지 할 것이다.

농경의 발달은 전 황제의 주 관심사였다. 우리도 그처럼 토지세를 꾸준히 내려나갔다. 방직 수공업은 두 강을 따라 빠른 속도로 번창해나갔다. 각 가정에 자극을 주기 위해 나는 황실 공원에서 누에고치를 키움으로써 모범을 보였다. 황제가 농사와 관련된 각종 의식을 직접 주재하며 풍년을 비는 동안, 나는 방직의 신이 우리에게 축복을 내려주도록 뽕나무잎을 따 모으는 지루한 행사들을 이끌어나갔다.

도자기와 비단을 구하기 위해 서양에서 온 대상隊商들이 우리 문명에 새로운 숨결을 불어넣었다. 그들의 복장이 일대 선풍을 일으켰다. 긴 소매에 천이 여러 겹으로 겹쳐진 내의를 칭칭 감고 다니는 데 싫증이 난 여자들은 소매가 좁은 당의와 풍성한 바지, 끝이 뻣뻣하고 위쪽으로 휘어진 불편한 신발에서 그들의 발을 해방시켜준 가죽장화를 더욱 선호했다. 현기증을 일으킬 정도로 높은 전통적 쪽찐 머리는 한 번 손을 보려면 여러 시간의 작업이 필요했고, 무게 또한 만만치 않아 편하게 이동할 수가 없었다. 사막 여인들의 단순한 머리 모양, 온갖 멋을 부릴 수 있고 가벼운, 그들의 펠트 모자는 우리 여자들을 남자들처럼 편하게 거동할 수 있게 해주었다.

이국적 향신료와 낯선 요리에 대한 관심은 나날이 높아만 갔다. 서양 왕국들의 가구가 낙타 등에 실려 중국 땅으로 들어왔다. 키가 높은 의자와 탁자, 발이 달린 침대가 우리의 무릎을 펴주었고, 우리 일상에 편안함을 제공했다. 대대로 전수된 우리의 예술은 제약, 순수, 그리고 형이상학적이고 추상적 관념을 중시했다. 이러한 본질의 탐구는 감각적인 열기와 심적인 충동을 철저히 무시했다. 오아시스의 음악은 충동적인 박자, 선정적인 가락의 힘으로 우리를 매료시켰다. 느림과 의식적인 동작 속에 고정되어 있는 중국 춤과는 너무나 다른, 소용돌이치는 그들의 춤은 우리에게 자발성의 아름다움을 보여주었고, 현인들에 의해 그토록 오랫동안 무시되어온 관능과 화해시켰다.

우리 황실 군대가 고비사막에서 순찰을 돌며 비단길을 보호했다. 여행객들의 편의를 위해 만리장성 안에 여관들이 지어졌다. 나는 장안에 외국과 중국의 학자들이 지식을 전하고, 역관을 양성하며, 세상의 모든 언어로 된 사전을 편찬하는 교류의 장소인 여러 개의 문관文館을 열었다.

관리들은 생전 듣지도 보지도 못한 우상들에게 바쳐지는 사원의 수가 점점 늘어나고 있다며 불평을 늘어놓았다. 나는 그 쓸데없는 걱정을 무시했다. 부처는 본래 서쪽에서 들어온 신이었다. 불교신앙이 활짝 피어났다고 해서 우리가 태초부터 섬겨온 신들의 영광이 퇴색된 적은 한 번도 없었다. 각 종교는 신자들로 하여금 삶의 거짓을 베게 해주는 칼날이 되어주었다. 나는 내 백성들에게 그들 마음에 드는 도구를 골라보라고 독려했다.

나에게 있어서 타지에서 들어온 문화에 대한 한 나라의 열광은 자신과 다른 모든 것을 흡수할 능력이 있는 위대한 문명의 표현이었다. 그 새로운 부와 천 년을 이어 대대로 내려온 풍부한 유산은 중국을 국경 너머로, 그 광채를 발하는 태양의 제국으로 만들어놓았다. 머나먼 왕국들은 행복이 약속된 도시를 꿈꾸듯 장안을 꿈꾸었다. 조정사관들에 의해 왕조와 왕조를 이어내려온 우리의 역사는 인간이 다양한 사상과 성찰들을 길어올릴 수 있는 넉넉한 샘이었다. 고상함에 대한 우리의 기준은 훌륭한 취향의 보편적 표준이 되었다. 서양의 왕들과 극동의 왕자들이 우리 조정에 학자들을 보내 정치, 사법, 행정, 군사조직, 의학, 문학, 예술과 건축을 연구하게 했다. 수많은 외국 수도들이 장안을 모델로 삼아 영감을 얻었고, 그들의 황궁은 우리 황궁의 축소본이었다. 세상에서 가장 많은 사람들이 사용하는 중국어는 다른 왕국들이 서로 소통하기 위해 사용하는 외교 언어가 되었다. 많은 나라에서 채택한 유교는 행동의 규범으로, 공식적인 교리로 사용되었다.

나는 황하와 장강 연안에 있는 도시들 사이의 무역을 장려했다. 끊임없이 도로망을 확충해 지방 간의 교역을 활성화시켰다. 하지만 내가 가장 선호한 운송수단은 수로였다. 40년의 세월이 흐른 후에도 물건을 산더미처럼 실은 그 거대한 범선들을 잊을 수 없었다. 나는 매년 수로를 하나씩 개통해 농지에 관개를 하는 동시에 강들을 서로 연결시켰다.

하늘 아래 가장 큰 상업도시 장안은 날로 번창했다. 낙양, 양주, 이주, 형주는 평민 출신의 상인들이 새로운 부를 축적하는 교역의 중심지로 변했다. 까마득한 옛날부터 상인은 사회적으로 가장 천한 계층으로 취급받아왔다. 과거의 조정들이 그들을 도둑으로 취급했던 반면, 나는 그들의 활발한 활동이 나라의 번영에 공헌했음을 인정했다. 그들의 탐욕은 신기술의 개발과 농업과 수공업 생산증가에 박차를 가해주었다. 그들의 투기는 남과 북, 도시와 농촌 사이의 상호 접근을 촉진시켰다. 그들의 역동성은 변화하는 제국의 발목을 잡고 있던, 자급자족의 생활방식을 고수하던 세습 귀족들의 침체성과 확연히 대비되었다.

대부분 대지주인 오래된 가문들은 남과 북에 위 왕조와 진 왕조가 자리잡고 있었을 때 절정기를 누렸다. 독립적인 왕국이나 다름없는, 요새화된 그들의 소작지에서 그들은 후손들을 끼리끼리 혼인시켰고, 외부 세상의 개입을 일체 거부했으며, 중앙 정부의 권위에 도전했다. 고조 황제가 우리 당 왕조를 세우고 공신들에게 귀족 칭호를 나누어주었을 때, 그들은 하나같이 손가락질을 해댔다. 태종 황제가 황실 가문을 대성大姓 앞에 기입한 『씨족록氏族錄』을 발간하자 그들은 또다시 비웃어댔다. 귀족의 작위를 받은 상인의 딸로 태어난 나는 케케묵은 귀족계급에게 받은 멸시를 결코 잊지 않을 것이다. 나는 전 황제들 이상으로 낡은 세계와 시대에 뒤떨어진 위계를 붕괴시키는 일에 집착했다.

열 개의 대 가문에 그들끼리의 정략결혼을 금지하는 법령이 발표되었다. 평민 출신의 두 대신이 가계를 새로이 분류하는 임무를 맡았다. 그들의 저서 『성씨록姓氏錄』이 권위를 얻었고, 황제가 임명한 신임 고위직 관료들이 이전의 귀족계급보다 우월한 대접을 받았다.

고대로부터 조정은 제국 귀족 집안에서 고위직 관료들을 뽑았다. 벼슬은 대대로 세습되었다. 정치는 유산을 관리하고, 특권층에게 권력을 재분배하는 일이었다. 정략결혼은 군주들을 손아귀에 쥐고 흔드는 가문의 영향력을 더욱 강화시켰다. 이전 왕조의 양제는 무명의 선비들에게 벼슬길을 열어주는 과거제도를 시행했다. 하지만 지금까지 그 방식은 출신 때문에 고위직에 오르지 못하는 하급관리의 선발에 국한되어 있었다.

이제 우리 제국은 변모하고 있었다. 인구의 증가, 점점 축적되는 도시의 부는 효율적인 행정과 황실 권위의 강화를 요구하고 있었다. 고전을 인용하고 형이상학적인 대화를 나눌 수 있는, 우아한 외모를 지닌 유명한 가문의 남자들은 현실과 동떨어진 세상에 갇혀 있었다. 그들이 어떻게 황궁에서 한 발짝도 벗어나지 않는 황제에게 올바른 간언을 하겠는가?

내 개혁안은 풍습을 변화시키는 데 취미를 갖고 있던 치노의 동의를 얻었다. 법령이 공포되었다. 그는 출신에 상관없이 능력 있는 인재들을 조정에 추천하라고 대신과 지방의 도독들에게 명했다. 황제는 곧 내 충고를 받아들여 과거시험을 적극 장려하고 마지막 시험에는 직접 참석해 자리를 빛냈다.

　나는 연보라색 망사 휘장을 치고 용상 뒤에 앉아 장원의 자리를 놓고 겨루는 선비들을 관찰했다. 환관들이 준비한 종이, 붓, 먹이 놓여 있는 필기대 앞에 무릎을 꿇고 앉아 어떤 이들은 사시나무 떨 듯 떨었고, 또 어떤 이들은 마음을 가라앉히려고 애썼다. 나는 내가 처음으로 태종 황제 앞에 섰을 때 느꼈던 공포와 현기증을 떠올렸다. 자기 여자들의 아름다움을 평가할 줄 몰랐던 전 황제와는 반대로, 나는 제국의 기둥이 될 수 있는 인재를 결코 무시하지 않으리라 맹세했다.

　마침내 조정은 그 좁디좁은 문을 활짝 열어젖혔다. 명문가의 자제는 벼슬을 당연한 것으로 여겼지만, 귀족이 된 보잘것없는 성씨의 자제는 은인에게 감사의 마음을 표시할 줄 알았다. 평민 출신 대신의 수가 늘어남에 따라 황제의 권위가 더욱 굳건해졌다. 운명은 더 이상 하늘에서 내리는 것이 아니었다. 공부는 잘못 태어난 이들에게도 보다 나은 삶을 살 수 있는 기회를 제공했다. 이후로 수천, 수백만의 남자들이 최고의 자리에 오르기 위해 과거시험이라는 좁은 문을 두드려볼 수 있게 되었다.

　별들이 내게 영광을 예고했다.

4년 연속 해와 비 그리고 눈이 중국 땅에 그들의 너그러움을 한껏 베풀었다. 황궁 중앙에서 전국 방방곡곡에 이르기까지, 낡은 세계가 소멸되고 새로운 세계가 태어났다. 농부들의 땀에 젖은 들판이 관능적으로 물결쳤다. 비단이 사랑에 빠진 방적공의 속삭임과 함께 방적기에서 흘러내렸다. 어딜 가나 사람들이 살았고, 굴뚝에선 연기가 피어올랐다. 5리마다 닭 홰치는 소리와 양떼 울음소리를 들을 수 있었다. 각 지방은 넘쳐나는 곡물을 저장하기 위해 새 곳간들을 세웠고, 황실 창고에는 비단 두루마리가 산더미처럼 쌓여갔다. 쌀값은 한 섬에 엽전 다섯 닢까지 떨어졌다.

멸망한 수나라 양제에게는 남다른 과시욕이 있었다. 조정과 고관대작들도 그를 본받아 하찮은 유흥에 엄청난 부를 낭비하는 유행에 휩쓸렸다. 당시의 예술과 시도 왕조의 종말을 앞당겼다. 시인, 서예가 그리고 화가들이 내용은 없는, 세련된 형식의 포로가 되었다. 겉멋이 들어 부자연스러운 감정, 교태 섞인 허풍은 그들의 무기력을 드러내고 있었다. 내 남편의 치하에서는, 적어도 우리 당 왕조는 이러한 퇴폐적인 스타일을 떨쳐버렸다. 생명력이 미학적인 지식보다 높이 평가되었고, 외양은 정신의 깊이를 일깨워야만 했다. 낡아 해진 옷을 기워 입음으로써 나는 조정에 절약의 미덕을 퍼뜨렸고, 쓸데없는 기교를 일체 배제한 붓글씨로 관리들에게 본질적인 것을 더 중요시하는 나의 철학을 전했다. 과거시험 응시자들이 제출한 답안을 읽고 글이 뛰어난 인재들을 내가 직접 골라냈다. 기교파 시인들은 조정에서 자취를 감추었다. 고통이 느껴지지 않는 그들의 신음소리는 가슴에서 우러나는 단순한 리듬을 가진 힘찬 시구로 교체되었다.

지상의 오아시스, 하늘의 곳간인 우리 제국은 초지草地와 물을 찾아 떠돌아다니는 많은 유목민족들의 침략을 받았다. 중국민족은 태고 적부터 그들에 대한 공포에 시달리고 있었다. 기병들이 갑자기 사막에서 나타나 활을 쏘며 우리 마을들을 덮쳤다. 우리의 곡식과 여자들이 그들의 말 등 위에 던져졌고, 그들이 거쳐간 곳에는 초토화된 들과 잿더미로 변한 가옥들만 남았다.

몽고의 광활한 초원에서 고비사막에 이르기까지, 경작이 불가능한 그들의 땅을 정복하고 점령하여 우리의 안전을 확보하고자 했던 태종 황제와는 반대로, 나는 내 남편에게 강요해, 그 미개한 고장에 자치권을 돌려주고, 그 지역 출신의 고관들을 도독으로 임명케 했다. 전 황제가 피로 얻어낸, 그 불안정한 지역의 복종을 나는 내 백성들이 안정의 대가로 내놓은 금을 주고 샀다. 단 몇 년 만에 약탈이 현저히 줄어들었다. 하지만 그 고요가 일시적일 뿐이라는 사실을 알고 있었다. 유목민족들에게는 약탈의 본능, 어떠한 채찍, 어떠한 당근으로도 길들일 수 없는 자유의 충동이 있었다. 그들의 단결만이 나의 유일한 두려움이었다. 나는 입담 좋은 중국인 무기상들을 이용해 이간질을 시킴으로써 종족들 간의 반목을 유지시키고, 부족장들 간의 증오를 부채질했다. 나는 군사적 진압과 비밀협상을 병행해 평화를 연장시켰다.

부흥기로 들어선 제국은 전사들에게도 활력과 용기를 불어넣어 주었다. 현경 다섯 번째 해, 또다시 위기에 처한 신라국의 구원 요청을 받은 우리 함대는 백제 침략군을 물리치고 왕의 일족을 체포했다. 전리품으로 우리 장수들에 의해 장안으로 끌려온 그들은 황제의 발 아래 머리를 조아리고 용서를 빌었다. 그들을 처형해야 한다는 대신들의 의견에도 불구하고, 내가 직접 나서서 왕세자를 도독으로 인정하고, 전쟁으로 굶주린 그의 백성에게 나눠줄 양식을 딸려 돌려보냈다.

고립되어 있는 오만한 고구려국의 운명은 막바지를 향해 치닫고 있었다. 내 남편은 아버지의 패배를 복수하고 싶어했다. 승승장구에 용기백배한 우리 군사들은 질풍처럼 몰아쳐, 고구려 군사들의 완강한 방어벽을 깨고, 그 수도 평양을 포위한 다음, 고구려국 조정에 우리 제국을 군주국으로 인정할 것을 강요했다.

수나라 양제는 세 번에 걸쳐 백만 대군을 이끌고 고구려 원정길에 올랐다. 그의 원정은 세 번 모두 실패로 끝났다.

그의 집착은 민생을 파탄시켰고, 그로 인해 수나라는 멸망했다. 신들에게 축복받은 정복자, 태종 황제조차도 그 작은 왕국을 굴복시킬 수 없었다. 그는 그로 인해 병을 얻었고, 회한은 그의 생명을 앗아갔다. 우리의 승리는 과거의 어두운 기억들을 지우고, 역사 속에 박힌 가시를 뽑아냈다. 백성들은 군사적인 성공을 통해 자신감을 되찾았고, 위대한 아버지에 대한 콤플렉스에 시달리던 남편은 그것으로 자신의 남성적인 힘을 증명해 보였다. 결코 지배하기를 원치 않았던 그가, 정치를 혐오했던 그가, 내가 그에게 늘 반복했던 말, 그의 시대가 아버지의 시대보다 더 찬란하다는 말을 믿기 시작했다.

  온 나라에 퍼진 행복감은 남부 지방에 용들이 출현했을 때 절정에 달했다. 고대의 현인들은 평화와 축복이 땅을 지배할 때 강과 대양의 왕들이 모습을 드러낸다고 예언했다. 황실 점성술사들은 그 예외적인 현상을 하늘이 아들에게 보내는 칭찬의 신호로 해석했다. 하늘의 인정을 받은 조정에서 일하고 있다는 느낌은 대신들에게 뿌듯한 자신감을 심어 주었다. 그들 중 많은 수가 황제에게 하늘과 땅에 제를 올리는 봉선의식을 위해 태산 순례에 나서라고 간청했다.

  『예기禮記』에 따르면, 이 고대의 의식은 지상에 위대한 업적을 남긴 황제들이 거행한 의식이었다. 『사서史書』는 황제와 전설적인 군주들 이후로는 중국을 통일했던 진시황과

야만인들을 굴복시키고 우리 영토를 해지는 나라까지 넓힌 한나라 무제武帝만이 감히 태산의 가파른 절벽을 기어올라 하늘에 인사를 올렸다고 전했다.

태종 황제도 그의 치세 동안 이 성스러운 순례를 하고 싶어했다. 하지만 아직 회복기에 있던 제국의 부실함으로 그 계획을 포기할 수밖에 없었다. 나는 남편에게 아버지의 소원을 대신 성취하라고 간청했다. 옛 성현들은 태산은 산들의 군주이고, 그 정상에는 하늘나라로 통하는 문이 있다고 말했다. 나는 산의 신비로운 힘을 되찾기를 꿈꾸었다. 그의 거침없는 상승을 통해 땅은 하늘에 가닿았다.

나의 열의도 막대한 유산에 주눅이 든 모든 아들들처럼 자신을 초월해야 할 때마다 실의와 회의에 빠져드는 치노의 망설임을 걷어낼 수는 없었다. 그는 황제가 되어 세상을 지배할 생각이 전혀 없다고 말했다. 죽음을 피할 수 없는 단순한 인간, 제국의 비천한 종복에 불과한 나를 과연 하늘이 점지했을까, 과연 지상에서 하늘에 입문하는 유일한 인간이 될 자격이 내게 있을까, 과연 내가 인간이 신들에게 바치는 숭고한 제물일까, 과연 내가 세상의 구원자일까? 저 위, 안개와 영원한 바람 속에서, 내 자신의 상승과 고독에 현기증을 느끼지는 않을까? 그는 이렇게 끊임없이 자문했다.

내 눈에 눈물이 맺혔다.

"그렇습니다, 폐하. 폐하는 하늘의 아들이옵니다. 폐하는 선과 너그러움을 구현하기 위해 신들에 의해 선택되었사옵니다. 폐하는 지상에서 빈곤과 고통을 몰아낼 성군이옵니다!"

황제 역시 눈물을 흘렸다. 어머니의 사랑을 모르고 지낸 어린 시절의 불안, 골육상잔으로 점철된 청소년기의 비탄이 그의 뼛속에 사무쳐 있었다. 마음속에 둥지를 틀고 있는 악마들로부터 벗어날 수 없었던 그는 황궁의 어둠 속에 웅크리고 있고 싶어했다.

2년 후, 황궁 하인들이 황제가 오르내리는 함원전含元殿 계단에서 해태[1]의 발자국을 발견했다. 고대의 책들은 성스러운 동물의 출현은 승리와 평화의 예고라고 전했다. 나는 그 비범한 흔적에서 하늘의 뜻을 읽었다. 나는 남편을 생명의 최고봉, 인류의 최정상으로 이끌어가야만 했다.

그 소식은 온 조정을 흥분으로 들끓게 만들었다. 나는 은밀히 선비들을 부추겨 황제에게 태산 등정을 호소하는 상소문을 올리게 했다. 곧 지방 도독, 현縣의 관료, 남쪽 지방의 부족장, 서양의 왕들이 이 호소에 합류했다. 황제는 하

---

[1] 고대 중국의 전설적 동물. 머리에는 사슴의 뿔이 솟아 있고, 비늘로 뒤덮인 몸과 머리는 사자를 닮았으며, 독수리의 날개와 발톱이 있다(원주―이후 원주 표기 생략).

늘의 초대와 백성의 청원을 더 이상 사양할 수 없었다. 그는 만인의 청을 받아들였다.

인덕麟德 두 번째 해 세 번째 달, 황제는 전 세계에서 온 각국의 왕과 부족장들에게 출발장소로 알린 동쪽 수도 낙양으로 조정을 이끌고 이동했다. 황제는 비상회의를 열어 대신과 선비들에게 실록과 의례에 따라 의식의 절차와 의전을 정하게 했다. 그들은 성스러운 가락과 춤을 선택하고, 참석자와 집행자의 명부를 작성했다. 나는 황제가 거쳐갈 길을 닦는 일, 제단을 세우는 일, 열병을 할 군대의 복장, 거쳐가는 지방 간의 역할 분담, 국경 분쟁과 쿠데타에 대비한 모든 예방책을 꼼꼼히 챙겼다.

청원의식은 열 번째 달에 시작되었다. 엄숙한 알현의식이 열린 가운데, 황태자, 왕, 사공司空, 사도司徒들을 필두로 문무백관 그리고 외국 왕자들이 도열해, 황제에게 성스러운 산에 오르기를 청하는 공식 청원서를 올렸다. 겸손을 나타내기 위해 세 차례에 걸쳐 청원을 사양한 남편은 순례의 길에 나서겠다는 자신의 결정을 온 천하에 알렸다. 나는 곧 축하인사와 함께 모든 의식적인 행사에 여성의 참석을 금하는 조상의 법을 반박하는 편지를 보냈다. 그리고 대지에 제를 올릴 때 나에게 두 번째 집행자가 될 권리가 있다고 주장했다.

"예기에 의하면, 대지에 헌주를 할 때는 두 명의 대신이 주군을 보필하게 되어 있습니다. 그런데 남자는 하늘의 숨결을, 여자는 대지의 힘을 구현합니다. 영원은 하늘과 대지의 결합에서 탄생된 변환의 작품입니다. 여성의 원초적 요소인 대지에 올리는 제사에 어떻게 여성이 배제될 수가 있사옵니까? 또한 제사 절차 중에 풍요를 비는 기도 때는 황후들의 혼을 부르도록 되어 있습니다. 돌아가신 황후들의 귀신이 낯선 남자들 앞에 모습을 드러내는 것이 가당키나 한 일이옵니까? 그분들께서 오시지 않는다면, 의식은 완성되지 못할 것이고 축복은 내려지지 않을 것이옵니다. 물론, 중국 역사상 제국 최고의 의식에 여자가 받아들여진 적은 한 번도 없었사옵니다. 하지만 그렇다고 미래를 희생시켜 가며 옛 사람들의 과오를 계속 반복해야만 하옵니까?"

조회 때 공개낭독을 통해 내 편지의 내용을 알게 된 조정은 큰 충격에 휩싸였다. 대신들은 망연자실했다. 내 논지에 반박의 여지가 없다고 생각한 황제는 동의 의사를 표시했고, 논의는 그것으로 끝이 났다. 나는 종교적인 의식의 신비 속으로 파고든 최초의 여자가 될 것이다.

열 번째 달 스무여드레 날, 북풍이 불었고, 붉디붉은 해가 수정처럼 맑은 하늘에 걸려 있었다. 낙양은 텅 비어버린 듯했다. 젖은 모래로 뒤덮인 도로가 신들이 내려놓은 금칼처럼 번뜩였다.

황색의 화려한 비단옷을 입은 남자들이 황궁의 남문을 통해 천천히 걸어나왔다. 그들은 금가루로 '통행금지' 라고 씌어진 표지판을 흔들며 황제의 행차가 시작되었음을 알리는 고함을 질러댔다.

만세현 현령에 이어 장안 도독이 걸어나왔고, 원로공신, 검교위檢校尉 위경尉卿, 절충도위折衝都尉, 표기대장군驃騎大將軍, 보국대장군輔國大將軍, 진군대장군鎭軍大將軍들이 그 뒤를 바싹 따랐다. 보라색 바탕의 화려한 비단옷, 붉은 장식 줄이 달린 검은 갑옷에 도금한 투구를 쓴 그들은 갈기와 꼬리를 땋아 엮은 말을 타고 있었다. 그들 등에는 화살 스물두 개가 든 화살통이 달려 있었고, 가죽 허리띠에는 보석이 박힌 칼집에 든 장검이 매달려 있었다. 네 명의 호위 기병이 승리의 상징인 야크털로 장식된 창을 손에 들고 그들을 뒤따랐다.

금오군金吾軍의 두 부관이 홍갑보병 스물네 명의 호위를 받으며 청동갑옷과 진홍색 바지 차림에 등에는 화살통을, 허리띠에는 칼을 차고 상투에 띠를 맨 마흔여덟 명의 기병 대열을 이끌었다.

한 무리의 기수들이 남방신, 주작朱雀이 그려진 깃발을 바람에 펄럭이며 나아갔다.

이어 공병들을 앞세운 마차행렬이 모습을 드러냈다. 네 필의 말이 끄는 첫 번째 마차에는 열네 명의 마부가 거리를 조정했고, 두 번째 마차는 방향을 정해주었다. 세 번째 마차는 백학으로 장식되어 있었고, 네 번째 마차에는 불사조 깃발들이 꽂혀 있었으며, 황궁 점술사가 탄 다섯 번째 마차는 귀신들을 쫓아냈고, 쇠뇌(여러 개의 화살이 잇달아 나가게 만든 활의 한 가지―역주)로 무장한 금오군의 한 병사가 고삐를 잡은 여섯 번째 마차는 야수의 가죽으로 뒤덮여 있었다.

이어 금오군의 두 부관이 기병 열둘과 창기병, 궁수들을 이끌고 나타났다.

이어 황실 악대가 행진했다. 중간북 열둘, 금북 열둘, 큰북 백이십, 긴 뿔피리 백이십, 작은북, 합창단, 세로피리, 타타르피리가 열둘씩 짝을 지어 행렬을 맞추었다. 백이십 개의 큰가로 피리에 이어 행렬을 알리는 두 개의 북, 대나무피리, 세로피리, 생황, 타타르피리, 복숭아 모양의 훈塤이 행진했다. 이어 또다시 중간북 열둘, 금북 열둘, 작은북 백십이, 중간나팔 백십이 개가 뒤따랐다. 이어 깃털로 장식된 북 열둘이 합창단, 세로피리와 타타르피리로 구성된 사각 대형을 이끌었다. 모두가 황제의 행차를 알리는 장엄한 가락을 연주했다.

이어 깃발들의 대열이 등장했다. 두 궁궐지기가 말을 타고 대사헌과 감수국사監修國史를 이끌었다. 점占을 담당하는 부서의 마차와 척도를 관장하는 부서의 마차가 공병들의 호위를 받으며 지나갔고, 또다시 북 열둘과 금북 열둘이 뒤따랐다.

이어 자루가 길고 날이 톱니 모양인 검들의 행렬이 지나갔다.

이어 황실 준마 스물네 필이 두 열로 나뉘어 전진했다.

동방신 청룡과 서방신 백호의 깃발이 좌우로 벌어지더니 근위대 부위 둘이 각각 창기병 스물, 쇠뇌병 넷, 궁수 하나로 이루어진 스물다섯 명의 기병 대열을 이끌고 나타났다.

문하성, 중서성, 상서성 그리고 검교위의 대신과 고문들이 둘씩 말을 타고 그 뒤를 따랐다.

이어 근위대 장군 둘이 열두 사단, 다시 말해 군복 색깔별로 정렬한 천오백삼십육 명의 군사를 이끌고 나타났다.

근위대 부위 둘이 지원사단 병사 육십 명을, 기갑사단의 부위 둘이 오십육 명의 기병을, 그리고 근위대 부위 둘이 보병 백두 명을 이끌고 위용을 과시하며 지나갔다.

이어 옥玉의 길 행렬이 도착했다. 에메랄드색 옷을 입은 마부 서른두 명이 이끄는 옥마차가 다른 마차 다섯 대의 호위를 받으며 지나갔고, 황제가 하사한 검을 찬 상장군上將軍과 좌우 근위대의 두 대장군, 황실 준마 두 필, 손에 자루가 긴 검을 쥔 황궁 수문장 둘이 그 뒤를 따랐다.

이어 황궁의 문 깃발을 든 병사 둘이 각각 보병 넷의 호위를 받으며 걸어나왔다. 모두가 황실의 색깔인 황색 당의 차림이었다.

금문 근위대 하사관 스물네 명이 기병대와 지원대 병사 여섯 줄, 좌우 근위대에 속하는 병사 열두 줄을 이끌고 걸어나왔다.

이어 기병들이 손잡이가 길고 꿩깃털로 장식된 부채를 들고 지나갔다. 이어 거마꾼 여덟 명이 짊어진 황실 가마가 지나갔다. 이어 꿩깃털로 장식된 작은 부채 넷, 사각형 부채 열둘, 꽃 무늬가 새겨진 양산 둘이 지나갔다. 남자 넷이 황실 차량에 앞서 걸어나왔다. 황제의 행차를 위해 특별히 고안된, 금과 보석으로 번쩍이는 그 차량은 전설에 나오는 파충류 같았다. 거대한 가마들이 올려져 있고, 유연하게 꺾어질 수 있도록 여러 개의 판판한 대가 갈고리로 연결되어 있는 이 차량은 검은색 머플러, 노란색 윗도리, 연보라색 바지, 보라색 허리띠 차림의 마부 이백 명, 화려한 보석으로 치장한 수없이 많은 말들을 과시했다. 도시 출구, 젖은 모래로 뒤덮인 넓은 도로에 이르러 고삐가 놓아지자 차축과 굴대가 삐걱거리기 시작하더니 차량은 천둥 치는 소리를 내며 굴러갔다.

그 뒤를 황제의 개인 소지품을 든 황궁 환관들과 황실 마구간의 준마 스물네 필이 따랐다.

그 뒤를 깃털 달린 부채, 알록달록한 비단부채, 노란 양산의 행렬이 따랐다.

그 뒤를 수백 명의 후위 군악대가 각자 악기를 들고 따랐다.

현무궁玄武宮이 진홍색 깃발, 야크털로 장식된 창, 공작깃털이 달린 곤봉의 행렬을 시작했다.

이어 또다시 고문 두 명과 그들 조수 네 명의 호위를 받으며 황색 깃발이 지나갔다. 마부 이백 명이 끄는 장방형 마차가 마부 육십 명이 끄는 소륜마차에 앞서 굴러갔고, 황실 서기들과 주홍색, 에메랄드색, 황색, 백색 그리고 흑색 깃발을 든 좌우무위左右武威의 병사 여덟 명이 그 뒤를 따랐다.

이어 좌우효위左右驍尉가 행진하더니, 그 뒤로 금의 길, 상아의 길, 구리의 길, 나무의 길의 행렬이 이어졌다.

이어 농업을 찬양하는 마차 네 대가 지나가고, 그 뒤를 황소들이 끄는 치장 차량 열두 대, 국새상서國璽尚書의 마차, 금오군의 마차가 따랐다.

그 뒤를 갑옷으로 무장한 효위소속 병사 이백 명이 방패와 무기를 들고 따랐다.

그 뒤를 근위대 말 마흔여덟 필이 따랐다.

그 뒤를 성스러운 동물 깃발 스물네 기와 무장한 호위 병사들이 따랐다.

그 뒤를 다섯 가지 색깔의 기갑부대로 나눠진, 북방신 현무의 행렬이 따랐다.

이어 그 숫자가 의식의 규범에 따라 정해져 있는 기병, 보병, 조신, 악사, 환관, 궁녀들과 함께 황후의 행렬이 나타났다.

　그 뒤를 서열에 따라 부채의 숫자, 의상의 색깔, 마차의 장식이 엄격히 정해져 있는 비빈들의 행렬이 따랐다.

　이어 군대와 악대를 동반한 황태자의 행렬이 지나갔고, 그 뒤를 황태자비의 행렬이 따랐다.

　이어 왕들과 그들 비의 행렬이 지나갔다.

　이어 제후들과 그들 비의 행렬이 지나갔다.

　이어 공주들의 행렬이 지나갔다.

　이어 삼공들과 그들 부인의 행렬이 지나갔다.

　이어 대신, 야만족 왕, 부족장, 외국 대사들의 행렬이 지나갔다.

　이어 호랑이, 표범, 코끼리, 코뿔소, 노루, 타조, 각종 희귀 새들, 황실 공원의 동물들이 지나갔다.

　마지막으로 건설 인부, 요리사, 유모, 서기, 재단사, 회계사, 술 따르는 하인, 의사, 약사, 곡마사, 말, 노예, 수레를 끄는 가축의 행렬이 지나갔다.

　보름에 걸쳐 십만이 넘는 사람들이 낙양을 빠져나와 겨울 들판 위에 직선으로 그어진 황제의 길을 따라 걷기 시작했다. 낮이면 행렬은 화려한 물결이 일렁이는 힘찬 강처럼 나아갔고, 밤이면 거대한 야영지의 불빛이 대지를 별이 총총한 밤하늘로 바꿔놓았다. 그것은 실록을 아무리 뒤져도 찾아볼 수 없는 대 역사, 동쪽을 향한, 대양을 향한 백성의 대이동이었다.

태양에 가닿을 수 있기를!

하늘에 도전하는 태산과 눈 덮인 그 봉우리들을 어떻게 잊을 수 있을까? 거창한 황제의 행렬을 한 가닥 검은 실로 만들어버린 그 순백의 위대함을 어떻게 묘사할 수 있을까? 오랫동안, 홀로 있는 깊은 밤마다, 신비스러운 의식, 제단, 원형과 사각형의 거대한 돌무더기, 연기와 안개 사이를 오가며 알록달록한 소매를 흔들던 성스런 춤꾼들이 계속 나를 쫓아다녔다. 나는 꿈에서 울려 퍼지는 석경과 청동 종소리와 뒤섞인 산의 걸걸한 숨소리를 들었다. 나는 황금천으로 뒤덮인 천막들 앞에 피워진 모닥불, 고대 수반에서 피어오르는 불꽃, 태산 정상을 향해 끝없이 뻗어 있는 '성스러운 오솔길'을 따라 세워진 횃불들을 떠올렸다. 태산 정상에 오른 황제는 제국의 번영을 비는 글이 새겨진 황금판을 한 바위에 봉인했다. 나는 울부짖는 바람, 휘몰아치는 눈 속에 내 영혼의 일부를 놓고 왔다. 태산은 이미 과거에 속했지만, 그 주술은 오랫동안 지속되었다. 전생의 고독, 산산이 부서진 희미한 기억의 조각, 진정한 기원의 탐색, 나는 종교적인 의식보다 더 소중한 무엇인가를 되찾았다.

우리의 순례는 제국 북동부 지방의 순방으로 변했다. 공자의 고향에 도착한 황제는 성인에게 경의를 표했다. 북쪽으로 거슬러올라가 노자의 고향 마을에 도착한 조정은 도교의 창시자이자 황실의 시조인 그에게 제사를 올렸다. 귀환 길은 눈부신 봄과 꽃들이 흐드러지게 핀 나무들이 동행했다. 합벽관合璧官에 도착한 치노와 나는 손을 모아 기념사를 썼다. 그 글은 비석에 새겨져 구름에 휩싸인 태산 정상에 세워질 것이다. 금가루로 번쩍이는 비석은 태산 정상의 악천후를 얼마 동안이나 버텨낼까? 봄, 가을이 천 번이나 거듭된 후에, 백설이 만 번이나 땅을 뒤덮은 후에, 비석은 부스러져 먼지로 변할 것이다. 황제의 길은 지워질 것이고, 환희에 찬 십만 인파의 함성도 사라질 것이다. 낙양에서 장안에 이르기까지 현재의 화려함은 하늘의 무한한 공간 속에서 이미 퇴색되어가고 있었다.

태산제는 필연적으로 하강곡선을 그리게 될 주기의 정점을 이루었다. 내가 태산 등정에서 큰 힘을 얻은 반면, 남편은 완전히 탈진했다. 승리를 거둔 전사, 영감에 넘치는 시를 써낸 시인처럼 그는 말과 행동을 삼가고 침묵과 명상에 몰입했다.

화지和之가 죽은 이후로 남편에게는 더 이상 애첩이 없었다. 그가 내 잠자리를 찾는 것은 내 품에서 누나의 위안을 구하기 위해서였다. 나이가 들어가면서 그의 정신적인 혼란은 신비주의의 탐닉으로 변해갔다. 그의 건강이 급격히 악화되어갔다. 잦은 두통에 관절염과 만성이질까지 겹쳤다. 그가 병석에 누워 지내는 기간이 길어졌다. 그의 부재는 일상사가 되어버렸다. 조회 때, 그는 상징적인 역할을 하는 것으로 만족하고 내가 망사 가리개 뒤에 앉아 정치적 토론을 이끌게 했다.

그는 의학에 대한 열정에 빠져들었다. 어마어마한 규모의 약국이 그의 궁에 세워졌다. 그는 쓰디쓴 약초 냄새 속에서 잠이 들었다. 그는 약 백과사전을 편찬하는 일에 깊은 관심을 보였고, 약초상과 술사들을 궁으로 맞아들여 약초의 효험에 대해 토론을 나누기까지 했다. 연금술과 불멸의 묘약에 대한 그의 강박은 어제오늘의 일이 아니었다. 강박은 열정으로 변해갔다. 제단과 마술화로가 설치되었다. 진시황과 한나라 무제처럼 그도 몸을 순수한 정신으로 변환시키길 꿈꾸었다. 핏빛 진사辰砂의 복용은 그의 병을 낫게 하기는커녕 그의 기질마저 변화시켰다. 때로는 비몽사몽 속을 헤매고 때로는 흥분에 들떠 마음의 갈피를 잡지 못했으며, 또 때로는 몽상에 빠지고 때로는 극도로 쇠약해져 몸도 가누지 못했다. 결국 그는 과로와 탈진이 번갈아 교차되는 나날을 보냈다.

그때부터 그는 사춘기의 미소년 소녀와 함께 잠을 잤다. 도교 의학에 따르면, 숫처녀, 숫총각의 몸과 접하면 다시 기의 균형이 잡히고 정력이 강화된다고 했다. 그는 치료비법을 찾아 조정을 이끌고 전국을 돌아다녔다. 곳곳에 성이 세워졌다. 산속, 구름들 사이로 우리 궁궐들이 구불구불 이어졌다. 원숭이의 울음소리, 호랑이의 포효, 새의 재잘거림, 바람의 속삭임이 지상에서 그가 겪은 슬픔들을 씻어주었다. 바위 꼭대기에서 시원스레 떨어지는 폭포와 천 년 묵은 고목들 꼭대기 위에 떠 있는 무지개가 그의 마음을 사로잡았다. 온천탕, 깊디깊은 동굴, 지하로 흐르는 강들이 신선들의 유유자적한 삶을 미리 맛보게 해주었다.

세월은 바람처럼 달아났고, 노쇠는 영혼의 혼란을 가져왔다. 나는 남편이 나와는 반대의 길로 미끄러져가는 것을 무기력하게 바라보았다. 그는 점점 느려졌지만, 나는 여전히 민첩했다. 그는 균형을 잃고 비틀거렸지만 나는 여전히 튼튼했다. 그는 자주 머리를 싸매고 누웠지만, 나는 두통이 어떤 것인지조차 몰랐다. 희미한 그의 목소리는 숨이 차올라 헐떡거렸지만, 내 목소리는 우렁차고 정력적이었다. 황태자 홍泓이 황제 대행으로 임명되었을 때, 그의 나이 고작 열여섯이었다. 내가 국사 전체를 맡아 처리해야 했다. 나는 여름이나 겨울이나 옛 책력에 따라 동틀 무렵으로 정해져 있는 대신들의 알현을 받기 위해 깜깜한 밤에 일어나야 했다. 남편의 쇠약은 나에게 더 큰 권위를 가져다주었다. 십 년 전만 해도 궁중에서 횡행되던 음모들과 결정을 내리는 데 필요한 복잡한 절차들이 날 난감하게 만들었다. 때로는 권력의 고독에 심한 압박감을 느끼기도 했다. 하지만 이제 내가 임명한 대신들이 나에게 적절한 조언을 해주었고, 나는 성숙기에 든 여인으로서 자신감을 가지고 국사에 임했다. 한 발은 이 세상에, 또 한 발은 저 세상에 둔 채 나는 영혼들을 조종했고, 물 위에 뜬 기름방울처럼 사바세계 위를 떠다녔다.

끊임없이 여행을 하려는 황제의 편집증이 규율과 규칙성을 갈망하는 조정의 기능을 방해했다. 그의 개인적인 안락을 위한 공사에 수십만에 달하는 인력이 동원되었다. 황실 벽돌을 굽는 화로의 땔감 마련을 위해 산들이 깎여나갔고 숲들이 사라져갔다. 귀한 목재, 설화석고, 화강암, 이국적인 식물들이 수로를 통해 실려왔고, 황소와 말들이 끄는 마차로 운송되었다. 백성들에게 근검절약을 강조하던 나는 모범을 보여야 할 남편의 지나친 사치 때문에 난감한 상황에 처했다. 정치에 등을 돌린 그는 전쟁에 점점 더 큰 열정을 보였다. 그는 지방을 돌아가며 주둔 부대를 방문했고, 군사행렬의 웅장한 장관에 취해갔다. 내가 제국의 경계에 유지시켰던 아슬아슬한 균형은 너무도 쉽사리 깨져버렸다. 이는 모든 도발을 그의 자존심에—그는 그것을 중국의 존엄성과 혼동했다—대한 모욕으로 여기는 그의 성급한 강박관념 때문이었다.

우리를 갈라놓는 깊은 의견 차이는 격렬한 말다툼의 원인이 되었다. 내 성찰의 준엄함에 격분한 황제는 온몸을 벌벌 떨며 오로지 그의 삶을 불행하게 만들 목적으로 사사건 건 방해를 한다며 나를 비난했다. 그의 뺨 위로 흐르는 눈물과 두통으로 괴로워하는 그의 모습을 본 나는 곧 그에게 화를 낸 것을 후회했다. 병든 한 남자가 군사적 전개를 통해 자신의 힘을 증명하려 드는 것을 어떻게 금하겠는가? 이미 지쳐버린 한 영혼에게서 하찮기는 하지만, 그래도 그에게는 소중한 지상의 쾌락을 어떻게 앗아버리겠는가? 심성 여린 한 남자가 삶의 마지막 즐거움을 누리려는 걸 어떻게 막겠는가?

나는 마흔둘의 나이로 월月 공주의 칭호를 받은 태평太平을 낳았다. 그토록 원했던 딸이 태어난 후로 우리는 일체의 성관계를 중단했다. 때때로 황제가 성적인 충동을 내비치긴 했지만, 나는 의사들이 그에게 생명 수액의 배출을 금한다는 것을 알고 있었다. 나에게는 더 이상 욕망을 해소할 권리가 없었다. 내가 내 삶의 유일한 남자에게 품었던 불안스런 사랑은 사라지고 없었다. 예전에 품었던 앙심들이 다시 수면 위로 떠올랐다. 환멸과 뒤섞인 쓰디쓴 회한의 감정이 은밀히 내 마음을 점령했다. 나는 자신의 행복을 위해 광활한 제국과 영광스러운 유산에 등을 돌리는 그의 모습에 큰 슬픔을 느꼈다. 나는 시간이 흐르면 그가 위대한 황제가 되리라고 기대했지만, 그는 겁 많고 게으른, 한 남자의 초라한 모습만 보여줬다. 악의라곤 조금도 없는 그의 미소, 속셈 없는 친절이 날 감동시키는 날도 있었다. 그의 변덕스런 기질, 이기적인 열망이 날 짜증나게 만드는 날도 있었다. 나는 일기 시작하는 싫증을 감추고 성의와 열성을 다해 그를 모셨다. 나는 그의 병을 보살폈고, 새로운 유흥거리들을 만들어주었고, 그에게 시간과 인내, 그리고 어머니의 사랑을 바치기 위해 애썼다.

나는 일상의 파도에 휩쓸려갔다. 사시사철 황제의 행렬이 하늘과 땅 사이로 구불구불 이어졌다. 녹, 적, 황 그리고 백, 나무들이 환하게 빛을 발하고는 메말라갔고, 꽃들은 만개하고는 이내 입을 다물었다. 똑같은 낮과 밤들이 이어지면서 황후의 역할은 직업이 되어버렸고, 내가 스스로에게 부과한 규율이 도리어 날 옭아맸다. 나에게 결박당한 나는 메마른 가슴을 안고 두 눈을 크게 뜬 채 죽음을 향해 나아갔다.

극심한 가뭄에 이은 기근이 중원을 초토화시켰다. 백성들의 궁핍과 슬픔에 막중한 책임을 느낀 나는 신들의 분노를 내 한몸으로 막아내기로 결심했다. 스스로 황후의 자격이 없다고 판단한 나는 사표를 제출했다.

내 남편은 나의 요구를 거절했다. 외궁은 어쩔 줄을 몰라 하며 나에게 권좌에 남아 있기를 간청하는 상소를 올렸다. 상원上元[2] 시대 첫해, 치노는 조정에서 지어 바친 천황의 칭호를 취했고, 취임 의식 도중 나에게 금박 판과 천황후의 인장을 수여했다. 권좌 뒤의 내 자리를 가리던 망사 가리개가 치워졌다. 그 후, 정전正殿에는 두 개의 권좌가 나란히 놓였다. 하늘의 별들은 나에게 눈부신 미래를 예고하고 있었다. 하지만 내 눈에 보이는 것은 어둠뿐이었다.

나는 베 짜는 일로 되돌아가는 여자처럼 다시 대신들과 국사를 논하고 정치적 보고서들을 검토했다. 밭에 나가 하루 종일 일하는 농부처럼 나는 늙어 기운이 소진되기만을 기다렸다. 하늘이 내 기도를 들어준 것은 내가 바로 그 짙은 어둠 속을 헤맬 때였다. 하늘은 나에게 하나의 신호를, 선물을, 불씨를 보내주었다. 내 삶이 다시 훨훨 타올랐다.

내문학관에서 올라온 보고서들 중 하나에서 환관 교수들이 한 어린 시녀의 문학적 재능을 극구 칭찬했다. 그녀의 성씨가 내 호기심을 자극했다. 나는 그 아이가 나를 폐위시키려는 음모를 꾸몄던 상관의上官儀의 손녀라는 것과 그 아이가 황실 노예가 된 어미를 따라 궁으로 들어왔다는 사실을 알게 되었다. 나는 그 아이가 쓴 시를 가져오게 해 읽어보았다. 그녀의 글씨는 유연하고 강한 손목에서 나오는 것이었고, 그녀의 시구에는 단순한 박자로 빚어진 우아함이 배어 있었다. 내가 미리 알아보지 않았더라면, 그 시들이

---

2) 서기 674년.

열네 살배기 소녀가 쓴 것이라고는 상상도 하지 못했을 것이다.

아이는 내 궁궐로 호출되었다. 죄인의 문신은 이마 위로 흘러내린 머리에 가려져 있었다. 아이는 태연자약하게 내 질문에 대답했다. 수줍음과 어떤 묘한 자신감은 그녀의 독특한 매력이었다. 그 아이의 말을 듣고 있자니 양楊 소원照媛과 그녀의 부드러운 목소리가 떠올랐다. 내 뱃속이 뒤틀렸다. 열네 살배기 어린애가 나에게 위험한 정열을 일깨워 주었다. "감히 날 사랑하시겠어요?" 나에게는 아이의 말없는 질문이 들리는 듯했다.

그날 밤, 완아婉兒는 온몸을 떨며 내게 순결을 바쳤다. 나는 그녀를 육체적 쾌락에 입문시켰다. 내 나이 막 오십 고개를 넘긴 참이었다. 나는 그 아이의 아버지, 할아버지 그리고 오빠들을 모조리 처형하라는 명을 내렸다. 나는 그 아이의 폭군이자 우상이었다. 그 아이는 내가 활짝 피어나게 만들 창백한 꽃 한 송이였다.

사랑은 가벼움과 무위도식의 세계를 아름답게 채색했다. 완아는 시동으로 변장하고 내 궁궐에서 대전에 이르기까지 밤낮없이 나를 따라다녔다. 내가 앉아 있을 때, 그 아이는 서 있었다. 내가 대신들과 밀담을 나눌 때, 그 아이는 문 앞에 서서 망을 보았다. 내가 화가 났을 때, 그 아이는 놀란 듯한 말없는 눈길로 나를 진정시켰다. 내가 가서 쉬라고 하면, 그 아이는 자기 방으로 가 시를 썼다. 남모르는 감정의 고백, 잔치의 묘사, 여행 이야기가 주를 이루는 아이의 시는 날 매료시키고 진정시켰다. 또다시, 나는 감동하고 미소 지을 수 있게 되었다.

시간은 죽고, 시간은 다시 태어난다. 하지만 인간의 삶은 돌아올 기약 없는 여행이다. 황실 가족들의 생일 때마다 성대한 잔치가 벌어졌다. 도시마다 불꽃놀이와 잔치가 열렸다. 일시적인 즐거움을 위해 황실의 아량만큼이나 풍부한 물자들이 낭비되었다. 해가 갈수록 나이는 쌓여 사람들을 짓눌렀다. 해가 갈수록 생일은 매장된 젊음에 인사를 보내는 상喪으로 변해갔다. 황제의 걷잡을 수 없는 쇠약은 죽음이 우리 앞에 있다는, 죽음이 우리를 노리고 있다는 막연한 생각을 현실적인 것으로 바꾸어놓았다.

하지만 기침과 천식으로 먼저 세상을 뜬 것은 황태자였다. 홍은 영원히 우리 곁을 떠났다. 사랑하던 후계자를 잃은 충격이 얼마나 컸던지 천황은 가슴의 심한 통증을 호소했다. 고통과 시름으로 남편과 하나가 된 나는 그동안 쌓였던 앙금들을 모두 잊었다. 치노는 난파당한 선원이 나무판자에 매달리듯 필사적으로 나에게 매달렸다. 나는 곧 그를 잃을지도 모른다는 절박한 두려움에 시달렸다. 아버지의 죽음에 대한 기억이, 갑자기 뿌리를 뽑히는 듯한 박탈감이

다시 날 괴롭히기 시작했다. 나는 내 어린 시절의 붕괴를 선명하게 기억하고 있었다. 나에게 새로운 파괴를 견뎌낼 힘이 있을까? 40년 전부터 치노와 나는 황궁의 포로로 함께 살아왔다. 그의 존재는 나의 호흡이었고, 줄타기를 하는 내 영혼의 균형 막대였다. 그가 신들과 합류해 영원한 자유를 찾을 때 나는 그 공허와 고독을 어떻게 맞이해야 할까?

의술, 기도, 절에 밀명을 내려 거행한 푸닥거리가 천황의 목숨을 유지시키기는 했지만 그의 병을 치료하지는 못했다. 좋지 않은 조짐들이 쌓여갔다. 얼마 전 나는 하늘에 새로운 제를 올리기 위해 숭산嵩山 순례길에 오르겠다고 천하에 알렸다. 하지만 티베트의 침입 때문에 그 계획을 포기할 수밖에 없었다. 태종 황제의 치세 동안 조정은 황실의 권력과 하늘의 뜻의 결합을 상징하는, 성스러운 예배만을 위한 명당明堂을 짓고자 했다. 계획이 무르익어 건축가들에게 주문한 설계도가 준비되었다. 하지만 이번에도 뜻하지 않은 사건이 황실을 어지럽혀 그 숙원의 사업은 뒤로 미뤄지고 말았다. 내 둘째아들인 현賢이 황위 찬탈을 시도했던 것이다. 그는 후계자의 지위를 잃고 수도에서 쫓겨났다.

자연재해 역시 꼬리에 꼬리를 물고 이어졌다. 어느 해에는 겨울 내내 눈이 내리지 않더니 북쪽 지방에 곡식 수확이 현저히 줄어들었고, 낙양 인근이 식량난에 시달렸다. 몇 해 뒤 여름에는 폭우가 내려 황하가 범람했다. 홍수에 이어 전

염병이 퍼지는 바람에 말과 암소 수십만 마리가 떼죽음을 당했다. 그 이듬해에는 메뚜기떼가 구름처럼 들판을 뒤덮었고, 지진이 발생해 두 수도를 뒤흔들어놓았다. 옛 사람들이 이르기를, 자연의 구성요소들이 요동을 쳐대면 제국에 큰 불행이 닥칠 거라고 했다. 그들은 그 중에서도 땅이 흔들리기 시작하면, 하늘이 걸출한 인물의 죽음을 예고하는 것이라고 구체적으로 밝히기까지 했다.

제국이 각종 재난에 시달리고 있는 틈을 타 터키족이 난을 일으켰다. 협상은 실패로 돌아갔고, 나는 황실 군대를 보내 반란의 도시들을 피에 잠기게 했다. 창칼의 힘으로 나라의 안정을 유지시키는 데 성공한 나도 한 남자를 괴롭히는 병에는 속수무책이었다.

주천궁奏天宮에 머물고 있던 남편은 몸집이 두 배로 불어났고, 격심한 어지럼증과 두통 때문에 꼼짝도 못한 채 병상에 누워 지냈다. 휘장 뒤에서 그가 신음하고 있었다. 그의 병상으로 한 무리의 의사들이 몰려들었다. 황태자와 승상들에게는 병상 앞에 꿇어앉아 의사의 처방에 동의하고, 준비된 탕약을 일일이 시음해야 하는 의무가 있었다. 나는 소란만 떨어 남편의 병세를 더욱 악화시키는 사람들을 모두 쫓아버렸다. 내 침대와 서탁書卓을 그의 궁궐로 가져오게 했다. 한 손으로는 미지근하고 푸석푸석한 황제의 손을 잡고, 다른 한 손으로는 정치적 결정에 주를 달았다. 내 존재가 그를 진정시켰다. 그는 내 기운을 흡수해 나아진 듯 보였고, 얼마 지나지 않아 음식을 요구했다.

나는 숟가락으로 죽을 떠서 그에게 먹여주었다. 30년 전, 그때는 그가 날 이렇게 보살펴주었다. 나는 나에 대한 사랑으로 불안에 떠는 얼굴을, 나에게 그의 황후가 되어달라고 요구하던 소심한 목소리를 떠올렸다. 눈물이 눈앞을 흐렸다. 차라리 내가 죽고, 그가 소생하기를!

하지만 신들은 내 소원을 들어주지 않았다. 또다시 치노는 내 희망을 저버릴 것이다. 어느 날 저녁, 머리에서 피를 뽑자 두통이 잠시 멈추었다. 시력을 되찾은 그가 나를 보고 미소를 지었다.

"아버지 황제께서 꿈에 나타나셨소. 그분께서 나더러 따라오라고 하셨소. 그리고 나는 구름바다 속을 떠다니기 시작했지. 짙은 구름 속에서 나를 인도하시며 아버지께서 손을 들어 지평선을 가리키셨소. 구름이 걷히고 아홉 색깔의 날개를 가진 불사조들이 날아다니는, 빛으로 둘러싸인 황금 궁전이 나타났소. 그제야 나는 그곳이 아버지 황제, 어머니 황후 그리고 내 사랑하는 누이, 시자朏子의 거처라는 것을 깨달았소. 음악, 예사롭지 않은 종소리가 울려 퍼졌소. 멀리 신들이 행렬을 지어 나를 맞으러 왔소. 나는 당신에게 작별을 고하기 위해 잠시 지상으로 되돌아가야겠다고 마음먹었소!"

내 얼굴 위로 눈물이 강이 되어 흘러내렸다. 황제가 말을 이었다.

"황후, 내가 저 세상을 가야 할 때가 되었소. 황태자가 제국을 다스리기에는 아직 너무 어려 정말 아쉽소. 그 걱정에 마음 편히 떠날 수가 없구려."

내가 소리쳤다.

"폐하, 괜한 걱정으로 심기를 어지럽히 마십시오. 폐하께서는 곧 쾌차하실 것이옵니다. 내년이 되면 숭산을 향해 순례길에 오르실 것이고, 하늘이 폐하께 축복을 내려 불멸의 비밀을 전해주실 것이옵니다."

"조照, 난 고통 속에서 사는 데 지쳤소. 아버지 황제를 뵙자 두려움이 씻은 듯이 사라졌소. 죽음은 아무것도 아니오. 그것은 영혼이 썩은 육체를 떠나 저 높은 곳으로 올라가는 것이오. 산 자들에겐 최고의 높이인 성스러운 산의 정상도 내가 하늘로 올라갔을 때는 한낱 풀잎에 지나지 않을 거요. 부디 나의 해방을 기뻐해주시오!"

치노의 이 말에 나는 할 말을 잊었다. 저 세상의 신비를 응시한 한 남자를 붙잡기에는 이미 때가 늦었다. 이제 그의 눈에는 지상의 모든 부, 모든 즐거움이 진창, 먼지에 불과했다.

절망에 빠진 내가 그에게 말했다.

"폐하, 저도 폐하를 따라갈 수 있도록 허락해주옵소서.

저는 계속 폐하를 섬기고 싶사옵니다……."

"나는 평범한 군주였소. 나의 유일한 장점은 나보다 훨씬 능력 있는 사람들을 곁에 둘 줄 알았다는 것이었소. 나는 천하를 호령하는 권좌를 결코 좋아한 적이 없소. 하지만 나는 당신을 위대한 황후로 만들 줄 알았소. 내가 잠시 지상을 거쳐가면서 해놓은 일을 열거해야만 한다면, 나는 나의 최고 걸작은 바로 당신이라고 말하겠소. 당신과 잠시 헤어지기 전에―왜냐하면 나중에 당신도 저 세상으로 날 만나러 올 테니까―당신의 인내, 당신의 희생, 당신이 목숨을 걸고 내 후계자들을 낳아준 것에 대해 감사하고 싶었소. 내가 당신에게 고통을 줬다면 부디 용서해주기 바라오."

두서없는 생각들이 날 압박했다. 내가 대답을 하려는데 황제가 내 말을 끊었다. 이제 그의 목소리는 약한 숨결에 불과했다.

"조, 당신의 시간은 아직 오지 않았소. 당신은 여기 남아 황실을 보살펴야만 하오. 후계자가 아직 너무 어리오. 그 아이 혼자 자연재해와 반란으로 허약해진 제국을 지켜내지 못할 것이오. 나는 당신의 경험을 믿소. 당신이라면 상황을 통제하고, 천하에 질서와 안정이 되돌아오게 할 수 있을 것이오. 조, 부디 몸조심하시오. 당신에게 내 백성과 내 제국을 맡기오……."

그의 눈이 감겼다. 내가 외쳤다.

"치노, 날 두고 가지 말아요!"

그가 무슨 말인지 모를 말을 웅얼거렸다. 나는 그의 얼굴에서 얼핏 장난기 어린 미소를 본 것 같았다.

"내가 늘 당신보다 먼저 죽길 소원했다는 거, 아시오?"

조정은 서둘러 주천궁을 떠났다. 이백 명의 마부가 끄는 그의 마차 안에서 천황은 내내 침대에 누워 있었다. 동 수도로 향하는 길은 그의 죽음을 향해 나 있는 길이었다. 구름으로 둘러싸인 영원한 무사태평의 나라로 가기 위해 남편은 마지막 형벌을 견뎌냈다. 나는 그가 신이 되기 위해 비물질화되는 끔찍한 과정을 떠올리며 넋을 잃은 채 그의 곁에 앉아 있었다. 더럽혀진 피부는 순수와 백열만 남을 때까지 태워져야 했다. 신들의 부름을 받은 영혼은 하늘로 올라가기 위해 머무르던 살을 갈기갈기 찢고 나와야만 했다.

낙양에 도착한 나는 국경지대에서 일어난 폭동 때문에 죽어가는 황제 곁을 떠나 섭정 황태자와 대신들과 회의를 해야만 했다. 나는 처음으로 정신을 딴 데 팔고 있는 모습을 보였다. 내 귀는 황제의 죽음을 알리러 황급히 달려오는 전령의 발자국 소리를 좇고 있었다. 죽음의 고통을 겪고 있는 남편을 통해 저 세상의 눈부신 광휘를 본 이후로 이승의 인간사가 아주 하찮게 여겨졌다. 나는 더 이상 고통을 두려워하지 않았고 비탄을 멸시했다.

회의가 끝나자 나는 서둘러 내궁으로 돌아갔다. 치노 곁에서 나는 다시 기도를 시작했다. 이제 나에게 힘과 열기를 보내고, 내 온몸에서 빛을 발하게 해주는 것은 죽어가는 그였다.

영순永淳 두 번째 해 열두 번째 달 세 번째 밤, 점성술사들이 태운 거북 등에 '단절'이라는 점괘가 나타났다. 이튿날 아침, 천황이 깨어났다. 계속 그를 괴롭히던 고통이 잠시 멈추었다. 그는 또렷한 목소리로 연호를 홍도弘道로 바꾸고 대사면을 단행하겠다고, 그리고 그 사실을 자신이 백성들에게 직접 알리겠다고 말했다. 의사와 환관들이 그를 침대에서 겨우 일으켜 모피로 안을 댄 당의로 감쌌다. 그는 가마로 황궁의 좁은 통로들을 통해 측천문則天門 꼭대기에 있는 별궁으로 옮겨졌다. 외호外濠와 사각으로 줄지어 선 기병과 보병들 너머, 도시 곳곳에서 달려온 백성들이 머리를 조아리고 있었다. 아침 눈이 동 수도의 지붕들을 온통 하얗게 뒤덮고 있었다. 사찰, 종각, 탑들이 소용돌이치는 회색 바람 속에 뒤섞여 있었다. 왕자의 궁, 부유한 상인의 저택, 서민의 초가집이 거의 구별되지 않았다.

천황의 눈길이 잠시 서쪽 머나먼 곳을 헤매다 휘몰아치는 눈송이를 가로질러 그의 고향 장안에 고정되었다. 북, 종, 징, 궁중음악이 울려 퍼졌다. 그는 자신의 칙령을 읽을 수 없었다. 벌써, 기쁨에 들뜬 백성들이 "황제 폐하께 만수무강"을 연호하고 있었다.

그날 오후, 그가 대신들, 황태자, 예왕睿王 단旦 그리고 태평 공주 월을 불러놓고 유언을 받아 적게 했다. "…… 장례식은 7일로 충분할 것이다. 태자는 내 관 앞에서 권좌에 오르도록 하여라. 황릉의 축조는 간소하게 하도록 하여라. 정부는 군사적, 정치적 중대사에 대해서는 천황후의 의견을 묻도록 해라."

해질 무렵, 남편은 숨을 헐떡이며 혼수 상태에서 깨어났다. 그는 마취제를 요구했다. 또다시 혼수 상태에 빠지기 전에 그가 나에게 다가오라고 하고는 손을 꼭 쥐었다.

어둠이 깔렸다. 나는 감히 꼼짝도 할 수 없었다. 그의 손에 쥐어진 내 손은 그를 산 자들의 세계와 이어주는 최후의 끈이었다. 흔들리는 촛불 아래, 푹 패인 볼, 안구 속으로 쑥 들어간 눈, 그는 이미 시신의 창백한 모습을 취하고 있었다. 갑자기 차가운 기운이 손바닥을 통해 나를 파고들었다. 그리고 나는 아련한 음악, 수정이 땡그랑거리는 소리, 은종이 울리는 소리, 옥피리 소리를 들었다.

순간, 일그러졌던 치노의 얼굴이 환하게 펴졌다. 모든 고통에서 해방되는 찰나에 굳어버린 그의 이목구비에는 조각상의 우아함, 불가사의한 가면의 아름다움이 서려 있었다. 살짝 벌어진 그의 두 눈은 보이지 않는 세계에서 오는 신들의 행렬을 살피고 있었다. 양끝으로 당겨진 그의 입술은 이미 황홀감을 표현하고 있었다.
 나는 저 세상의 음악 소리가 멀어지기를 기다렸다 자리에서 일어섰다. 환관들이 궁궐 문을 활짝 열어젖혔다. 등불 아래 사각형의 뜰이 땅에 머리를 조아리고 있는 왕자와 대신들로 온통 까맣게 변해 있었다. 관원들이 입을 모아 나의 중얼거림을 반복해 외쳤다.
 "중국 황제께서 하늘로 올라가셨다. 세상에서 가장 광활한 제국은 이제 고아가 되었다."

 백성들은 흰색 상복을 꺼내 입었다. 각 가정에서 음악, 웃음, 잔치가 사라졌다. 7일 동안, 조정은 간소화된 형식으로 스물일곱 단계의 입관의식을 치렀다. 7일 동안 곡소리, 비교秘教적인 기도, 승려들의 염불이 온 낙양에 울려 퍼졌다. 7일 동안, 곳곳에 놓인 향로에서 잿빛 연기의 기둥이 하늘을 향해 피어올랐다.
 하늘로 올라간 남편은 유언에서 황릉을 세울 장소를 구체적으로 밝히지 않았다. 하지만 측천문 꼭대기에서 서쪽을 망연히 바라보던 그의 눈길에서 고향 장안으로 돌아가고 싶어하는 마음을 읽을 수 있었다. 나는 낙양 근처에 황릉을 세우는 것이 좋겠다는 대신들의 의견을 무시하고 호부상서, 공부 토목기사들, 예부의 지관地官들로 구성된 파견단을 장안으로 급파했다.

파견단은 조사한 장소들을 묘사한 약화略畵와 글을 파발로 보내왔다. 그들의 보고서를 처음 대했을 때부터 나는 별자리가 숫자 일, 천지를 이루는 다섯 요소 중 하늘과 일치하는, 장안 북서쪽에 위치한 양산梁山에 마음이 끌렸다. 그 산은 녹음이 우거진 일련의 구릉들에 등을 기댄 채, 동쪽으로는 태종 황제가 묻힌 구종산九嵕山을 바라보고 있었고, 서쪽으로는 저승 귀신들의 접근을 막는 무수武水의 맑은 물에 발을 담그고 있었다. 위수渭水의 평야가 두 개의 구릉이 하늘의 궁수처럼 서서 지키고 있는 산의 남쪽 사면을 향해 머리를 조아리고 있었다.

두 번째 파견단이 첫 번째 파견단과 합류했다. 그들이 첫 번째 파견단의 진단을 확인해주었다. 양산의 초목으로부터 뿜어져나오는 안개는 용의 입김이었다. 지상세계를 굽어보며 하늘로부터 기운을 받는 양산 일대는 찬란한 무덤, 제국의 영원한 번영을 위한 보증이 될 것이다. 나는 위대한 점성술사 이순풍李淳風을 내 궁궐로 불러 검증을 부탁했다. 나중에 내가 죽어 남편과 합류할 것이기 때문에 우리의 탄생 시간과 장소를 자식과 조상들의 그것과 합한 다음, 이십팔수와 십이간지를 오행과 조합한 수로 나누었다. 수학적인 계산은 삼일 낮 삼일 밤 동안 계속되었다. 그 결과는 지관들의 견해와 일치하는 것으로 드러났다.

공사는 해빙기 때부터 시작되었다. 매일 저녁, 내 영혼은 지하 궁궐이 양산의 뱃속에서 점점 넓어지고 있는 서쪽을 향해 날아갔다. 음침하고 축축한 통로들이 땅의 중심을 향해 고통스런 행진을 계속하고 있었다. 황제의 방은 산 자들이 범접할 수 없는 깊은 곳에, 곳곳에 죽음의 함정이 배치된 통로들이 도굴꾼들을 가짜 무덤으로 이끌 미로 한가운데 위치해 있었다. 벽화 제작이 시작되었다. 금색, 은색, 황토색, 자주색, 얼굴들, 몸들, 옷들이 흰 석회로 뒤덮인 복도의 벽면을 따라 모습을 드러냈다. 나는 수천 명의 신하와 수천 필의 말이 동원되는 황제의 행차를 재현하라고 명했다. 천국을 향한 그 행차에는 언니와 화지까지도 내 뒤쪽에 한 자리를 차지했다.

황릉 주위로 성벽이 둘러졌다. 축소판 장안이 구역별로 세워졌고, 그 중앙에는 제사를 모시는 성스러운 제단이 설치되었다. 황제의 침구가 그가 생전에 살았던 궁궐과 똑같이 지어진 궁궐로 옮겨졌다. 나는 황릉의 중심축인 신도神道를 따라 사자, 천마, 61개국에 달하는 우리 속국의 왕과 대신들의 상을 세우게 했다.

나는 황제를 위해서 비석을 세우지 않는 전통을 무시하고 장인들이 팔만 자의 비문, 내가 하늘로 올라간 남편의 삶과 영광을 읊은 장시長詩를 새긴 화강암 비석을 세우게 했다.

다섯 번째 달 보름, 아들 현이 이끄는 황실 행렬이 서쪽을 향해 출발했다. 길을 따라 고관대작, 상인, 장인, 농부들이 제단을 세웠다. 황금잎으로 장식된 종이집들이 끝없이 이어졌다. 흰 깃발, 삼끈, 지전紙錢이 바람에 휘날리며 하늘을 뒤덮었다.

말들은 더 이상 깃털 장식을 달지 않았고, 공주들은 보석을 모두 뗐다. 악사들이 장송곡을 연주하며 천천히 나아갔다. 상복을 입은 군사 천 명이 끄는, 흰 천으로 덮인 남편의 영구마차는 먼지 구름 속에서 천천히 멀어져갔다.

나는 『고종실록高宗實錄』의 편찬을 명해 사관들로 하여금 그의 치세를 후세에 전하도록 했다. 알현, 대화, 산책 장면들을 모아 후세를 위해 위대한 군주의 초상을 남기게 했다.

나는 고통스러운 향수만 불러일으킬 뿐 불필요하게 사치스러운 만천궁萬泉宮, 방계궁芳桂宮, 주천궁을 폐쇄시켰다.

치노는 누구였을까? 그 해답을 찾기 위해서는 영원한 시간도 내게는 불충분했다. 이제 광활한 세상의 중심이 되어 꼼짝도 하지 않는 그의 주위를 삶이 천천히 돌았다. 내가 그를 붙잡았다고, 그를 꿰뚫었다고, 그를 소유했다고 믿었을 때, 그는 이미 멀어져 창백하게 꺼져갔다.

여덟

현顯(측천무후의 셋째아들. 후에 철晢로 개명하였다가 다시 본래의 이름인 현으로 불림—역주)이 권좌에 올라 새 시대를 열었다. 내궁에 자리잡은 그는 승하한 황제에게 고종高宗의 사후 칭호를 바치고, 첫 부인 사이에서 태어난 장남을 황태자로 책봉했다. 그의 후궁을 맞아들이기 위해 나는 치노의 첩들을 절로 보내야만 했다. 꽤 나이가 든 그 여자들은 내궁궐 층계 아래에서 엎드려 절하고는 눈물을 흘리며 궁을 떠났다.

이사의 소란이 주인이 사라진 후로 황궁을 감싸고 있던 무거운 정적을 깨뜨렸다. 상喪의 근엄함은 자신의 젊음과 아름다움을 과시하기에 바쁜 여자들 앞에서는 지워졌다. 황후가 된 황제의 첫 부인은 도도한 여주인으로 군림했다.

들리는 말로는 그녀가 전 황제 곁에서 내가 했던 역할을 할 수 있길 꿈꾼다고 했다. 사실, 내 시대는 만료되었다. 이제 그녀가 빛을 발할 차례였다.

나는 황후를 비판하는 루비와 에메랄드의 말을 못 들은 척했다. "황후를 필두로 황제의 첩들이 마치 경쟁이나 하듯 화려한 옷을 지어 입고 있사옵니다……." 나는 황후가 꽃다운 나이의 계집들을 모집하기 위해 나이가 찬 내 여관女官들을 내쫓았다는 보고를 듣고도 모르는 척했다. 하지만 여자를 좋아하는 황후가 완아에게 추파를 던졌다는 사실을 알게 되었을 때 내 분노는 절정에 달했다!

외궁에서 보인 내 아들의 처신은 날 절망에 빠뜨렸다. 남편이 죽은 후로 태후太后의 지위에 오른 나는 수렴청정을 하며 직접 칙령을 내렸다. 내 존재는 황제를 알현하는 대신들에게 정치적 진로의 지속성을 보장했고, 정부의 구성을 안정시켰다. 황궁 곳곳에서 두 권좌의 자리가 바뀌었다. 이후로 내가 상석을 차지했다.

상이 끝난 바로 다음날부터 황제는 자신의 능력을 과시하려고 애썼다. 승상회의에서 그는 황당한 생각들을 내놓아 승상들을 하얗게 질리게 만들었다. 서쪽 국경으로 군대를 보내 유목민족들을 몰살시킴으로써 그들의 침입을 예방해야 한다고 했다. 계속 반항하는 고구려를 당장 제국 앞에 무릎을 꿇도록 만들어야 한다고도 했다. 그러니 당장 30만

대군을 보내라! 낙양의 궁궐들이 너무 좁았다. 황궁을 확장하고, 그곳에 마상 경기장 두 곳을 짓도록 하라!

나는 내 자리에 앉아 창피하기도 하고 화가 나기도 해 입을 다물고 있었다. 승상들은 경솔한 황제의 발언을 조목조목 반박했다. 홍수, 지진 그리고 역병이 휩쓸고 간 이후로 북부 지방이 식량난에 허덕이고 있었다. 어떤 지역에서는 사람이 사람을 잡아먹는 일도 더러 발생했다. 원정을 떠나는 군대는 용병들로만 구성되어야 했다. 대공사는 뒤로 미루거나 취소해야만 했다. 대신들의 반박에 자존심이 상한 황제가 나를 돌아보며 말했다.

"이 사람들은 일부러 제 말을 반박하고 있사옵니다. 어마마마, 저 없이 혼자서도 천하를 다스릴 수 있으시니 저는 이만 물러가겠사옵니다!"

셋째아들 현은 난산 끝에 태어났다. 나는 그를 희생시키자는 의관들의 권유를 뿌리치고 장장 열흘 동안 진통과 싸웠다. 황실의 일곱 번째 왕자는 인도에서 불경을 가져왔던 순례승 현장법사의 기도에 힘입어 세상에 태어났다. 현은 태어난 지 1년 만에 주 왕국의 왕관과 동 수도가 위치해 있는 낙洛 지방의 대도독 인장을 받았다. 그는 스무 살에 응왕과 장안을 중심으로 하는 옹雍 지방의 대도독이 되었다. 여러 해 동안, 그는 푹신한 투구를 비스듬히 쓰고 소매를 걷어올린 채 고래고래 소리를 질러댄 마상 경기장에서, 또는

양춘백설陽春白雪의 선율에 따라 우아하게 춤을 춘 황실잔치에서 두각을 나타냈다. 닭싸움의 열렬한 애호가인 그는 형제들과 함께 시합을 벌여 잔인한 놀이에서 골육상잔의 퇴폐적인 성향을 본 내 남편의 노여움을 샀다. 홍弘이 요절하고 3년 전 현賢(측천무후의 둘째아들—역주)까지 폐위당하자, 황태자의 자리는 형들 그늘에서 자란 이 청년에게 떨어졌다. 남자들의 본성은 부상하거나 실추한 후에 드러났다. 겸손하고 검소한 후계자였던 수나라 양제는 황제의 자리에 오르자 전제적이고 낭비벽이 심한 군주로 돌변했다. 천진난만하고 열의에 넘치는 아이였던 현은 권좌에 오르자 오만하고 충동적인, 남자의 가증스러운 얼굴을 드러냈다.

남편은 내게 그의 백성과 제국을 맡겼다. 4년에 걸친 기근으로 초토화된 중국 땅은 희망을 다시 심어야만 하는 텅 빈, 광활한 들판이었다. 내 아들은 나를 도와 재건에 나서기는커녕 황제의 특권을 누릴 생각만 했다. 젊은 황후가 그에게 나쁜 영향을 끼치고 있었다. 내 손아귀에서 벗어나라고 그를 부추기는 것이 바로 그녀였다.

며칠 후, 우상右相 배염裵炎이 나와 밀담을 나누고 싶다는 전갈을 보내왔다. 나는 완아를 보내 그를 데려오게 했다. 그는 지하통로를 통해 서예 궁으로 왔다. 나를 본 그는 온몸을 던져 바닥에 머리를 조아렸다. 그가 왜 절대복종을 의미하는 인사를 하는지 궁금했던 나는 지체 없이 용건을 말하라고 명했다. 그러자 그는 바로 그날 아침, 황제의 내관들이 그를 찾아와 궁궐로 데리고 갔다고 말했다. 현은 그에게 두 가지 칙령을 받아 적게 했다. 첫 번째 칙령은 황제의 유모 아들에게 5품의 벼슬을 내린다는 것이었고, 두 번째 칙령은 황후의 부친을 좌상으로 임명해 승상회의에 참석케 한다는 것이었다. 황제의 모든 명은 승상들의 동의를 얻어 공포되어야 했으므로 배염은 합당치 못한 승진을 거두어 달라며 황제를 설득했다. 화가 난 현은 늙은 신하의 얼굴에 대고 벼루를 내던지며 소리쳤다. "나는 황제다. 나는 내가 하고 싶은 대로 한다. 나는 황후의 아버지를 좌상으로 임명할 뿐만 아니라 그에게 내 제국을 줄 것이다. 어느 누구도 나를 막지 못할 것이다."

배염이 신음하듯 호소했다. "태후마마, 황후의 부친 위현정章玄貞은 보주普州의 일개 무관이었사옵니다. 3년 전 그 존귀하신 따님께서 황태자비의 자리에 오르시자, 그는 예주자사豫州刺史로 승진되었사옵니다. 아직 임기가 끝나지도 않았고 별 다른 자격도 없는 그가 예외적인 승진을 계속한다면 관료사회가 불신으로 술렁일 것이옵니다. 예전에 태후마마께서는 직접 『외척계』를 쓰시어 황후 집안의 권력 남용을 고발하셨사옵니다. 그러하신 마마께서 오늘날 위공公이 승상에 들어오는 것을, 황후의 집안이 조정을 손아귀에 쥐고 휘두르는 것을 용납하실 수 있으시겠습니까? 중국 황제의 명은 돌이킬 수 없는 것이옵니다. 대신들 앞에서 제국을 위 공에게 줄 것이라고 선언하시는 것은 모두가 존중해야 하는 황제의 엄숙한 약속인 것이옵니다. 태후마마, 먹구름이 하늘을 가리고 있사옵니다. 대지가 불안으로 흔들리고 있사옵니다. 황궁 상공에서 새들이 내려앉으려 하지 않고 시끄럽게 울어대며 빙빙 돌고만 있사옵니다. 당 왕조가 위험에 처해 있사옵니다!"

나는 침묵을 지켰다. 배염이 무릎으로 기어와 머리를 조아렸다.

"태후마마, 후계자 황제께서는 조상들께서 피로 쟁취하신 권좌를 이방인에게 바치려 하시옵니다. 이 배반행위는 가벼운 과실이 아니옵니다. 처벌해야 마땅한 범죄이옵니다! 전 황제께서는 인간은 법 앞에 평등하다고 즐겨 말씀하셨습니다. 태후마마께서 법으로 다스려 주시옵소서!"

"배 공, 생각을 좀 하게 나에게 하룻밤의 말미를 주시오."

그날 저녁, 나는 저녁을 먹는 둥 마는 둥 했다. 한참 동안 기도를 하고 나니 사바세계의 더러움이 모두 빠져나간 듯한 느낌이 들었다. 나는 완아를 데리고 천문대로 올라갔다. 그 위, 공기는 칼날처럼 순수했다. 달이 천문학자들의 천체 모형들 위로 차가운 빛을 던지고 있었다. 하늘에는 신들이 그들 생각의 지도를 펼쳐놓고 있었다. 권좌와 관련된 별자리가 3년 전부터 계속 빛을 잃어가고 있었다. 그날 밤, 옅은 구름의 베일 너머로 별들은 거의 빛을 잃고 있었다.

사성嗣聖 시대 열두 번째 달 여섯 번째 날, 나는 보통 신년 하례식에만 사용하는 통천궁通天宮에서 조회를 거행하겠으니 모두 그곳으로 모이라고 대신들에게 알렸다. 현이 권좌에 자리잡았고, 나는 그 오른쪽에 앉았다. 그는 환관을 보내 내 시녀들에게 내가 왜 그를 그곳으로 불렀는지 물었고, 외국 왕이라도 접견하게 되는지 궁금해했다.

창칼이 부딪히는 소리가 울려 퍼졌다. 사람들이 층계를 올라왔다. 우상 배염과 서태시랑西台侍郎 유위지劉緯之, 좌효기위左驍騎衛 대장군, 검교좌우임군檢校左羽林軍 정무정程務挺, 검교우우임군檢校右羽林軍 장건욱張虔勖이 전투복 차림으로 대전으로 들어왔다.

배염이 소매에서 두루마리를 꺼내 전날 밤 내가 비밀리에 작성케 한 칙령을 큰 소리로 읽어 내려갔다.

"당 왕조의 네 번째 황제, 내 아들 후계자 황제는 자신의 성스러운 의무를 등한시하고 조상들의 명예를 훼손함으로써 전 황제의 가르침에 등을 돌렸다. 그의 행위는 황실의 권위에 먹칠을 했다. 따라서 고조 황제께서 위임하신 권한을 사용해 나는 그를 황제의 자리에서 폐위시킨다. 그에게 상속된 모든 부는 국고로 환수되고, 그는 여릉왕廬陵王의 칭호만을 가질 것이다."

배염은 두루마리를 다시 소매 속에 집어넣고 연단 위로 올라가 황제를 권좌에서 끌어냈다.

"어머니!" 내 아들이 겁에 질려 소리쳤다. "제가 무슨 실수를 저질렀사옵니까?"

현은 내 행위의 정당성을 문제 삼기는커녕 잘못을 저지른 아이처럼 행동했다.

얼음처럼 차가운 내 목소리가 울려 퍼졌다.

"넌 위현정에게 제국을 바쳤다. 바로 이것이 너의 잘못이다!"

"어머니, 그건 농담이었사옵니다."

"황제는 신하 앞에서 결코 농담을 하지 않는다."

"어마마마, 절 용서해주십시오! 그런 일은 두 번 다시 없을 것이옵니다!"

두 달 동안 세상에서 가장 광활한 제국을 다스렸던 남자가 울음을 터뜨렸다. 왕자와 승상들이 연단 발치에, 바닥에 엎드려 있었다. 나는 눈으로 넷째아들 단旦을 찾았다. 그는 바닥에 이마를 조아리고 온몸을 부들부들 떨고 있었다.

예왕, 단이 내 궁궐로 불려왔다. 내가 그의 즉위 날짜를 알려주자 그가 더듬거리며 말했다.

"어마마마, 우리 왕조는 50년 전 고조 황제에 의해 세워졌사옵니다. 그 후로 태종 황제와 아버지 황제께서 천하에 평화와 덕이 군림하게 하셨사옵니다. 그러한 찬란한 과거는 그분들의 후계자에게는 하나의 도전 과제이옵니다. 황실의 막내로서 저는 결코 권좌를 탐한 적이 없사옵니다. 저는 천하를 지배할 준비가 되어 있지 않사옵니다. 당신께서 저에게 안겨주시려는 영예와 권력은 제가 지기에는 너무나 무거운 짐이옵니다. 소자에게는 그것들을 짊어질 지식도 힘도 없나이다. 어마마마를 실망시키는 것은 소자가 감히 저지르지 못할 범죄이옵니다. 소자는 예왕 단으로 남길 바라옵니다. 제발 부탁드리오니, 다른 후계자를 택하시옵소서!"

네 아들 중에 단은 남편을 가장 많이 닮은 아들이었다. 스무 살인 그의 얼굴은 창백했고, 눈길은 순수하기 그지없었다. 그의 목소리는 황제가 되기를 거부했던 젊었을 적 치노의 목소리를 떠올리게 했다. 권력을 좋아하지 않는 남자는 그 잔인함에 상처를 입게 될 것이다. 그는 처벌의 손을 들지도, 악과 선이 뒤얽혀 있는 실타래를 풀지도 못할 것이다. 그는 결코 영원한 찬탈자인 인척과 고관들을 길들이지 못할 것이다.

나는 한숨을 내쉬었다.

"넌 나의 마지막 아들이다. 너는 왕조의 성스러운 옥새를 받아들여야 한다. 나에게는 선택의 여지가 없다. 넌 네 의무를 다해야 할 것이야."

단의 아름다운 얼굴이 눈물로 뒤덮였다.

"어마마마, 둘째형님 현賢은 귀양지에서 3년을 보냈사옵니다. 고독, 남부 지방의 황량한 풍경, 바람의 눈물이 그로 하여금 예전에 저지른 잘못을 충분히 뉘우치게 했습니다. 그의 가슴은 회한과 고통으로 가득합니다. 소자가 확신컨대 어마마마께서 그를 수도로 불러 만나보시면 그가 완전히 딴사람이 되었다는 것을 아실 수 있을 것이옵니다! 그는 어마마마 발치에 엎드려 용서를 빌 것이옵니다. 어마마마, 소자 어마마마의 용서를 간절히 청하옵니다. 젊은 한때의 실수를 용서하시옵소서! 그는 어마마마의 기대에 부응하는 주군이 될 것이옵니다."

나는 둘째아들 현의 이름만 떠올려도 울화가 치밀었다. 내가 이맛살을 찌푸리며 말했다.

"그 추방당한 평민으로부터 편지를 받았느냐? 조정에서 쫓겨난 자와 서신을 교환하는 것은 투옥과 유형으로 처벌하는 반역죄에 속하느니 너는 예왕 단으로서 법을 가벼이 여겨서는 아니 될 것이다."

하지만 단이 고집을 부렸다.

"어마마마, 현은 천하를 다스릴 준비가……."

내가 그의 말을 끊었다.

"현은 황위 찬탈을 기도함으로써 용서받을 수 없는 범죄를 저질렀다. 설사 내가 어미로서 귀양지에 갇혀 지내는 그를 불쌍히 여긴다 할지라도, 나는 그를 다시 궁으로 불러들일 수 없을 것이다. 그 행위는 후대에 아주 나쁜 영향을 끼치게 될 것이야. 모든 왕자들에게 아버지 황제에 맞서 들고 일어나라고 부추기는 꼴이 될 테니까. 물론 네 셋째형 현顯의 경우, 그가 실제 의도와 일치하지 않는 경솔한 발언을 입에 담았다는 것은 나도 인정한다. 하지만 나는 조상 대대로 내려온 법도를 적용할 수밖에 없었다. 그러한 실수에 대해 관용을 베푼다면 황제가 행사하는 신적인 권력의 권위가 땅에 떨어질 터이기 때문이다. 존경심도 두려움도 없다면, 통치는 아이들 장난처럼 되어버릴 것이고, 왕조는 머지않아 무너질 것이다. 더 이상 왈가왈부할 필요 없느니라. 넌 중국 황제가 될 것이야."

며칠 후, 나는 단의 즉위식을 흐뭇한 눈길로 바라보았다. 노래와 향, 관료들의 찬사, 군사들의 만세소리, 백성들에게 베풀어진 잔치가 어두웠던 나날들을 지워버렸다. 새 군주의 유씨 부인이 황후의 자리에 올랐다. 그들의 장남이 황태자로 책봉되었다. 나는 문명文明이라는 연호로 새 시대의 막을 열었다. 중종中宗 현顯과 그의 비는 장강 남쪽으로 추방당해 그곳에서 황량한 경치를 바라보며 세상의 헛됨에 대해 명상해야 했다. 황후 집안은 지위와 재산을 박탈당한 후 흠주欽州로 강제 이주되었다. 그들은 그곳에서 비참하게 살다 죽어갈 것이다.

새 황제는 통치를 거부했다. 그는 칙령을 공포해 전 황제 곁에서 내가 했던 역할에 경의를 표하고, 자신의 정치적 미숙함을 인정한 다음, 나에게 제국을 맡기기로 한 결심을 천하에 알렸다. 그는 자신의 권좌를 대전에서 철거하게 하여 나 혼자 조회를 받게 했다. 그는 자신의 궁궐에 틀어박혀 지냈고, 큰 행사가 있을 때만 내 곁에 모습을 드러냈다.

어느 날 밤, 내 수하들이 연금 상태에 있는 평민 현賢이 자신의 거처에서 탈출하기 위해 은밀히 활동을 벌이고 있다고 알려왔다. 그가 제후국에서 벼슬을 하고 있는 숙부와 사촌들에게 보낸 서찰들이 중간에서 차단되었다. 그 가증스런 아들은 편지에서 나의 섭정은 찬탈이나 다름없다고 선언하고, 왕자들에게 함께 봉기할 것을 권했다.

슬픔과 분노가 나를 사로잡았다. 하지만 헛된 한탄으로 시간을 보내고 있을 때가 아니었다. 바로 그날 밤, 나는 기병 천을 딸려 좌금오위대장左金吾衛大將 구신적丘神勣을 파주巴州 산악 지방으로 비밀리에 급파했다. 그들의 임무는 현이 또다시 광기에 빠져들지 않도록 설득하는 데에 있었다.

둘째아들은 영륭永隆 다섯 번째 해 열두 번째 달, 태종 황제 무덤 순례길에, 잎이 다 떨어진 나무들이 앙상한 가지로 안개를 베는 황량한 들판에서 태어났다. 나는 나에게 첩지를 내리기를 거부하는 외궁에 대한 도전처럼 내 뱃속에 그 아이를 품고 있었다. 현은 막 눈이 내리기 시작할 때 세상에 나왔다. 눈처럼 우아하고 차가운 그는 평생 광기에 휩싸여 지낼 팔자를 타고났다.

　이미 어린 시절부터 그는 황태자의 동생으로 태어난 것을 괴로워했다. 황태자보다 두 살 아래인 현은 형의 공식적인 동료로 지명되었다. 그들은 같은 스승들 밑에서 똑같은 책을 읽고 똑같은 운동을 하며 키까지 똑같았지만, 하인의 수, 인사방식, 상에 오르는 요리, 서열에 따라 정해지는 옷의 색깔, 그리고 마지막으로 아버지 황제의 관심까지, 그들 사이의 불평등은 모든 점에서 뚜렷이 드러났다. 옹왕雍王으로 임명된 현은 영원히 황태자의 신하로 남을 것이었다.

　현은 여덟 살 때 내궁을 떠나 자신의 궁궐로 이사했다. 내가 선별한 관료들로부터 교육을 받으며 바깥 세상에서 자란 그는 나도 모르는 사이에 성인이 되어 있었다. 그는 지위가 계속 올라가 열다섯 살의 나이에 조회에 참석했다. 의식적인 행사와 황실잔치에 참석할 때는 조신들 중에 가장 우아해 보이도록 늘 신경을 썼다. 서열에 따라 엄격하게 정해져 있는 정장에 늘 금기를 살짝 위반하는, 자신의 차이점을 돋보이게 하는 자잘한 장식들을 덧붙였다. 우아한 것이 무엇인지 아는 사람의 손을 빌어 화장을 하고, 온몸에 미묘한 냄새를 풍기는 향을 뿌리고, 새빨간 입술을 가진 미소년들에 둘러싸여 있는 그는 그 화려함으로 늘 황태자보다 돋보였다.

　내 장남, 이미 세상을 뜬 홍은 불행하게도 이름값을 제대로 하지 못했다. 어린 시절부터 천식에 시달렸던 그는 죽음의 무게에 짓눌린 젊은이의 애정과 아량을 가지고 세상을 바라보았다. 현은 입만 열면 열변을 토했지만, 홍은 낮은 목소리로 조용히 말했다. 동생은 발그스레한 볼을 갖고 있었지만, 형은 붉은 반점이 군데군데 피어 있는, 병색이 완연한 창백한 얼굴을 하고 있었다. 왕자는 희귀한 보석, 값비싼 천, 술과 진수성찬을 좋아했지만, 권좌의 후계자는 검소한 당의, 야채와 차에 만족했다.

　어느 겨울날, 홍이 숨을 헐떡이며 자기 말에 귀를 기울여달라고 나에게 간청했다. "제 건강은 점점 나빠지고 있고, 제 기운은 자꾸 떨어지고 있사옵니다. 의지는 있으나 저는 제 의무를 다할 수 없을 것이옵니다. 아버지 황제의 후계자는 원기 왕성한 사람이어야 하옵니다. 현은 재능이 뛰어날 뿐만 아니라 기운이 넘칩니다. 그는 장차 탁월한 군주가 될 것이옵니다. 부디 장자의 권리를 고려하지 마옵소서! 그에게 황태자의 자리를 양보해도 저는 행복할 것이옵니다."

　최초의 왕조 이래로 황실에는 황태자의 자리를 놓고 싸움을 벌인 형제들이 수없이 많았다. 자신보다 낫다고 판단되는 아우에게 자신의 미래를 맡긴 형은 극히 드물었다. 조금의 사심도 없는 그의 말에 감동한 나는 그의 손을 잡았다. 내가 내 아들의 몸에 손을 댄 것은 그때가 처음이었다. 익숙하지 않은 그 접촉은 나를 행복과 우수로 몸서리치게 했다. 홍이 일어나 머리를 내 무릎 위에 올려놓았다. 나는 그를 품에 꼭 껴안았다. 내가 그의 머리카락을 쓰다듬어주며 말했다.

"아버지 황제와 내가 권좌에 앉히고 싶어하는 아들은 바로 너다. 너는 훌륭한 황제에게 없어서는 안 되는 덕을 갖추고 있어. 빨리 병을 떨쳐버려라!"

내 아이의 뺨 위로 눈물이 흘렀다.

"감사합니다, 어마마마, 감사합니다……"

이 당시, 현은 나 모르게 형 주변에 첩자들을 심어놓았다. 이 대화가 질투에 몸부림치는 동생의 가슴에 사무친 원한을 심어놓았다는 것을 안 것은 훨씬 나중의 일이었다.

나에게는 홍을 위대한 황제로 만들 시간이 없었다. 그에게 잔인함과 연민, 관용과 벌에 대한 진리를 가르칠 시간이 없었다. 비겁한 자들을 용감하게, 게으른 자들을 부지런하게, 역도들을 충신으로 만드는 방법을 가르칠 시간이 없었다. 홍은 갑자기 세상을 떴다. 부처는 다시 한 번 나에게 모든 것이 헛되다는 것을 보여주었다.

내 사랑하는 아들 홍은 낙양 근처의 태평산太平山에 묻혔다. 그는 효경孝敬 황제의 사후 칭호를 받았다. 왕이 사후에 절대적인 지위에 오른 것은 중국 왕조 역사상 처음 있는 일이었다. 긴 지하 통로를 뒤덮은 벽화는 저 세상의 화려한 생활을 표현했다. 나는 입구에 잔치, 사냥, 놀이 장면들을 그리게 했다. 말들이 다리를 치켜들고 울었고, 개들이 짖어 댔다. 마차가 굴러가는 소리, 깃발이 펄럭이는 소리, 황제의 도착을 알리는 각적角笛 소리가 들리는 듯했다. 그의 묘실 안, 별이 총총한 둥근 천장에는 태양과 달이 마주보고 있었고, 아름다운 비妃들이 모란이 흐드러지게 핀 정원을 거닐고 있었다. 나는 이 세상의 빛과 유전流轉을 포기한 홍이 수천 년 후까지 행복과 아름다움 속에서 계속 살아가기를 원했다.

  형에 이어 황태자의 자리에 오른 현賢은 정치에 적극적으로 참여했다. 그는 붓으로 그에게 봉사하는 지식인들을 동궁으로 불러들여 책들을 편찬하기 시작했다. 당시는 남편의 건강이 점점 악화되기 시작한 시기였다. 관료들이 비밀리에 후계자의 거처에 모여 내가 국사에 개입하는 것을 놓고 비판을 해대고 있다는 정보가 속속 들어왔다. 얼마 지나지 않아 현은 자신이 직접 나서서 섭정을 하는 어머니 황후를 황위 찬탈자로 비판한 『후한서後漢書』 신판을 황제에게 바쳤다. 나는 그를 염두에 둔 두 권의 책, 『소양정범少陽正範』과 『효자전孝子傳』을 씀으로써 반격을 가했다.

  현은 그가 거세시킨 한 미소년을 몹시 아꼈다. 어느 날 저녁, 그는 궁궐 문을 걸어 잠그고 소년과 함께 벌거벗고

자연 속을 뛰어다니는 향연을 벌였다. 그 퇴폐적인 연회의 소문은 동궁 담을 넘었고, 머리끝까지 화가 난 남편은 현을 타락시킨 책임자를 처벌하기로 마음먹었다. 한 길 모퉁이에서 납치되어 거한들에게 흠씬 두들겨맞은 소년은 뜻밖의 사실을 실토했다. 그의 주인이 날 독살하라는 지시를 거부한 도교승 명숭엄明崇儼을 살해하라는 명령을 내렸으며, 오래전부터 쿠데타를 준비해왔다는 것이었다.

수색을 하던 중 동궁 마구간에서 경輕 기병대를 충분히 무장시킬 수 있는 무기와 갑옷 수백 점이 발견되었다. 쿠데타는 미연에 차단되었고, 신분을 박탈당한 현은 수도에서 쫓겨났다.

나는 그의 측근을 통해 알았다. 내가 자신의 생모가 아니라는 사실을 그가 이미 알고 있었다는 것을. 사실, 20년 전, 순례길에서 언니는 내 남편과의 관계에서 잉태된 아이를 낳았다. 그리고 이튿날, 나는 사산을 했다. 그 사실을 황제에게 알리고 아기를 바꿔치기 하는 일은 루비와 에메랄드가 맡았다. 몸이 불편하다는 핑계를 대고 왕자의 차가운 시신을 모피 외투로 감싸 안은 채 대열을 떠난 어머니는 어느 절을 찾아가 그 아이를 묻었다.

내 아들이 이름 없는 비석 아래 잠들어 있는 반면, 버려질 운명이었던 현은 그를 대신해 권좌에 오를 수도 있는 상황이었다. 하지만 나중에 알게 되는 진실은 거짓보다 더 견디기 힘든 법. 사랑받지 못하고 있다고 확신하고 상상에서 비롯된 증오에 사로잡혀 있던 그는 나의 까다로움과 엄격함을 계모의 의도적인 탄압, 근거 없는 박대와 혼동했다. 우리 영원한 중국에서, 후계자의 자리보다 더 절대권력에 가까운 것도 없고, 불가에 놓인 그의 목숨보다 더 위태로운 것도 없다. 현처럼 때를 기다리지 못하고 운명의 문을 돌파하려 한 후계자도 여럿 있었다. 하지만 문은 열려 있었다. 그를 기다리고 있는 것은 추락이었다.

대장군이 내게 급보를 보내왔다. 현賢이 그의 방에서 목을 맸다는 전갈이었다. 나는 그의 시신을 그 자리에, 장식도 없는 자그마한 총을 쌓아 지하 방에 몇몇 집기와 함께 묻게 했다. 자살로 위장된 살인을 목격했을지도 모르는 악귀들을 진정시키기 위해 나는 고관대작들을 불러 모아놓고 진혼의식을 치렀다. 나는 그들 앞에서 회한의 눈물을 흘렸고, 반항적인 아들을 용서했으며, 그가 소년 시절 받았던 칭호, 옹왕의 왕관을 그에게 되돌려주었다.

자식들과 하나가 되어 단순한 축복을 누리려던 내 노력은 늘 허사로 돌아갔다. 그들이 태어날 때부터, 왕자들과 황후 사이의 거리는 끊임없이 멀어져가기만 했다. 나는 내 새끼들에게 젖을 먹여본 적이 없다. 그들이 게걸스레 매달리는 젖가슴을 바라보며 질투심을 억눌러야만 했다. 젊은

엄마였던 나에게는 조상 대대로 내려오는 법도를 바꿀 힘이 없었다. 내 아이들은 고위관료들의 후견을 받으며 자라났다. 그들은 나를 두려워하고, 날 신처럼 섬겨야 한다고 배우며 자랐다. 그들이 커가는 동안 나는 그들에게 시 한 수조차 가르쳐준 적이 없다. 차갑든 따뜻하든, 그들에 대한 내 생각과 말은 그들이 무릎을 꿇고 받아야 하는 비단 두루마리에 서기들이 옮겨 쓴 내 명이었다. 열다섯 살이 되면 그들은 혼인을 했고 육체적 쾌락을 발견했다. 그들은 황궁 밖에서 대신의 자제, 근위대 장교, 막 벼슬길에 오른 야심만만한 사촌들에게 그들의 왕궁을 개방했다. 신하들은 주인들에게 그들이 위대한 인물이라고 믿게 만들었다. 홍은 기다리고자 했고, 현賢은 인정받기를 원했으며, 단은 침묵을, 그리고 현顯은 불복종을 택했다.

　내 나이 예순, 또래의 여자들이 손자들과 노닐며 가정의 온화함을 즐기는 반면, 나는 그 어느 때보다 더 외로웠다. 치노는 하늘로 올라갔지만, 나는 나락으로 떨어졌다. 아들 가운데 둘은 지하에 잠들어 있었고, 하나는 귀양지에 있었다. 현의 지지자들이 그의 후계자들을 볼모로 삼아 그들의 이름을 내걸고 반란을 일으킬까 두려워 나는 손자들을 모두 동 수도로 불러들여 황궁의 한 부속 건물에 가두었다. 현顯의 식구들은 그를 좇아 귀양지로 갔다. 험난한 산길에서 그의 비가 딸아이를 조산했다. 산파의 도움조차 받을 수 없었던 현은 아이를 자기 손으로 직접 받아 자신의 당의를 벗어 감쌌다.

어엿한 처녀가 된 완아가 내 곁에 남아 묵묵히 나의 불행을 지켜보았다.

현이 쓴 몇몇 서찰이 새어나가 세상에 퍼졌다. 그가 자결한 지 일곱 달이 지난 어느 날, 반란이 일어났다. 50년 전 나를 황궁에 천거했던 대장군 이적의 손자이자 후계자인 이경업李敬業이 선두에 서서 반란군을 이끌었다. 부패를 이유로 수도에서 쫓겨난 그와 그의 추종자들은 해방군으로 조정으로 돌아오기를 원했다. 교묘한 술수로 전략적 거점 도시 양주를 점령한 그들은 현과 비슷하게 생긴 남자에게 지휘권을 쥐어준 다음, 현이 아직 죽지 않았고 자신들이 그의 명에 따라 거병을 했다고 주장했다. 그들은 열흘 만에 막대한 전리품을 분배해준다는 약속에 혹해 모여든 부랑배와 강도들로 구성된 자원군 십만을 모았다.

그날 아침, 나는 낙양에서 신하들을 불러 회의를 열었다. 무성전武成殿의 기둥들은 어두운 하늘을 향해 날아오르는 검은 용을 연상시켰다. 통로를 따라 훨훨 타오르는 횃불이 겁에 질린 대신들의 얼굴을 비췄다. 엎드려 장수를 비는 절차가 있은 후, 배염이 반란군이 그들의 통제 하에 놓인 각 현縣에 배포한 선언문을 내 앞에 대령했다.

완아가 내 탁자 위에 두루마리를 펼쳤다. 첫 구절이 튀어오르는 독처럼 눈에 띄었다.

"섭정을 하고 있는 무씨 부인은 원래 비천한 집안 출신이다. 어렸을 적 태종 황제의 부름을 받은 그녀는 아버지 황제를 유혹했고, 내궁을 방탕에 빠뜨렸으며, 황태자를 현혹시켰다. 그녀는 추악한 비방으로 황후를 몰아냈다. 그녀는 사악한 미소로 우리의 주군을 근친상간의 함정에 빠뜨렸다. 그녀의 심성은 도마뱀의 그것보다 더욱 음험하며, 그녀의 기질은 암 늑대의 그것보다 더욱 잔인하다. 악귀에 사로잡힌 그녀는 충신을 고문하고, 언니를 죽였으며, 오빠를 살해했다. 그녀는 주군을 죽어가게 방치했고, 자신의 어머니를 독살했다. 이 천인공노할 패륜행위를 저지른 그녀는 이제 더 이상 황위를 찬탈하려는 흑심을 숨기지 않고 있다. 그녀는 권좌의 후계자들을 감금하고, 국사를 자기 집안 사람들에게 맡겼다. 식인종처럼 잔인한 그녀는 황실의 후예들을 집어삼키고, 뱀처럼 사악한 그녀는 왕조를 위험에 빠뜨리고 있다. 그녀의 범죄는 백성과 하늘의 통분을 샀고 그녀의 존재는 하늘과 땅의 순수함을 더럽혔다……."

선언문의 두 번째 부분에서 저자는 반란군 우두머리 이경업의 영광을 노래했다.

"…… 한때 황실 조정의 신하였고, 위대한 업적을 남긴 장수들의 후예인 경업은 부패를 고발했다가 권부에서 밀려났다. 이후로 그의 분노는 휘몰아치는 폭풍우보다 더 격렬하다. 그래서 그는 중국을 흡혈귀들로부터 해방시키기로 맹세했다. 실정에 분노한 백성의 부름을 받고, 그들의 보편의지의 위임을 받은 그는 인류의 쓰레기들을 청소하기 위해 반항의 깃발을 높이 쳐들었다. 남쪽과 북쪽 땅끝에서 철의 기병들이 몰려오고, 옥 바퀴가 이어진다. 모두가 적을 향해 진군한다. 우리의 창고는 사해에서 보내온 붉은 수수로 가득하고, 우리의 황색 깃발은 거센 파도와 다름없다. 우리 말의 울음소리는 삭풍의 흐느낌을 뒤덮고, 우리 검의 번뜩임은 성좌를 창백하게 만든다. 우리 군이 속삭이면 산봉우리와 계곡이 무너지고, 우리 군이 전쟁의 함성을 지르면 바람과 구름이 안색을 바꾼다. 이럴진대 감히 어떤 적이 우리에게 저항할 것인가? 감히 어떤 도시가 우리 앞을 가로막을 것인가?……"

선언문은 세 번째 부분에 가서 비장함의 절정을 이루었다.

"…… 전 황제의 무덤 위에 뿌린 흙이 채 마르지도 않았는데 그 자손들에게는 이미 더 이상 존재할 권리가 없다…… 당신들이 계속 가정의 따뜻한 품에 안주한다면, 당신들은 운명의 미로 속에서 길을 잃고 말 것이다. 섭리의 시간을 그냥 흘려보낸다면, 당신들은 퇴락의 시간에 뒷덜미를 잡히고 말 것이다! 지금 당장 나에게 대답해보라. 누가 제국의 주군이 될 것인가? 누가 검은 옥토의 소유자가 될 것인가? 누가 황민의 주인이 될 것인가?"

나는 두루마리를 접고 고개를 들었다. 나는 이 신랄한 붓을 누가 놀렸는지 물었다. 누군가가 선비 낙빈왕駱賓王의 짓이라고 대답했다.

"일곱 살 때 빼어난 시를 써 세상을 떠들썩하게 했던 바로 그 자가 아닌가? 역도들의 꾐에 넘어가 이 불타오르는 문체, 이 힘찬 호흡이 잘못 쓰이다니 참으로 안타까운 일이로다! 시인들이 정치적 도구가 되다니, 천재적인 예술가가 타락해 가당찮은 선동으로 붓을 더럽히다니 참으로 애석하도다! 왜 내가 그를 진작 중용하지 못했지? 이는 인재 발굴을 등한시한 승상의 잘못이오. 앞으로는 이와 같은 실수가 두 번 다시 발생하지 않도록 해야 할 것이오!"

나의 침착한 반응은 대신들을 놀라게 했고 장수들의 긴장을 풀어주었다. 이로 인해 회의는 자신감 넘치는 분위기 속에서 진행될 수 있었다. 즉각적인 진압을 주장하는 의견이 압도적인 가운데 갑자기 우상 배염의 목소리가 울려 퍼졌다.

"태후마마, 소신은 황실 군대를 보내는 것이 합당치 않다고 생각하옵니다."

그의 태도에 놀란 내가 그 이유를 물었다.

"후계자 황제 폐하께서 이미 성인의 나이에 도달하셨으

나 태후마마께서는 여전히 그분을 대신해 천하를 다스리고 계시옵니다. 역도들은 정상적이지 못한 이러한 상황을 빌미 삼아 황실 혈통을 이은 왕자의 통치를 요구하고 있사옵니다. 태후마마께서 고삐를 놓으시고 주군께 권력을 넘겨주신다면 이 모든 소요는 정당성을 상실해 서로 무기를 부딪치는 일 없이 상황은 진정될 것이옵니다."

배염의 말이 역도들의 요란스런 선언문보다 내게 더 큰 충격을 주었다. 30년 전, 배염은 평민 출신의 가난한 선비에 불과했다. 그는 황실에서 주최한 과거시험의 마지막 관문에서 내 눈에 띄었고, 내 명에 따라 태종 황제가 미래의 대신들을 키우기 위해 세운 고급관료 양성학교인 홍문관弘文館에 받아들여졌다. 고독한 지식인이었던 그는 인맥을 형성할 줄도 몰랐고 정치적 계파의 일원이 되지도 못했다. 내가 그에게서 부지런하고 청렴한 관료의 자질을 감지했을 때에야 비로소 그의 출세길은 열렸다. 그는 나의 비호 아래 승진에 승진을 거듭해 단 15년 만에 정부의 수장이 되었다. 그런데 그의 지지가 가장 절실한 지금에 와서 그가 나에게 보인 유화적인 태도는 배신 그 이상의 것이었다. 역도들을 성토하기는커녕 너무 오랫동안 권력을 쥐고 있다며 공개적으로 나를 비난함으로써 그는 그들의 대변인 역할을 했다.

바깥에는 동이 트고 있었다. 끊임없이 흘러드는 빛의 물결이 대전을 가득 메웠다. 붉은 태양이 내게 손을 내밀고 있었다. 나는 노기를 억누르며 미소를 지었다.

"배공, 나는 20년 이상 전 황제를 보필하면서 단 한 번의 실수도 저지르지 않았소. 하늘과 땅도 봉선의식에 만족감을 표시했소. 그리고 중국 백성은 나에게 천황후의 칭호를 부여함으로써 내 충고의 소중함을 인정했소. 오늘날, 나의 섭정은 연이은 재해로 황폐화된 제국의 안정을 지탱하는 유일한 기둥이오. 그래서 전 황제와 후계자 황제는 둘 다 나에게 왕조를 맡겼던 것이오. 내 아들에게 권력을 이양하는 것은 그리 어려운 일이 아니오. 하지만 그 별것 아닌 행동은 나의 무조건적인 항복으로 받아들여질 것이오. 백성들 눈에는 그것이 역도들의 거짓된 비난을 인정하는 것처럼 보일 것이고, 그 무법자들에게는 황실의 권위를 얕잡아 봐도 된다고 시인하는 꼴이 될 것이오. 나 역시 얼마 전부터 세상사에서 서서히 손을 떼야겠다고 생각은 해오고 있었지만 지금 당장 물러나는 것은 불가능하오. 제국의 질서가 심각한 도전을 받고 있고, 황실의 위신이 크게 흔들리고 있기 때문이오. 이러한 상황에서는 황실의 혈통을 이은 왕자가 정치의 전면에 나선다 하더라도 신하들의 존중을 받지 못할 것이오. 그는 모사꾼들의 손에 놀아나고 말 것이오. 배염 공, 예전에는 그토록 놀라운 통찰력을 보였던 공이 지금은 어찌 한 치 앞도 내다보지 못 한단 말이오?"

내궁으로 돌아온 나는 배염의 발칙한 행동 때문에 오랫동안 마음을 진정시킬 수가 없었다. 나는 좋지 않은 예감에 사로잡혔다. 귀양가 있는 현의 감시를 더욱 강화하라는 명령을 내린 나는 아들 단이 혹시 신하들과 밀담을 나누지 않는지 염탐하게 했다.

어사 최찰催察이 내게 비밀독대를 청해왔다. 그가 소리 낮춰 속삭였다.

"전 황제께서 임종하시기 전에 배염에게 정부를 맡아서 잘 이끌어달라는 유언을 내리셨습니다. 황제의 유언을 통해 얻게 된 권력이 그의 마음속에 감히 이름 붙일 수 없는 야망을 싹트게 한 것이 틀림없사옵니다. 그래서 오늘 그는 태후마마를 옹호하기는커녕 오히려 섭정의 자리에서 물러나라고 요구한 것이옵니다. 후계자 황제께서 정치적 경험이 전무하신 터라 제국을 단호하게 다스리실 수 없다는 것은 누구나 다 알고 있는 사실이옵니다. 황제께 권좌를 되돌려주는 것은 배염에게 권력을 맡기는 것이나 다름없는 일이옵니다. 태후마마께서는 필히 경계를 하셔야……."

그의 성찰은 내 스스로 던진 질문과 일치하는 것이었다. 나는 반란군 진압을 위한 황실 군대의 파견을 뒤로 미루고 내궁의 경비 임무를 맡은 근위대의 수를 증가시켰다. 배염에 대해 비밀리에 진행된 수사는 며칠 만에 반란의 주모자들 중 하나가 그의 조카라는 사실을 밝혀냈다. 이 인척관계를 제외하고는 그의 유죄를 증명할 수 있는 증거는 아무것도 없었다.

　배염이 역도들과 내통했다는 확실한 물증은 없었지만 나는 결정을 내렸다. 그가 유죄인지 아닌지를 아는 것은 더 이상 중요하지 않았다. 왕조의 공신이었던 대장군의 손자 이경업이 이끄는 봉기는 외궁에 큰 혼란을 심어놓았다. 나에게 맹목적으로 복종하던 사람들이 나의 정당성을 의심하기 시작했다. 배염의 태도는 그들의 의심에 부채질을 하는 것이었다. 남편의 뜻에 따라 시랑이 되었고, 한때 대신으로서 황제의 태도를 문제 삼아 폐위시킨 적이 있는 반골 배염은 내가 반드시 제거해야 할 위험인물이었다.

　얼음처럼 차가운 어느 날 아침, 나는 조회 중에 배염의 체포를 명했다. 검교좌우임군의 장수들이 군대를 이끌고 궁으로 들어왔다. 혼비백산한 여러 대신이 그의 결백을 주장했지만, 정작 배염 자신은 항의의 말 한마디, 회한의 눈물 한 방울 흘리지 않은 채, 그의 직책의 상징물인 옻칠을 한 검은 아마모자, 상아패, 옥판이 박힌 가죽혁대를 모두 벗길 때까지 가만히 있었다.

　같은 날 아침, 나는 반역을 일으킨 손자를 낳았다는 죄목으로 대장군 이적의 무덤을 파헤치고, 태종 황제가 그에게 하사한 이씨 성도 빼앗고,[3] 그의 뼈를 산산이 흩뿌려버리라고 명령했다! 나는 나와 밀접하게 연관되어 있었던 죽은 자를 학대함으로써 산 자들에게 감히 나를 배반하지 말라는 우회적인 경고를 보냈다. 바로 그날, 황실 군대는 출발 명령을 받았다. 발끝에서 머리끝까지 무장한 30만 대군이 점령된 도시들을 향해 밀물처럼 진군해갔다. 곧 승전보가 도착했다. 오합지졸에 불과한 반란군은 황실 군대의 깃발을 보자마자 혼비백산하여 흩어졌다. 그들 진영 내부에서 내분이 일어났다. 요란스런 선언문을 발표한 지 40일 만에 반란군은 서경업徐敬業[4])과 그 추종자들의 목을 잘라 나에게 바치며 관대한 처분을 호소했다. 나는 머리들을 창에 꿰어 낙양 중심부에 전시하게 했다. 그 머리들은 곧 행인들이 뱉은 침으로 뒤덮였다.

  황실군의 장교들은 반역의 주모자들을 마지막 한 명까지 잡아 처형했다. 측근들이 역도들 중 하나와 밀담을 나누는 것을 목격했다며 좌무위대장군 정무정을 고발했을 때, 터키, 고구려와의 전쟁을 승리로 이끈 그의 공로와 눈부신 평판에도 불구하고 나는 다른 증거를 요구하지도 않은 채 우무위대장군을 그의 막사로 보내 목을 베게 했다.

  배염의 체포 후 그의 재산을 압수수색한 판관이 죄인이

---

3) 중국에서는 황제들이 공을 쌓은 심복들에게 절대적인 신뢰를 나타내는 표시로 자신의 성을 하사하는 일이 잦았다. 대장군은 '이적'이라고 불리기 전에는 '서적'이라는 이름을 갖고 있었다.
4) 이경업. 문무성 황제가 하사한 이씨 성을 박탈당하기 전의 이름.

극도로 청빈한 생활을 했다고 내게 보고했다. 가구는 아주 기본적인 것 외에는 일절 없었고, 방에서도 금으로 된 장식품은 전혀 발견되지 않았다. 승상으로 재직한 6년 동안 그가 저축한 것은 죽은 남편과 내가 선물한 쌀 몇 자루와 비단 열 필 남짓이 고작이었다.

나는 그의 청렴함에 큰 감동을 받았다. 감옥에 갇힌 그는 죄를 자백하지도, 결백을 주장하지도 않았다. 어느 가을, 그는 사람들로 북적대는 사거리 한가운데에서 처형되었다. 죽기 전 그는 유형에 처해진 형제들에게 용서를 빌었다고 한다. "내가 권부에 있을 때는 내 직위를 이용해 호사를 누리지 못하도록 막았는데, 이제는 나 때문에 세상 끝으로 유배를 떠나야 하는구려. 정말 미안하오!"

나는 그가 정말 죽을죄를 지었는지 알고자 하지 않았다. 왜냐하면 그의 체포는 억도들과의 전쟁에서 결정적인 역할을 했기 때문이었다. 나는 비밀리에 그의 머리와 몸통을 꿰매 낙양의 들판에 예의를 갖춰 묻어주라고 명했다. 나는 그의 기일이 돌아오면 가끔 약간의 제물과 기도문을 보내주었다.

황궁, 심각한 내 목소리가 무성전에 울려 퍼졌다.

"공들, 공들도 잘 알다시피 나는 결코 하늘을 실망시킨 적이 없소이다! 나는 전 황제를 20년 이상 섬겼고, 제국의 안녕을 위해 늘 노심초사했소! 나는 제국의 안정과 번영을 보살펴왔고, 공들 각자에게 부와 명예를 안겨주었소. 전 황제께서 공들 곁을 떠나신 이래, 그분께서 나에게 통치권을 맡기신 이래, 나는 내 건강도 돌보지 않고 국사에만 전념했소. 나는 오로지 하나, 백성들의 행복만을 생각했소. 그 역도들은 조정의 대신, 장군, 관료였소. 도대체 충성심은 어디로 사라진 것이오? 도대체 명예는 어디로 가버렸소? 다들 부끄러운 줄 아시오! 나는 간교하고 반항적인 인간들이 조금도 두렵지 않소. 공들에게 묻겠소. 공들 가운데 전 황제의 유지에 따라 대신이 된 배염보다 더 강하고, 더 까다롭고, 더 집요한 사람이 누가 있소? 왕조 공신의 후예인 서경업보다 더 난폭하고, 더 무모하고, 더 격노한 사람이 누가 있소? 한 번도 전쟁에서 패한 적이 없는 정무정보다 더 경험이 풍부하고, 능란하고, 책략이 뛰어난 사람이 누가 있소? 이 세 사람은 어느 누구도 길들일 수 없는 자들로 여겨져왔소! 하지만 그들이 날 배반하고자 했을 때 나는 서슴없이 그들의 목을 쳤소. 공들 자신이 그들보다 더 낫다고 평가한다면 지체 없이 나에게 반항해보시오. 그럴 자신이 없다면, 자중자애하고 국사를 돌보는 나를 보필하시오. 후세에 부끄러운 모습을 보이지 마시오!"

광택光宅 시대 첫해 정월, 나는 새로운 세계를 창조했다. 도시들 성벽 위에서 옛 시대의 황실 깃발 대신 연보라색으로 가장자리를 두른 내 황금 깃발들이 바람에 펄럭였다. 나는 조정의 고관대작들에게 색깔을 다시 분배해주었다. 3품 이상의 문관과 무관에게는 연보라, 4품에게는 주홍, 5품에게는 진홍, 6품은 짙은 에메랄드색으로 만족해야 했고, 7품은 밝은 녹색 옷을 입어야 했다. 나는 서열이 가장 낮은 8품과 9품에게는 소생하는 봄의 색깔을 주어 그들을 위로했다. 나는 행정부 각 부서의 옛 명칭을 폐지했다. 우리 무씨 집안의 선조인 주 왕조에서 영감을 얻은 나는 정치가 삶을 찬양하는 의식이기를 원했다. 내가 내린 칙령에 의해 문하성이 난대鸞臺, 중서성이 봉각鳳閣, 상서성이 문창대文昌臺로 바뀌었다. 이부, 호부, 예부, 병부, 형부, 공부의 육부가 천관天官, 지관地官, 춘관春官, 하관夏官, 추관秋官, 동관冬官으로 바뀌었다.

하늘을 돌 때 별들은 수학적으로 완벽한 궤도를 그린다. 활짝 피어날 때 꽃들은 조화로운 건축의 세계를 드러낸다. 싹이 트고, 활짝 피어나고, 무르익고 그리고 시드는 것, 계절은 이 창조적 질서에 따라 흘러간다. 왜냐하면 죽음이 있는 곳에 수확이 있기 때문이다. 시의 절정은 침묵이고, 그림의 궁극은 티 한 점 없는 종이 위의 순백이며, 현자는 텅 빈 생각에 대해 명상하고, 부처의 대오각성은 세상의 소멸이다. 한 군주의 최종적인 권력은 자기가 가진 권위를 스스로 포기하는 것이다. 집약되어 불변하는 그의 의지는 빛과 어둠 사이에서 균형을 유지하는 자연의 섭리를 실어나른다. 차분하고 단호한 그의 명령은 영원한 움직임의 보편적인 변화를 초월한다. 한없이 강력하고 한없이 섬세한 그의 손은 들판을 풍요롭게 만들고, 별을 이동시키고, 철새를 부르는 보이지 않는 법칙을 적용한다.

광택 시대를 연 지 4개월 후, 나는 보다 고급스러운 정치의 단계로 넘어갈 준비가 되어 있었다.

수공垂拱 시대는 더 이상 폭력에 의존하지 하고, 기도하는 자세로 세상을 다스리겠다는 내 결의를 예고했다. 내 앞에는 하늘에서 강림한 신들이 있을 것이고, 내 뒤에는 한나라 전체가 머리를 조아리고 있을 것이다. 앞으로 억압의 창을 휘두르는 팔은 더 이상 없을 것이며, 헛된 노력, 불필요한 동요도 더 이상 없을 것이다. 악마들을 모두 쫓아냈으니, 나는 보이지 않는 힘으로 이 세상의 소란을 잠재울 것이다.

생리가 멈추었다.

헛되이 달은 차고 이지러졌다. 진홍색 조수는 고갈되어 버렸다.

이 사바세계에서 여자들은 더러움에서 광채를 탄생시키는 대양의 진주들이다. 피는 음침한 미로가 영원한 화염덩어리 주위에 얼키설키 뒤얽혀 있는 지하세계와 나를 연결시켜주는 끈이었다.

그것이 바로 내 에너지의 근원이었다.

최고의 황후인 나는 내 병에 대해 입을 다물어야만 했다. 하지만 늙은 시녀 에메랄드는 내 기분의 변화를 놓치지 않았다. 어느 날 저녁, 그녀가 억지로 나에게 여의관의 진찰을 받아보게 했다. 검사는 간단했다. 남자모자를 쓴 근엄한 표정의 여자가 머리를 조아리며 축하의 말을 건넸다. 내 신성한 몸이 본래의 상태로 되돌아갔다는 것이었다. 휴지기에 들어간 감각의 평온이 마침내 나로 하여금 불멸에 도달할 수 있게 해주었다는 것이었다. 나는 '휴지기'라는 말이 영 마음에 들지 않았다. 싫증난 손짓으로 아첨 섞인 그녀의 수다를 중지시켰다. 궁궐에서 일하는 여관들은 남근의 폭력적인 삽입과 출산의 진통을 한 번도 경험한 적이 없었다. 동정은 그들을 무미건조한 피조물로 만들어버렸다. 수액이 비워진 나무는 잎을 떨구고 말라간다. 여성의 야성을 박탈당한 나는 이미 죽은 것이나 다름없었다. 신들은 나에게 수절을 강요했고, 나는 그들의 처분을 받아들였다. 나는 더 이상 육체의 쾌락에 관심이 없었다. 성적인 쾌락은 내가 신들에게 바치는 제물이 될 것이다.

  국사가 다시 시작되었다. 나는 또다시 방적기 앞에 앉아 뒤얽힌 실을 풀어내는 방적공이 되었다. 낮 동안, 나는 문무대신들에 둘러싸여 나이, 피로, 내 말에 귀를 기울여주고 날 지지해주는 남자의 부재를 잊었다. 날이 어두워 내 궁으로 돌아온 나는 거울 앞에 앉아 쪽찐 머리를 풀어 자존심 그리고 덧없는 젊음이 망가지는 것을 확인했다. 시녀들이 젖은 비단 조각으로 내 얼굴을 문지르면 흰 분과 연지가 지워졌다. 나는 눈가와 입가에 주름이 그물망을 짜기 시작하는 맨 피부와 대면해야만 했다. 촛불이 가물가물 흔들리는 가운데 거울은 심연 속으로 나를 초대했다. 나는 젊고, 잘생기고, 욕망으로 가득한 두 눈을 반짝이는 치노를 보았다. 그리고 그 뒤로 호리호리하고 키가 큰 처녀가 불쑥 나타났다. 그녀는 웃고 있었다. 그녀는 그를 골려댔다. 그녀는 그를 자기 말 위로 끌어올렸다. 어깨와 어깨, 엉덩이와 엉덩이를 마주 대고 그들은 기억의 밤 속으로 사라져갔다.

치노가 없는, 그의 두통과 감정적 소란이 없는 내궁은 텅 빈 것처럼 느껴졌다. 인간 존재들이 모두 떠나버린 것만 같은 그 광활한 정원에서 나무들이 속삭이고, 가구들이 말을 하고, 커튼들이 추억의 조각들을 되살리는 향기를 발산했다. 불면증이 홀로 누워 뒤척이는 날 괴롭혔다. 나는 곤히 자고 있는 완아를 깨워 등을 들고 앞장을 서라고 명령했다. 이 누각 저 누각, 내가 나타날 때마다 보초를 서고 있던 시녀들이 화들짝 놀라 머리를 조아리고는 문을 열어주었다. 낮에는 감히 발을 들여놓지 못한 방들이 훤히 밝혀졌다. 여기 이 금쪽(현악기—역주)에는 그의 손때가 묻어 있고, 저기 저 어항 앞에서는 아직도 그의 천진난만한 웃음소리가 들려오는 듯했다. 여기 이 창문 아래서는 우리가 말다툼을 벌였고, 저기에 그의 붓과 벼루들, 그리고 그의 책들이 아직도 펼쳐져 있었다. 때때로, 치노가 함께 걸으며 밀어를 속삭이는 것만 같았다. 때때로, 나는 난간 뒤에서, 회랑 모퉁이에서 그를 잃어버렸다. 그는 끊임없이 수풀 속으로, 무한을 향해 달아났다. 때때로, 나는 감히 마구간 문을 열게 했다. 나를 알아본 그의 말들이 기쁨에 겨워 요동을 치며 재치기를 해댔다. 나는 슬픈 눈으로 날 뚫어져라 바라보는, 그가 가장 아꼈던 말 '눈(雪)의 노래'에게 다가가 안아주었다. 그의 갈기에 얼굴을 묻고 나는 눈물을 쏟았다.

어둠이 치노, 아버지, 어머니, 누이들, 조카, 내 연적들을 삼켜버렸다. 나는 이제 '휴지기에 든' 내 몸을 잊는 법을 배웠다. 나는 이제 홀로 앉는 권좌의 높이에 익숙해져갔다. 나는 홀로 주인을 잃고 고아가 되어버린, 제국이라는 거대한 바둑판 위에 놓인 돌들을 움직여나갔다. 나는 이제 연민의 눈으로 그리고 냉혹한 눈으로 저 아래에 놓인 세상을 굽어보는 생각일뿐이었다.

정치가 내 호흡을 유지시켰다.
나는 내 궁궐, 내 감옥, 내 무덤으로부터 달아나기 위해 일하는 시간을 저녁까지 연장했다.
정권 과도기였던 만큼 음모자들이 속속 실체를 드러냈고, 감추어진 야망이 이빨을 번뜩였다. 해결해야 할 그 자잘한 문제들 덕분에 나는 기분 전환도 하고 외로움도 잊었다.

어느 날 밤, 묘한 꿈이 날 혼란에 빠뜨렸다. 누군가가 내 거처 문을 살며시 두드렸다. 자리를 지키는 시녀가 아무도 없어 나는 직접 문을 열어주러 갔다. 밖은 칠흑같이 캄캄했다. 어린 동자 하나가 층계 위에 서 있었다. 사내였다! 사내의 출입이 엄격하게 금지되어 있는 내궁에 누가 저 아이를 들여보냈을까? 동자가 손 안에 든 작은 상자를 내밀며 말했다. "저한테 소금 좀 주세요, 네?" 내 뒤로 방 안은 텅 비어 있었다. 내 맞은편, 문턱 건너편에는 황궁이 검은 얼룩처럼 보이는 지붕들을 끝없이 펼치고 있었다. 바람이 불었다. 나는 걷잡을 수 없는 공포에 사로잡혔다. 누군가가 보낸 자객이 아닐까? 하지만 차마 아이의 코에 대고 문을 닫아버릴 수는 없었다. 정말 내 도움이 필요하다면? 다른 것도 아닌 소금을 좀 달라는데 어떻게 거절할 수 있겠는가? 나는 겁에 질려 온몸을 떨었다. 하지만 잠시 망설이는 찰나의 순간에 나는 그를 들어오게 하기로 결정했다. 동자가 문턱을 넘자 두려움이 씻은 듯 사라졌다. 나는 놀란 동시에 뜻하지 않은 행복감을 느끼며 꿈에서 깨어났다.

나는 이 꿈을 고조 황제의 막내딸이자 서로 속내를 나누는 친구이기도 한 천금千金 공주에게 털어놓았다. 공주는 잠시 생각에 잠기더니 장난기 어린 표정을 지으며 웃어 보였다.

"태후마마께서는 소금이 음식에 맛을 준다고 생각지 않

으시옵니까? 소금이 떨어지면 사는 것이 시들한 법이옵니다!"

나는 터져나오는 한숨을 억누를 수 없었다. 전날 밤 소금을 청한 것은 어린 동자가 아니라 맛깔 나는 삶을 구걸한 태후, 바로 나였던 것이다! 전 황제는 나에게 자유를 되돌려주었다. 이제 내가 뜻만 가지면 못할 것이 없었다. 제국을 통틀어 나 외의 다른 주인은 없었다. 나는 나의 간수가 되어버렸다. 나는 나의 포로였다.

나의 비탄은 공주의 예리한 관찰력을 벗어나지 못했다. 그녀가 말을 이었다.

"일 년 전부터 태후마마께서는 밤낮없이 일에만 몰두하고 계시옵니다. 저를 뜸하게 찾으시지만 소인은 태후마마께서 저에게 깊은 슬픔을 숨기고 계시다는 것을, 그나마 강철 같은 의지로 스스로를 지탱하고 계시다는 것을 알고 있사옵니다. 마마께서는 모든 인간의 몸은 연약한 유기체이고, 긴장을 풀어주지 않아 너무 많이 쌓이게 되면 끝내는 기가 고갈되어 갑자기 치명적인 병에 걸릴 수 있다는 것을 유념하고 계시옵니까? 마마의 몸은 이제 휴지기에 들어간 듯 하옵니다. 하지만 저에게 슬픔을 없애고 건강을 되찾게 해주는 비책이 있사옵니다!"

호기심이 발동한 나는 그것이 무엇인지 물었다.

그녀가 눈을 찡긋하며 말했다.

"태후마마, 음은 양과 서로 섞여야 하옵니다. 그 두 근본 에너지의 결합이 계절을 낳고, 꽃을 피우고, 바람을 일으키고, 비를 내리는 것이옵니다. 태후마마의 영혼이 전사들의 그것만큼 남성적이긴 하나 마마의 몸은 음기를 지닌 여성의 몸이옵니다. 천황께서 하늘로 올라가신 이후로 어두운 음기가 마마의 오장육부 속에 쌓였사옵니다. 그 무거운 기운이 마마의 기분을 어둡게 만들고, 울화를 증가시키고, 힘을 약화시키고, 노쇠를 부르는 것이옵니다! 마마, 시녀에게 마마에게 필요한 양기로 가득한 처방이 있사옵니다. 그 처방을 사용하시면 신선한 용모, 유연한 사지, 가볍고 맑은 정신이 영원히 유지될 것이옵니다!"

나는 공주의 허풍에 절로 웃음이 나왔다. 천금 공주, 나이를 종잡을 수 없는 이 뚱뚱한 여자는 향연의 소용돌이 속에서 살고 있었다. 비취 요람에서 태어나 황궁의 폐쇄된 세계에서 자란 그녀는 영화를 누리는 모든 존재들을 위협하는 욕망의 소멸에 대항해 악착같이 싸웠다. 검소함, 엄격함 그리고 깊이를 좋아하는 나였지만 묘하게도 그녀의 내숭 없는 탐욕, 절망적인 경박스러움, 웃음과 눈물로 점철된 방탕에는 애착이 갔다.

"그렇다면 공주, 그렇게 애만 태우지 말고 처방을 해주시구려!"

그녀가 화려한 부채를 호들갑스럽게 부치며 속삭였다.

"오늘은 너무 늦었으니 저는 이만 돌아가 처방을 찾아보겠나이다. 돌아오는 보름날 밤을 비워두시면 처방을 가지고 다시 오겠사옵니다!"

보름달이 휘영청 밝은 날 밤, 나는 천금 공주와 저녁을 함께했다. 가볍게 취한 그녀는 공주와 근위대 장교의 사랑, 왕자와 시동의 동성애 등, 정숙한 여자라면 얼굴을 붉혔을 낯 뜨거운 얘기들을 해주었다. 그녀는 웃으며 비단결처럼 여린 가슴들을 찢어놓고 내궁의 작은 세계를 발칵 뒤집어 놓았던 운명적인 만남, 끔찍한 이별들에 대해 일일이 주석을 달았다.

저녁식사가 끝난 다음에야, 그녀의 이야기에 귀를 기울이며 멍청하게 웃고 있는 것이 한심하게 여겨져 나는 잠자리에 들기로 마음먹었다. 그녀는 침실까지 따라와 옷 벗는 것을 도와주며 또다시 자기의 처방에 대한 자랑을 늘어놓았다. 나는 그녀에게 주술의 묘약을 빨리 내놓으라고 명했다. 그녀가 묘한 웃음을 흘리더니 시녀들을 물러가게 하라고 청했다. 이어 입바람으로 촛불을 끄더니 완아의 손을 잡고 그녀 역시 물러갔다.

나는 침대에 누워 한쪽 팔로 머리를 괴고 기다렸다. 내 지시에 따라 보름달이 뜨는 밤에는 각 방의 발이 모두 올려져 있었다. 바깥에는 하늘에 걸린 거울이 대나무와 천 년 묵은 실편백나무의 그림자를 방 창호에 드리웠다. 긴 시간이 흘렀지만 아무도 들어오지 않았다. 나는 에메랄드와 루비를 불렀다. 하지만 둘 다 대답하지 않았다. 갑자기 옷자락 스치는 소리가 나더니 문이 열렸다. 처음 보는 훤칠한 실루엣이 나타났다. 나는 그것이 공주의 시녀일 것이라고 생각했다. 실제로 그 실루엣은 침대 커튼을 걷어올리더니 나에게 단맛이 나는 탕약 한 잔을 내밀었다. 그리고는 아주 낮은 목소리로 약의 효과를 높이기 위해 안마를 해야만 한다고 속삭였다.

나는 배를 깔고 엎드렸다. 두툼한 두 손이 내 목덜미의 혈을 찾아 지긋이 누르기 시작했다. 그 두 손은 내 머리카락 속에서 미끄러지며 가발과 금비녀에 짓눌린 두개골을 문질러주었고, 이어 어깨로 내려와 척추를 안마했다. 손가락은 유연했고 가늘게 떨렸다. 손가락이 누르는 곳마다 뭉쳐 있던 근육이 풀어졌고, 기분 좋은 열기가 온몸으로 퍼져나갔다. 나른한 졸음과 흥분이 밀려왔다. 나는 안마를 하는 그 여자가 공주가 나에게 선물한 마술 처방이 아닐까 하고 생각해보았다. 그 여자는 내가 데리고 있는 안마사들 중 하나는 아니었다. 넓고 힘찬 손바닥은 피로를 풀어주는 동시에 남편이 죽은 이후로 꺼져버린 몸속의 욕정을 일깨워주었다.

더 아래로 내려가 허벅지에 향유를 바른 안마사의 손길

이 점점 더 모호해졌다. 엉덩이를 주무르던 손이 가끔씩 조심스럽게 딴 곳으로 미끄러져 들어갔다. 손가락의 말없는 언어가 피를 끓어오르게 만들었다. 나는 다리를 약간 벌려 손길을 유도했다. 가운데 손가락이 음부 속으로 들어오더니 점점 더 대담해졌다. 오랫동안 이어진 나의 절제는 나를 더 예민하게 만들어놓았다. 그의 애무는 내 안에서 전율의 파도를 불러일으켰다. 그녀는 전문가였다. 그녀는 나의 걷잡을 수 없는 흥분을 다스려 조금의 어긋남도 없이 첫 오르가슴으로 이끌어갔다. 그녀는 나를 천천히 돌려 눕히고는 얼굴을 안마하기 시작했다. 그녀는 뺨, 눈, 이마, 귓불을 문질러 욕망이 불타오르게 만들었다. 나는 벌떡 일어나 그녀를 품에 안았다. 그녀는 내 위로 쓰러졌고, 나는 그녀의 당의를 찢었다. 그녀의 피부에서는 좋은 냄새가 났다. 그녀의 가슴은 사내 가슴처럼 평평하고 근육질이었다. 배 역시 단단했다. 내 손이 발기해 있는 남근에 닿았다.

사내!

고조 황제의 미망인, 태후의 침전에 사내가 들다니!

깜짝 놀란 나는 떨어지려 했지만 그가 뜨거운 남근을 내 배에 갖다대며 나를 끌어안았다.

"마마, 두려워 마옵소서. 그렇습니다, 저는 남자이옵니다. 소인의 이름은 소보小寶라 하옵니다. 제가 바로 마마의 병을 치료할 처방이옵니다. 날이 밝으면 마마께서는 제 목을 치거나 수레로 사지를 갈가리 찢으라는 명을 내리시겠지요. 하지만 이 밤 동안만은 긴장을 푸시고 저에게 옥체를 맡겨주옵소서……"

나는 나의 타락을 도저히 용납할 수 없었다. 덕을 지켜야 할 황후인 내가, 제국의 운명을 짊어진 여자인 내가, 갑옷을 벗어본 적이 없는 전사인 내가, 인간들을 먼지처럼 여기고 별들과 대화를 나누었던 내가, 그날 밤 마음속으로는 아직 상을 치르고 있었던 치노를 배신했다. 나는 낯선 남자에게 부끄러움 없이, 후회 없이 배를 드러냄으로써 나에게 과실을 허락했다.

중국 황제와 성교를 나누는 것은 정성 들여 이행해야 하는 의무였다. 나이 서른을 넘은 이후로 나는 완벽과 위생에 사로잡혀 지냈다. 나는 탄력을 잃을까 두려워 내 음부를 안마하게 했다. 양념이 많이 들어간 음식을 자제했고, 숨결과 땀에서 좋은 향이 나게 하는 탕약을 마셨다. 늘 몸에 모란 기름을 발랐고, 삼나무 껍질로 문지른 다음, 털을 뽑고 분을 발라 남편에게 바쳤다.

소보가 내 다리를 벌렸을 때, 음부는 빗질도 되어 있지 않았고 향수도 뿌리지 않은 상태였다. 아무 손질도 가하지 않은 평범한 여자의 맨 음부였다. 나는 그것의 아름다움도, 추함도 생각하지 않았다. 뱃속에서 남근을 느껴보지 못한 지 거의 20년이 되었다. 낯선 남자는 날 찢어놓았다. 나는 처음으로 남자의 기분을 무시하고 내 쾌락에 집중했다. 소보는 단련된 허리를 갖고 있었다. 그는 나의 떨림에 귀를 기울였고, 내 신음소리로 이루어진 음악을 연주해나갔다. 그는 성교의 기술을 어디서 익힌 것일까? 아무래도 상관없었다. 날이 밝으면 그는 이미 죽은 목숨이었으니까.

갑자기 내 몸이 끓어오르기 시작했다. 가슴에서 울부짖음이 터져나왔다. 낯선 남자는 확실하게 그리고 큰 힘을 들이지 않고 나를 오르가슴으로, 수많은 불꽃이 작렬하는 불꽃놀이로 이끌었다.

나는 열에 들뜬 밤을 보냈다.
그를 자루에 담아 공원의 강에 던져버릴 생각을 하기도 했고, 그를 독살해 암매장할 생각을 하기도 했다. 그러다 갑자기 제때 일어나지 못해 조회에 참석하지 못할까봐 더럭 겁이 났다. 그래서 잠을 청하다가 이내 시녀들의 시선을 어떻게 대해야 할지, 그들의 눈을 파고 혀를 잘라야 하는 것은 아닌지 고민하기도 했다.

나는 소스라쳐 깨어났다. 희미한 어둠 속, 낯선 남자가 구겨진 시트 위에서 벌거벗은 채 자고 있었다. 그의 구릿빛 피부가 번뜩였다. 그의 거대한 몸집으로 가득 찬 침대가 요람처럼 좁아 보였다. 아주 젊은 그의 입술 위에 희미한 콧수염이 자라 있었다. 갑자기 그가 눈을 뜨고는 미소를 지었다.

 나는 그처럼 행복한 미소를 본 적이 없었다. 깜짝 놀란 나는 어두운 생각들을 잊고 나를 끌어당기는 그의 품속으로 빨려 들어갔다. 그는 또다시 나를 사랑해주었다. 나는 치노가 이토록 강렬한 쾌감을 준 적이 한 번도 없었다는 사실을 깨달았다. 자신의 쾌락만을 생각하는 남편과는 반대로, 젊은 사내는 내 몸을 인도해 굽히고 펴고 비틀게 만들었다. 나는 그로 인해 현 하나하나를 퉁겨 그때까지 몰랐던 울림을 드러내게 하는 악기가 되었다. 새벽이 밝아왔다. 나는 내 근육이 거의 예전 그대로라는 사실을, 내 젖가슴이 소녀의 그것처럼 탱탱하다는 사실을 발견했다. 배 역시 여섯 명의 자식을 낳았다는 것이 믿어지지 않을 정도로 탄력이 있었다. 뜨거운 정열로 불타고 있는 소보의 짙은 눈동자는 내가 아직 아름답고 탐할 만하다는 기분 좋은 진실을 드러내주었다.

 완아가 살며시 문을 두드리고는 조회에 늦었다고 알려주었다.

 내가 그녀에게 대답했다.

 "태후께서 몸이 편찮아 오늘은 대전으로 가지 않을 것이니 관료들은 모두 각 부서로 돌아가고, 승상들은 서면으로 보고를 하라 일러라. 오늘은 회의를 열지 않을 것이다."

치노는 젊은 애첩에 대한 일시적인 정열에 사로잡혀 이러한 칙령을 자주 내렸다. 그럴 때마다 내가 짜증을 부렸던 기억이 났다. 국사를 소홀히 한다며 그에게 도덕적인 훈계를 한 것이 얼마나 후회가 되던지! 나는 처음으로 나라 일과 주군의 의무 이전에 우선 몸을 챙겨야 하는 의무가 있다는 것을 깨달았다!

정오, 시녀들을 들어오게 했다. 그들은 묵묵히, 눈을 내리깐 채 머리를 만져주었다. 나는 루비에게 소보를 보내 옆 누각에서 그를 씻기게 했다. 그는 환관의 당의를 입고 돌아왔다. 그와 함께 아침식사를 했다. 그는 게걸스레 먹었다. 그의 왕성한 식욕과 천박한 행동이 날 매료시켰다. 그는 음식을 씹으며 내 질문에 대답했다. 무례하게 미소로 대답을 대신하기도 했다.

유복한 농부 집안의 셋째아들로 태어난 소보는 마을의 서당에서 교육을 받았다. 그는 열네 살 때 처음으로 가출해 그의 현에서 열린 과거시험에 응시했으나 3년에 걸쳐 세 차례 모두 낙방했다. 하지만 그 사이 거리를 떠돌아다니며 그는 더 나은 세상의 존재를 발견했다. 열여덟 살이 되던 해 그는 같은 마을에 살던 사촌과의 정혼을 피해 낙양으로 올라왔다.

내가 얼마 전 신도神都로 명명하게 한 동 수도로 올라온 그는 돈도, 아는 사람도 없이 떠돌아다녔다. 고향 현에서

안면을 튼 몇몇 부랑자들이 그에게 짐꾼, 석공, 사기꾼 등, 일시적인 잡일을 찾아주었다. 그는 거짓말을 하고, 훔치고, 싸우는 법을 배웠다. 그는 다리 밑에서 추위에 떨며 잠을 잤고, 다른 부랑배들에게 뭇매를 맞기도 했다. 그는 보석이 박힌 마구로 치장한 말과 금빛으로 번쩍이는 마차들을 부러운 시선으로 바라보았다. 결국, 몰래 최음제를 만드는 도교승의 수하로 들어가게 된 그는 그로서는 조제방법을 알 길이 없는 귀한 알약이 가득 든 대나무통들을 빼돌리는 데 성공했다. 그는 그 알약의 기적 같은 효능을 떠벌리며 온 도시를 돌아다녔다. 빈민촌에 가서 알약이 모든 성병을 치료한다고 말하며 푼돈을 받고 팔았고, 부촌에서는 문지기들과 친구가 되어 소위 피임효과가 있는 그 약들을 그들이 주인에게서 훔친 물건과 맞바꾸었다. 이상하게도 알약은 효능이 있었고, 소보는 금세 유넝해졌다. 그가 지나가는 곳에는 어디나 반가이 인사하는 목소리가 있었고, 그를 기다리는 따뜻한 빵이 있었고, 보도 위에 놓인 찻잔들이 있었고, 그의 뒤를 졸졸 따라오며 그가 부르는 노래를 따라 부르는 아이들이 있었다. 어느 날, 천금 공주의 한 문지기가 그에게 혹시 아는 사람 중에 솜씨 좋은 안마사가 있느냐고 물었고, 소보는 자기 자신을 추천했다. 그는 뒷문을 통해 공주의 궁궐로 들어갔고, 이후로는 그 세계에서 나오지 않았다.

공주는 후궁에 열 명 남짓의 젊고 잘생긴 사내들을 키우고 있었다. 그들은 호의호식하며 새장 속의 앵무새처럼 살았다. 환관들이 그들에게 점점 늙어가는 그들의 여주인을 안마하는 법을 가르쳤다. 공주의 명에 따라 그들의 성교기술을 향상시키기 위해 시녀들이 몸을 바쳤다. 밤마다 그들은 돌아가며 부름을 받았다. 그들 중 몇몇은 가끔 공주가 친구들에게 제공하는 선물로 궁궐 밖으로 나가 봉사하기도 했다. 첫날밤부터 소보의 범상치 않은 성적 능력을 간파한 공주는 그에게 별궁을 내어주고 피부, 머리카락, 오장육부 그리고 피를 정화시키는 식이요법을 따르게 했다. 소보는 기량을 높이기 위해 공주가 보내준 경험 많은 여자들을 제외하고는 지나가는 파리 한 마리조차 볼 수 없었다. 그는 배고프고 심심해 죽을 지경이었다. 그러던 어느 날 저녁, 공주가 그의 방으로 찾아와 그에게 성스러운 임무를 맡겼다.

"왜 나에게 그 모든 걸 시시콜콜 이야기하는 것이냐?" 낯선 남자가 나에게 자신의 불행했던 과거를 거리낌도, 꾸밈도 없이 털어놓는 것에 놀란 내가 물었다.

"오늘 아침 눈을 떴을 때 마마의 눈동자에서 칼날의 광채를 보았기 때문이옵니다. 마마께서 제 목을 치게 하시리라는 걸 저도 알고 있사옵니다. 전 5년 전에 고향 마을을 떠났사옵니다. 그 후로 저는 살아남기 위해 끊임없이 거짓을 지어냈지요. 저에게는 제 삶의 진실을 털어놓을 친구가 아무도 없었사옵니다. 잠시 후 저는 죽을 것입니다. 이제 저는 죽어서도 제 출신과 과거가 더 이상 부끄럽지 않을 것이옵니다! 제 얘기에 귀를 기울여주셔서 감사하옵니다, 마마!"

"사실이다. 넌 아마 곧 죽을 것이다. 내 허락 없이 내궁에 들어온 남자는 누구를 막론하고 죽음으로 다스려진다. 하지만 네 삶이 날 감동시켰다. 그래서 너에게 한 번의 기회를 주기로 마음먹었다. 넌 거세되어 내 환관이 될 것이다. 네가 지난밤에 받은 총애에 대해 입을 다물도록 내 수하들이 네게 독을 마시게 할 것이고 너는 벙어리가 될 것이다. 하지만 너는 5품 귀족에 버금가는 직위에 임명될 것이다. 그리고 너에게 내가 말에 오를 때 고삐를 끌도록 허락할 것이다."

소보가 빈정거렸다.

"태후마마, 부모님이 물려주신, 제 다리 사이에 있는 이 거시기를 잃는다면, 부귀영화가 무슨 소용이 있겠사옵니까? 저는 그것 덕분에 숨을 쉬고 살아가옵니다. 그것이 잘린다면 저는 시들시들 죽어갈 것이옵니다. 차라리 지금 당장 이 자리에서 죽겠사옵니다!"

나는 이처럼 해괴망측한 말을 들어본 적이 없었다. 이 발견이 날 황홀케 했다.

"얘야, 네 나이가 몇이더냐? 넌 죽음이 두렵지도 않느냐?"

"마마, 저는 시골 촌구석에서 태어났사옵니다. 제 삶은 저를 이 궁궐로 이끌었고, 저는 하늘 아래 가장 아름답고, 가장 고귀한 분과 사랑을 나누었사옵니다. 저는 두 번 다시 지난밤과 같은 밤을 보낼 수 없을 것이옵니다. 제 스물네 번째 해가 마지막 해가 되기를. 저는 후회 없이 죽을 것이옵니다!"

그의 무모한 용기가 마음에 들었다. 보름달이 다시 밤하늘을 밝힐 때까지 나는 소보의 운명을 결정하지 않았다. 나는 그를 애완동물처럼 궁궐에 감추어두었다. 나날이 근심거리를 가득 안고 회의에서 돌아오는 나는 힘든 하루를 잊게 해주는 그의 뜨거운 환대와 쾌활한 재잘거림에 점점 익숙해져갔다. 손짓 발짓을 해가며 그가 들려준 이야기들은 내가 그때까지 몰랐던 성스러운 수도의 면모를 드러내주었다. 나병환자와 해방된 노예들이 모여 사는 음침한 빈민굴은 모두 원숭이 조련사, 곡예사 그리고 마술사들이 재주를 부리며 사람들을 끌어모으는 공터로 통했다. 낙수와 이수(伊水)에는 수상 도박장과 창녀촌이 떠다녔다. 매년 가을에는 참수형이 벌어지는 사거리로 사람들이 몰려들었다. 칼이 획 소리를 내며 허공을 가르면, 죄인의 목이 날아가고 그 자리 그대로 남아 있는 몸통에서는 시뻘건 피가 솟구쳐올랐다.

고향 마을을 떠올릴 때면 소보의 목소리는 보다 진지하게 변했다. 그러면 다진 흙으로 벽을 쌓은 나지막한 집, 아이들이 벌거벗은 채 내달리는 벌판이 눈앞에 펼쳐졌다. 나는 양의 냄새와 사과 꽃향기를 느꼈다. 강물이 흐르는 소리, 석양에 물든 하늘을 선회하는 새들의 노랫소리를 들었다. 나는 파리하고 차가운 인형 같은 시녀들, 작위적이고 위선적인 우아함을 뽐내는 대신들을 잊었다. 뽕나무와 보리밭으로 둘러싸인 무씨 마을이 기억 속에 떠올랐다. 나는 뛰어다니고, 노래하고, 기어오르는, 구릿빛 피부를 가진 건강한 계집아이를 보았다. 나는 또다시 내 이마에서 타는 듯이 뜨거운 햇살을 느꼈고, 돼지똥과 뒤섞인 젖은 밀짚의 아늑한 냄새를 맡았다.

나이 육십이 되어서야 나는 남자가 여자보다 더 큰 쾌락을 나에게 줄 수 있다는 것을 깨달았다. 소보는 나에게 감각의 풍요로움을 발견하게 해주었다. 이미 정해진 그의 죽음, 그를 마지막으로 안는다는 생각이 성적 쾌감을 더욱 강렬하게 만들어주었다. 나도 모르는 사이에 내 얼굴이 서서히 변해갔다. 발그스레한 빛이 뺨에 되돌아와 앉았고, 눈에서 냉혹한 기운이 사라졌다. 화장을 하지 않았는데도 입술이 붉게 빛났다. 조회 때, 나는 권좌에 앉아 이러한 나의 변신을 아무 부끄러움 없이 과시했다. 내 목소리는 더욱 힘찼고, 머리는 더욱 빨리 돌아갔다. 정치적인 토론을 하는 도중에 이유 없이 미소를 짓는 일도 있었다. 당황한 대신들은 눈을 내리깔고 머리를 조아렸다.

　어느 날 오후, 음악회 도중에 뒤에 앉아 있던 소보가 몰래 완아의 손을 어루만지는 것을 보았다. 화가 치밀어 내 가슴을 뒤틀었다. 후궁에 갇혀 지내는 그는 나 몰래 더 젊고, 더 아름답고, 더 상냥한 시녀들을 누구든 유혹할 수 있었다. 세상과 격리되어 지내는 여자들은 남자가 주는 쾌락을 느껴보기를 꿈꾸었다. 그 타고난 바람둥이에게, 지칠 줄 모르는 그의 남근에 어느 여자가 저항할 수 있겠는가? 나는 병적인 질투에 사로잡혔다. 내가 하나의 몸을, 살결을, 뛰는 가슴을 나만의 것으로 삼는 일에 그렇게 집착한 적은 한 번도 없었다. 소보는 내 개였고, 물건이었다. 지고의 황후인 나는 그의 주인, 여신, 생사를 결정하는 사람이었다. 나는 버럭 탁자를 엎어버리고 악사들을 돌려보냈다. 겁에 질린 그는 두 번 다시 한눈을 팔지 않겠다고 맹세했고, 완아는 내 발치에 머리를 조아린 채 펑펑 쏟아지는 눈물로 내 옷자락을 적셨다. 루비가 그녀에게는 죄가 없다며 변호했지만 나는 끓어오르는 화를 참지 않고 터뜨렸다. "너희들은 모두 범죄의 공모자들이다! 의관들을 불러라! 구멍이란 구멍은 모조리 조사하게 하라! 완아는 곧장 100대를 때려 냉궁에 처넣어라!"

　내궁의 여자 근위병들이 완아를 묶은 다음, 머리채를 잡아 밖으로 끌고나갔다. 겁에 질린 완아의 비명이 아직도 귓가에 맴도는데, 소보는 벌써 강제로 날 침실로 끌고 들어가 내 화를 풀기 위해 안마를 하기 시작했다. 그는 순식간에 옷을 벗고 나를 껴안았다.

"마마, 죽기 전에 한 번만 더 안아보게 해주십시오, 마마……."

"내 너를 불에 태워 죽게 할 것이야. 칼로 네 피부를 몽땅 벗겨 죽이게 할 것이야. 허리 두 동강 내어……."

"마마, 소리치지 마십시오. 아무리 그러셔도 전 두렵지 않사옵니다. 제가 여자를 원하면 그 무엇도 저를 말릴 수 없사옵니다. 지금 당장 제가 원하는 것은 마마이옵니다……."

격렬한 경련이 그의 몸 아래 깔린 나를 사로잡았다. 높고 뜨거운 파도가 나를 덮쳤다. 갑자기, 내 허리를 붙들고 씨름을 하고 있는 것이 마치 남편인 것만 같았다. 부정不貞은 사내들의 자유였다. 하늘의 아들이건 농부의 아들이건, 그들은 둘 다 나를 투정이나 부리는 평범한 여자로 되돌아가게 했다.

완아가 나의 총애를 잃은 것과 후궁에 남자가 있다는 사실이 이미 외궁에 알려졌다고 천금 공주가 내게 귀띔해주었다.

"마마, 그 아이를 차마 제거할 수 없으시면 저에게 돌려주십시오. 제가 감쪽같이 사라지게 하겠나이다."

"공주, 이번 일은 더 이상 공주가 상관할 일이 아니오."

늙은 감모 에메랄드가 감히 내 귀에 대고 속삭였다.

"마마, 마마의 침전에 사내를 계속 데리고 있을 수는 없는 노릇이옵니다. 소인이 궁녀들의 행실을 밤낮없이 감시한다 하더라도 어느 날 아침 피할 수 없는 장면을 목격하게 될 것이옵니다. 소보 공의 나이 스물넷이옵니다. 마마께서 새장에 가둬두고 계시는 것은 새가 아니라 황소이옵니다. 그를 보내십시오. 제발 부탁드리옵니다……."

"답답한 것 같으니, 그를 내보내면 온 천하에 내 얘길 지껄이고 다닐 것이 아니냐! 나는 그를 죽여야 한다. 그런데 차마……."

황실법도를 감시하는 한 환관 장교가 내게 상소를 올렸다.

"예전에 태종 황제께서는 서 왕국에서 온 한 비파 연주가의 솜씨를 높이 평가하셨사옵니다. 하지만 황제께서는 그를 거세한 후에야 후궁으로 들어와 궁녀들에게 그 빼어난 예술을 가르치도록 허락하셨사옵니다. 소보 공의 뛰어난 머리가 태후마마께 쓸모가 있다면 거세수술을 받게 한 다음, 내궁에 불러들임이 마땅하다고 사료되옵니다. 그렇게 하지 않는다면 마마의 평판에 누가 될까 심히 염려되옵니다."

마침내, 딸 태평 공주가 나를 곤란한 상황에서 해방

시켜주었다.

"마마, 소보는 마마의 건강과 기의 균형을 유지하는 데 없어서는 안 될 처방이옵니다. 그는 후한 상을 내려야 마땅한 역할을 하고 있사옵니다. 세가 황실의 법도와 마마의 필요를 동시에 만족시킬 수 있는 묘안을 찾았사옵니다. 낙양 서쪽에 있는 백마사白馬寺는 예전에 동한東漢의 명제明帝에 의해 지어졌사옵니다. 중국 땅에 지어진 최초의 불교 사찰이지요. 하지만 여러 왕조를 거치는 사이 숱한 전쟁의 피해를 입은 탓에 더 이상 순례자들을 끌어들이지 못해 폐허로 변하고 말았사옵니다. 그 성스러운 장소를 소보에게 하사하심이 어떠신지요? 머리를 깎고 손에 염주를 든 승려가 되면 그는 내궁을 자유롭게 드나들 수 있을 것이옵니다. 어느 누구도 부처님의 말씀에 귀를 기울이고자 하는 마마를 탓하지는 못할 것이옵니다."

딸이 떠나자, 나는 내 명에 따라 냉궁에서 나온 완아를 들게 했다. 역시 내 명에 따라 곤장 100대의 형벌도 가해지지 않았다. 하지만 그녀는 황실 죄인에게 가해지는 박대까지 면제받을 수는 없었다. 단 며칠 만에 그녀는 갈대보다 더 야위어 있었다.

"난 너에게 부귀영화를 줄 수도 있고 지옥으로 보낼 수도 있다. 알겠느냐?"

그녀가 울음을 터뜨리며 내 발치에 머리를 조아렸다.

나는 한숨을 내쉬었다.

"내궁에서 궁녀, 여관, 환관들이 네 환심을 사기 위해 안달이라는 것은 나도 알고 있다. 밖에 나가면 공주들이 너에게 아첨을 하고, 대신과 판관들이 네 뜻이라면 허리를 굽혀 받든다는 것도. 액정에서 바느질을 하던 네 어미는 다시 양반 부인이 되었다. 나는 그녀에게 궁궐 하나를 내어주고 수없이 많은 보석과 하인들도 선물로 주었다. 여자가 꿈꿀 수 있는 모든 것을 너는 이미 가지고 있어! 정부를 가지고 싶다면 왕자와 왕들 중에 골라보아라. 하지만 소보에게는 눈길을 두지 말거라. 그는 내 것이니까."

그날 저녁, 시녀들을 모두 돌려보낸 나는 소보에게 무릎을 꿇으라고 명했다. 결정은 내려졌다. 그가 날 사랑하지 않고 떠나길 원한다면 그는 황궁을 나서자마자 죽을 것이다. 그가 날 사랑하고 승려가 되고자 하다면 나는 그에게 명예와 영광을 줄 것이다.

나는 매서운 눈초리로 그를 처다보았다.

"너는 처형되지도 거세되지도 않을 것이다. 내 너에게 자유를 돌려주겠다."

가벼운 떨림이 청년을 뒤흔들었다. 그가 낮은 목소리로 속삭였다.

"마마를 다시 뵐 수 있을까요?"

내가 아무 대답도 않자 그가 고개를 들었다. 잘생긴 얼굴이 눈물로 뒤덮여 있었다. 나는 메마른 심성을 가진 그 사내가 그처럼 나약해질 줄 몰랐다.

"마마, 제발 부탁이옵니다. 저를 데리고 있어 주십시오. 저를 버리지 마시옵소서! 소인을 약간의 먹이 외에는, 마마 곁에 머무는 것 외에는 아무것도 요구하지 않는 개처럼 여기십시오……."

내가 감동을 억누르며 말했다.

"나는 내궁에 사내를 데리고 있을 수 없다."

"그럼 절 거세해주십시오! 이제 그 따윈 상관없사옵니다! 더 이상 마마께 쾌락을 드릴 수 없다 하더라도, 물렁한 살과 끈적끈적한 시선을 가진 환관들을 닮아간다 하더라도 괜찮사옵니다. 저는 오로지 변치 않는 마음으로 계속 마마를 사랑할 수 있기만을 바라옵니다."

나는 그의 속내를 떠보려고 했다.

"나는 널 빈손으로 내보내진 않을 것이다. 궁궐 문을 나서는 순간 너는 큰 부자가 될 것이다. 내가 너에게 주려고 하는 돈은 예쁜 첩들을 사고, 가정을 세우고, 사업을 시작하고, 존경받는 사람이 되기에 족할 것이다. 많은 여자들과 땅의 주인이 될 수 있는데 왜 노예로 남으려 하느냐? 원하기만 한다면, 너는 진홍색 돛을 활짝 펼치고 너를 제국 곳곳으로 데려다줄 상선의 주인이 될 수도 있을 것이다."

청년이 소리 내어 엉엉 울기 시작했다.

"마마, 마마께 진실을 숨긴 것을 부디 용서해주옵소서. 저는 결혼 때문에 고향을 떠난 것이 아니었사옵니다. 영순 원년 시대 첫해, 창궐했던 역병이 제 부모, 조부모, 형제 누이들의 목숨을 앗아갔사옵니다. 저는 모든 시체들을 들판에 묻은 다음 달아났사옵니다. 그 후로 저는 절망에 빠져 낙양을 돌아다녔사옵니다. 방황으로 보낸 5년의 세월 동안 저는 얻어맞고, 빼앗기고, 강간을 당했사옵니다. 저는 침, 발길질, 욕설세례를 참아내야 했사옵니다. 마마께서는 저를 노리개가 아닌 다른 방식으로 품에 안아주신 최초의, 그리고 유일한 마마님이셨습니다. 이 세상 어느 여자도, 제 어머니조차도 마마처럼 애정 어린 눈길로 저를 바라봐주지 않았사옵니다. 마마, 소인을 용서해주옵소서. 소인을 후궁에 데리고 계시거나 아니면 죽여주옵소서!"

소보의 말이 내 가슴을 찢어놓았다. 그의 비탄이 내 비탄을 일깨웠다. 나는 한숨을 내쉬고 그를 끌어안았다.

"그럼 내 말을 잘 듣고 시키는 대로 하여라. 그러면 농부의 아들, 부랑자, 최음제 판매상이었던 네가 세인들의 존경을 받게 될 것이다. 내 말을 따르기만 한다면 내가 낙양의 부랑자였던 너를 황실 조정의 영광된 신하로 만들어줄 것이다."

소보의 고통은 내 백성의 고통이었다. 나는 요새화된 대궐의 인위적인 풍요로움 속에서 사는 것이 부끄러웠다. 축복 속에 턱을 감고 있는 조정은 불행의 대양 속에 떠 있는 기적의 섬이었다. 내가 삶의 길모퉁이에서 건져올린 아이, 소보의 운명을 바꿔주기로 결심한 것은 그의 헌신에 보답하기 위한 것만은 아니었다. 그는 절망에 빠진 세상을 향해 나 있는 내 창이었다. 과거시험은 수천 명의 선비들로 하여금 더 나은 삶에 접근할 수 있도록 해주었다. 하지만 학위가 또다시 장애가 되었고, 개방은 또 다른 차별로 변했다. 농부의 아들, 고아, 버려진 사람들에게는 아직 그들의 재능을 일깨울 기회가 없었다. 소보는 내가 기회를 제공해주어야 할, 울분에 찬 상처 입은 사람들 중 하나였다.

청년은 내 명에 따라 머리를 깎고 중이 되었다. 승려 공동체의 일원이 된 그는 과거와 인연을 끊고 정화되었다. 그는 풍馮이라는 성과 소보라는 천박한 이름을 버리고 내게서 회의懷義라는 법명을 받았다. 나는 내 부마 설소薛紹에게 그를 먼 삼촌으로 인정해달라고 부탁했고, 이후로 그는 유명한 양반 집안의 성씨인 설薛을 사용했다.

사기꾼이 천재로 밝혀졌다. 회의는 틀에 박힌 학문에 의해 손상을 입지 않은 생짜 그대로의 천재적인 머리를 가지고 있었다. 유랑생활은 그에게 관료적인 성찰보다 더 효율적인 직감을 길러주었다. 당돌함과 상상력은 목석 같은 관리의 혀보다 그의 혀를 더 빨리 돌아가게 만들었다. 불행했던 지난날의 다양한 경험이 묘한 지식으로 변했다. 그는 설계에 대해서는 문외한이면서도 얼렁뚱땅 백마사를 복원시켰다. 경전을 뒤적거리며 몇몇 기도문을 외운 다음, 연단에 올라 벼락 같은 설교를 늘어놓았다. 황후의 정부가 하는 설교를 들으러 몰려든 낙양은 온 사방에 백련이 활짝 피어 있는 웅장한 사찰을 발견했다. 거대한 향로에서 향 기둥들이 피어올라 하늘을 뒤덮었다. 취할 듯이 뿌연 그 연기 속에서 사람들은 은은히 울려 퍼지는 승려들의 염불을 들었다. 갑자기 산보다 더 큰 천왕들이 불쑥 나타났고, 양쪽에 보살들이 서서 환한 빛을 발하는 통로가 열렸다. 신도들은 마침내 대웅전 안쪽에서 두 손을 모은 채 수백만 개의 다이아몬드가 빛을 발하는 금 연꽃 가운데 앉아 있는 회의를 발견했다. 넓은 이마, 내리깐 눈, 귓불이 불룩 나온 귀, 마치 부처가 강림한 것 같았다. 회의 그 자신이 지어낸 소문들이 도시로 퍼져나갔다. 낙양은 곧 신묘한 치료능력과 마술적인 힘을 갖춘 유명한 인도 고승의 환생처럼 그를 경배했다.

  옷이 날개라는 말이 있다. 근위대 장교들이 관직을 박탈당한 대신에게서 옻칠한 아마모자, 상아패, 그리고 옥으로 장식된 가죽혁대를 벗기면, 위신을 잃고 산발한 채 겁에 질린 눈을 두리번거리는 그 고위관리는 이미 대역죄인, 노예를 닮아 있었다. 보라색 당의를 입고 황실 준마의 등에 오른 채 궁궐 환관들을 앞세우고 시종 승려들을 뒤따르게 하자, 이 골목 저 골목 돌아다니며 최음제를 팔았던 소보도 어렵지 않게 낙양 귀족들 중에서도 가장 우아한 인물로 자리잡을 수 있었다.

외궁의 깐깐한 대신들은 그 파렴치한 회의를 못마땅한 눈초리로 노려보았고, '애첩에게 빠진 주군들은 정사를 소홀히 했다', '그들의 눈먼 열정이 왕조를 멸망의 길로 이끌었다' 등, 이미 알고 있는 이야기를 일깨우는 항의 서한을 내게 올렸다. 늘 권력의 향배에 촉각을 곤두세우고 있는 다른 대신들은 새로운 권력자의 환심을 사기 위해 동분서주했다. 장군들은 그를 스님이라 부르며 머리를 조아렸고, 거만하고 다루기 힘든 내 조카들도 그가 말에 오르면 서둘러 고삐를 잡아주었다. 나는 권좌에 앉아 입가에 미소를 머금고 그 장면들을 굽어보았다.

회의는 진실이 되어버린 거짓이었다.

회의는 내가 정신 나간 이 세상을 향해 비추는 비정한 거울이었다.

수공 시대 둘째 해부터 나는 한 가지 개혁정책을 실행에 옮겼다. 거대한 청동함이 황궁문 앞에 설치되었다. 네 부분으로 구성된, 세공사들이 글을 새겨 금을 부어넣은 그 함은 백성의 소리를 듣기 위한 것이었다.

황제의 칙령이 제국 방방곡곡에 나붙었다. "국가의 녹을 먹지 않는 모든 개인은 앞으로 진실의 함 동궤銅匭에 글월을 남김으로써 태후마마께 자유롭게 상소할 수 있다. 동쪽을 향해 나 있는 부분은 능력 있는 인재의 추천과 황제 폐하의 훌륭한 결정에 대한 성찰을 위한 것이다. 남쪽으로 향한 부분은 사회적, 정치적 현안에 대한 비판을 접수한다. 서쪽을 향해 있는 부분은 중, 경범죄의 고발을 위한 것이고, 북쪽을 향한 부분은 제국의 운명과 관련된 점성술적 예견이나 예지몽豫知夢에 관한 이야기를 받아들일 것이다."

두 번째 칙령이 곧 뒤따랐다. "태후마마께 올릴 글을 가지고 성스러운 수도를 향해 여행을 하는 자에게는 매일 여행비용이 지급될 것이고, 각 지역 당국이 숙식을 제공해줄 것이다. 묵어가는 객들을 심문하거나, 글을 가로채거나, 수도로 올라가지 못하게 막는 모든 제국 관리는 극형으로 다스려질 것이다."

이어 세 번째 칙령이 지체 없이 전파되었다. "나라에 유익한 제안이 있거나 불의로 인해 피해를 입은 자는 출신에 관계 없이 태후마마께서 직접 맞아들일 것이다."

이러한 나의 조치는 제국을 발칵 뒤집어놓았다. 지방 정부가 이끄는 수송행렬이 전국의 국도 위로 끝없이 이어졌다. 백성들은 진실의 함에 자신의 소원을 남기기 위해 장사진을 쳤다. 편지들은 해질 무렵에 황궁 문지기들이 수거해

밤에 나에게 전달되었다. 내 궁궐에서 열리는 향연과 음악회는 당분간 중지되었다. 나는 내문학관에서 성적이 우수한 학생들을 선발해 편지를 읽게 했다. 천장에 매달린 휘황찬란한 촛대들은 모두 꺼지고, 키 작은 탁자용 촛대에 꽂힌 양초들만 붉게 타올랐다. 화려한 당의를 벗고, 거창한 쪽찐머리를 풀어헤친 젊은 여자들이 맨발에 비단 실내화만 신고 앉아 편지를 읽어 내려갔다. 몸과 판단력에 전혀 때가 묻지 않은 그 여자들은 상스러운 문장으로 씌어진 백성들의 애끓는 사연에 열렬한 반응을 보였다. 때때로, 완아가 읽던 편지를 내려놓고 술과 과일을 주문했다. 그녀는 내 뒤에 앉아 피곤에 절은 관자놀이를 주물러주었다. 방 안쪽에서 한 계집아이가 금을 연주했고, 또 한 아이는 대나무 통소를 불어 반주를 해주었다. 다시 고요가 찾아들면, 종이와 비단 소매가 스치는 소리가 들려왔다. 밤늦은 시각에 회의가 도착했다. 그가 나타나자, 여자들이 어둠 속으로 사라지는 새떼처럼 사방으로 흩어져 달아났다.

외조에 백성들을 맞아들이기 위한 궁궐이 별도로 마련되었다. 나는 오후 정해진 시각에 가리개 천으로 둘러싸인 권좌에 앉아, 온 중국이 날 만나기 위해 줄을 서 있는 것을 보았다.

한 농부는 토지세를 깎아달라고 호소했다.

한 나무꾼은 자기 아내를 납치해간 벼슬아치를 고발했다.

한 어부는 자기 고장에 수로를 건설해달라고 부탁했다.

관비와 사랑에 빠진 한 가난한 선비는 그녀를 해방시켜달라고 애원했다.

한 미친 사람은 나에게 세상의 종말에 대해 이야기했다.

내 고향 마을의 한 여인은 과부에게 재혼을 권장해줘서 고맙다고 했다.

또 한 여인은 계란 한 바구니를 바쳤다.

휘황찬란한 궁궐과 나를 둘러싸고 있는 위압적인 군사들 때문에 주눅이 들어 벌벌 떨기만 하는 이들도 수없이 많았다. 두려움과 존경심에 취한 그들은 입이 열리지 않아 환관들이 밖으로 끌어낼 때까지 머리로 바닥을 찧어대기만 했다.

나는 온갖 지방의 사투리를 아주 재미있게 들었다.

나는 그들 꿈의 소박함에, 욕망의 옹색함에 가슴이 뭉클했다.

나는 절망에 빠진 자, 굶주린 자, 노인, 고아들과 함께 괴로워했다.

학위가 없는 선비들은 벼슬을 얻어 떠났고, 건강하고 유연한 청년들은 군에 입대했다. 나는 나에게 도움을 청하는 모든 존재에게 자비, 정의, 행복을 나눠주려고 애썼다.

중국의 광활함이 날 집어삼켰다. 가리개 천 너머의 실루엣들이 서로 뒤엉켜 열병처럼 나를 휩쓸었다. 호리호리하고, 뚱뚱하고, 크고, 작고, 뒤틀리고, 병든 몸들이 내 옷자락을 붙들고 늘어졌고, 내 눈의 망막에 들러붙고, 내 꿈속까지 좇아와 성은을 베풀어달라고 애원했다. 내가 베풀면 베풀수록, 민원의 무리는 점점 더 늘어났다. 이제껏 드러난 모든 불행은 한없는 고통의 부스러기들에 불과했다.

나는 자랑스러웠고, 실망했다. 나는 행복했다. 그리고 죄책감을 느꼈다. 나는 수백 명의 삶을 통해 우주의 모든 고통을 없앨 수 있는 답을 구했다. 하지만 해답은 모래 속의 물처럼 달아나기만 했다. 악의 기원은 여전히 수수께끼로 남아 있었다.

승상이 제국 신하들이 내 건강을 보존하기 위해 백성의 알현을 중지해달라고 청하는 상소문을 내게 전했다.

승상이 머리를 조아리고 말했다.

"태후마마, 이전의 어떠한 군주도 백성을 직접 맞아들이지 않으셨사옵니다. 그럼에도 불구하고 주의 문왕, 한 왕조의 고조, 위 왕조의 문제文帝와 태종 문무성 황제께서는 성공적으로 그리고 영광되게 천명을 완수할 수 있었사옵니다. 훌륭한 군주는 백성의 고통과 기쁨을 함께 느끼오나 근심을 홀로 짊어지지 않고 신하들에게 맡길 줄도 아옵니다. 그래서 고대 주 왕조는 거지로 변장을 하고 전국 각지를 돌며 민생을 살피는 어사라는 직책을 만들어내었사옵니다. 태후마마의 건강은 중국 백성의 귀중한 재산이옵니다. 마마의 건강이 상한다면 천하의 모든 기쁨도 함께 사라질 것이옵니다. 부디 힘과 기운을 아끼시어 보다 중대한 결정을 내리는 데 쓰셔야 할 것이옵니다."

내가 그에게 대답했다.

"내가 진실의 함을 만들고 백성들에게 황궁을 개방한 것은 과거의 황제들을 비웃기 위한 것이 아니라 미래의 군주들에게 경고를 보내기 위한 것이었소. 화려한 비단옷을 입은 조신들에게 둘러싸여 궁궐에 갇혀 지내는 제국의 주인은 배고픔, 가난, 삶이 주는 상처들에 대해 무지하오. 군주란 무릇 움직이지 않는 중심이기에 백성들이 그에게로 와야 할 것이오! 지난 몇 달 동안 백성들을 만나면서 나는 불행을 하나하나 다스리려 하다가는 내 힘이 먼저 고갈되고 말 것이라는 진리를 깨달았소. 각각의 자비는 영원히 뒤척이는 강에 떨어지는 물방울에 불과했소. 나는 어떤 자들에게만 특혜를 베풂으로써 나에게 아무것도 청하지 못한 다른 사람들에게 돌아갈 몫을 박탈하고 말았소. 나는, 인간에게 운명을 분배해주는 신들을 대신할 수 없다는 것을 깨달았소. 한 군주의 힘은 하나의 허상이자 하나의 약속이오. 부처의 연민만이 마음의 고통을 영원한 기쁨으로 바꿀 수 있소. 오늘, 나는 공들의 요청을 받아들여 백성의 알현을 중지하도록 하겠소. 하지만 진리의 함은 계속 백성들의 불만을 수렴할 것이오. 정치는 간호는 해주나 치료를 하지는 못 하오. 오로지 정신적인 힘만이 병든 몸, 불행한 영혼을 구제할 수 있는 것이오. 빛 속에 있는 자는 허기와 갈증을 잊을 수 있소. 우리 제국이 종교적 법열을 느끼고 하늘을 향해 올라갈 수 있도록 함께 기도합시다."

열

유목민의 아이였던 나, 머리를 깎고 비구니가 되었던 나, 매달리는 허약함보다 뿌리 뽑는 힘을 더 좋아한 빈이었던 나, 안과 밖, 제국 어디에나 있는 황후였던 나, 나는 하나의 기적이 이루어지는 것을 놀란 눈으로 바라보았다. 내가 낙양에 뿌리를 내렸던 것이다.

나는 이제 시골에서 올라온 한 재인의 환상을 삼켜버렸던, 100만 주민이 북적이는 대도시 장안으로 돌아가지 않아도 됐다. 나는 그 시장과 노점, 말과 행인들이 서로 부딪히는 거리들을 잊었다. 그 도시는 나를 만들어내고 타락시켰다. 장안으로부터 멀리 떨어져서야 나는 그곳의 방탕한 열기를, 손쉽게 축적할 수 있는 부를 용서했다. 나는 더 이상 그곳의 쾌활한 낭비를, 음란한 흥청거림을 비판하지 않았다. 나는 왕자들의 피와 비妃들의 눈물이 스며 있는 벽에 둘러싸인 황궁에서 영원히 해방되었다. 나는 내 청춘을 앗아간 장안에 나의 부재라는 벌을 내릴 것이다.

족보 전문가들이 우리 무씨 집안이 고대 주 왕조 평왕의 후예라는 것을 증명했다. 천이백 년 전, 그 위대한 조상은 수도를 장안에서 낙양으로, 삼면이 가파른 산으로 둘러싸인 비옥한 평원으로 옮겼다. 넓고 잔잔한 낙수가 도시를 관통하며 수많은 지류와 합쳐졌다. 지관들은 그곳의 풍수에서 영원한 번영을 읽었고, 군사 전략가들은 타타르인들의 침입으로부터 보호해주는 중심적 위치를 높이 평가했다. 수 왕조 양제는 수백 만의 농부들을 동원해 동문으로부터 중국 땅을 관통하는 다섯 개의 강을 연결시키는 대수로[5]를 파게 했다.

장안에는 땀, 먼지, 짐수레가 남긴 깊은 흔적들이 있었다. 낙양에는 푸른 수로, 자주색 돛, 노의 삐걱거림이 있었다. 낙양은 움직이지 않았다. 세상이 물결에 실려 그곳으로 미끄러져왔다. 지방에서 곡식, 귀한 목재, 비단 두루마리, 찻덩어리 그리고 술항아리를 가득 싣고 출항한 배들이 황궁 발치에 싣고 온 짐들을 부려놓았다.

---

5) 서기 605년에 시작해 611년에 완공된 대수로는 전장 2,700킬로미터에 걸쳐 이어져 있었다.

낙양은 나를 전쟁에서 승리를 거두고 돌아오는 황후로 맞아주었다. 전쟁으로 파괴된 그 도시는 벌거벗은 채 나의 상상력에 자신을 맡겼다. 보수된 각 부두에, 파인 각 수로에 내 생각을 쏟아부었다. 장방형의 도시를 둘러싸고 있는 성벽을 다시 설계했다. 나는 수직으로 교차되는 대로를 열 개씩 다시 그려넣었고, 행정구역을 130개로 복원시켰다. 각 대로 중앙에 2열로 자주색 석류나무와 분홍색 복숭아나무를 심게 했다. 그리고 무지개 형태의 돌다리와 배가 돛을 활짝 펼치고 지나갈 때면 양쪽으로 들리는 나무다리들을 세웠다. 나는 그곳의 황궁과 황실 공원을 복원하고 확장했다. 나는 장안에서 불러온 고조, 태종, 고종의 혼을 모시기 위해 황궁 서쪽에 세 채의 황실 사찰을 지었다. 또한 숭산묘를 세워 내 조상들도 당 왕조의 세 황제와 똑같은 대접을 받을 수 있도록 했다.

장안은 따돌림을 당했다. 낙양의 붉은 모란 위로 바람이 불었다. 황궁에서 가장 높은 누각에 올라가면 북쪽으로 낙수가 황실 공원 한가운데에서 반짝거리는 것이 보였다. 버찌나무 누각과 난초 테라스들이 사라지면 깊은 숲에서 봄과 가을 궁전이 솟아났다. 회랑들이 강을 따라 구불구불 이어지다가 다리로 변하여 에메랄드빛 섬들을 향해 내달렸다. 남쪽으로는 나지막하게 자리잡은 도시가 북적이는 일상의 풍경을 펼쳐주었다. 범선들이 하늘 속에서 미끄러졌다. 날아오르는 새들과 출항하는 쪽배들을 분간할 수가 없었다. 기와지붕과 초가지붕들은 수로 속에 녹아든 청록색과 황색 얼룩들이었다. 지평선 저 멀리, 녹색과 푸른색 사이에 검은 고리 하나가 떠다녔다. 나는 그것이 이수가 흐르는 성스러운 계곡이라는 것을 짐작할 수 있었다. 그 오른쪽 강안江岸에는 불교도들이 수세기에 걸쳐 절벽을 따라 수천 개의 동굴을 파놓고 그들의 우상을 모셨다. 그곳에서 내 어린 시절의 소원이 이루어졌다. 산 하나가 조각되어 보살들을 거느린 여래로 변했다. 나는 거대한 상에 나의 타원형 얼굴, 생각에 잠긴 불룩 튀어나온 이마, 가늘고 긴 눈, 희미한 미소를 머금은 도톰한 입술을 빌려주었다.

그 너머로는 숲, 강, 끝없이 펼쳐진 들판 그리고 분주히 움직이는 도시들이 있었다. 온 중국 땅에 내가 도안한 연보라색과 금색 깃발이 펄럭였다. 남자들은 죽고 없었다. 나는 그 영원한 세계의 여주인이었다.

병든 육신, 지친 미소, 치노는 고종 황제의 초상에 가려 지워졌다. 손에 활을 들고 말에 오른 그는 도도한 불굴의 전사였다. 황색과 갈색이 뒤섞인 화려한 비단당의를 입고 두 손을 무릎 위에 올려놓은 채 용상에 앉아 있는 그는 태양처럼 빛을 발했다. 주군의 상징들이 수놓인 자주색과 검은색이 섞인 망토를 입고, 옥 진주가 열두 줄로 배열되어 있는 왕관을 쓴 채, 태산 정상에서 두 손을 모아 헌주를 바치는 그는 지상세계에서 가장 위대한 사제였다.

치노, 열에 들떠 있던 소년, 바람기를 주체하지 못했던 남편. 나의 동생이자 정부였던 치노는 하나의 초상, 하나의 투명함, 하나의 반짝임으로 변해버렸다. 그의 영혼은 궁궐을 떠돌다가 하늘로 올라가 태종 문무성 황제와 합류했다. 그들 둘은 이제 나에게는 도달할 수 없는 높이로 올라간, 명상을 통해 느낄 수 있는 희미한 열기와 차가운 영감이었다.

가깝고도 머나먼 그들은 별이 되었다.

20년 동안, 내 잠자리는 사막이었다. 소보는 사막으로 살며시 걸어 들어온 오아시스였다. 나는 축축한 포옹, 쓴 탕약 냄새를 잊었다. 신선한 피부, 단단한 근육, 자랑스레 고개를 쳐들고 있는 남근을 아무 부끄러움 없이 마음껏 즐겼다. 약한 자를 더욱 약하게 만드는 사랑은 내 강한 영혼을 더욱 강하게 만들어주었다. 나는 대신들에게 밤의 환락이 낮의 명석함에 전혀 누가 되지 않는다는 것을 보여주고자 노력했다.

나는 개혁에 다시 박차를 가했다. 내 명에 따라 최고의 법률가들이 현행법을 점검하고 새 법전을 편찬했다. 정부의 필요에 따라 실시해온 과거시험을 매년 한 번씩 주기적으로 열고, 최종시험은 내가 참석한 가운데 치러지도록 했다. 시험과목을 대폭 늘리고, 사서에 대한 논술이 더 이상 필수가 아니게 했다. 나는 영혼을 드러내는, 신들의 음악인 시를 인재를 뽑는데 빠져서는 안 될 시험과목으로 채택했다.

한 칙령에 인재를 놓치지 않으려는 나의 확고한 결심이 표현되었다. "…… 제국의 번영은 우리 모두의 의무이다. 이미 벼슬길을 올랐든 아니면 생업에 종사하는 백성이든, 양반이든 평민이든, 중국인이든 외국인이든, 문화, 경제, 국방, 교육, 법무, 대공사 분야에서 탁월한 능력을 갖춘 사람은 추천서가 없어도 인재모집 관리에게 출두하도록 하라……"

나는 유흥에 쓸 시간을 아껴 틈틈이 『신궤臣軌』와 『백료신계百僚新誡』를 써 충성과 역량에 관한 나의 성찰을 신하들에게 알렸다. 나는 농업에 대한 시론 한 편을 간행했고, 황궁 북문에 하늘 아래 가장 큰 천구를 세우게 했다. 나는 진실의 함에 쌓인 백성들의 소망을 풀어주려고 애썼다. 나는 한 손으로는 지방행정을 다독였고, 다른 한 손으로는 서쪽 오랑캐 부족들의 힘을 약화시키는 술책의 끈을 계속 쥐고 있었다.

나의 회춘은 제국의 부활을 촉진시켰다. 기아와 역병의 세월은 잊혀졌다. 또다시 창고들이 곡식으로 가득 채워졌다. 시장에는 가축, 사냥한 고기, 생선들이 넘쳐났다. 하늘과 땅의 너그러움은 남편 고종 황제가 도달했던 곳보다 더 높은 곳을 향해 비상하고자 하는 용기를 나에게 불어 넣어 주었다. 백 년의 권력 너머에는 신들의 치세가 있었다. 최고 황후의 인장 너머에는 하늘의 정의를 구현하는 위대한 여사제의 왕홀王笏(최고 권력자의 지휘봉—역주)이 있었다.

 수공 시대 네 번째 해, 나는 회의에게 황궁 입구에 위치해 있는 영빈관을 철거하고 그 폐허에 성소를 안치할 명당을 세우는 임무를 맡겼다. 남편의 치세에 유보된 그 계획은 나의 걸작품이 될 것이다. 명당의 건립은 인간들의 다툼을 덧없는 것으로 만들 것이다. 신성한 힘의 부름을 받아 제국 전체가, 모든 백성이 하늘에 도달하기 위해 종교에 심취할 것이다. 도취된 영혼들은 고통을 잊을 것이고, 나의 적이자 경쟁자였던 이승의 비참함은 곧 먼지와 재로 변할 것이다.

 신들은 지체 없이 예사롭지 않은 현상들을 통해 만족감을 표시했다. 내가 태후로서 제국을 통치하기 시작한 이래, 제관들은 하늘의 칭찬을 나타내는 상서로운 출현, 기상현상, 성좌의 배치를 30여 차례나 기록했다.

 길조는 어느 날 아침 한 어부가 낙수 밑바닥에서 마치 글자가 새겨진 듯한 금이 간 돌을 건져올렸을 때 절정에 달했다. 조회 때, 대신과 점술가들이 그 신탁을 해독해 다음과 같은 문장을 얻어냈다. "세상에 온 신모神母에 의해 황제들의 제국은 영원히 번영을 누리리라······." 혼돈에서 세상이 솟아난 이래 최초로 신들이 여자를 인간들의 군주로 점지했던 것이다! 그 소식이 온 제국으로 퍼졌고, 축하의 편지가 눈송이처럼 쏟아졌다. "······ 태후마마께서는 전 황제께서 끝내지 못하신 과업을 계속 이으셨사옵니다. 마마의 노력과 겸허함이 신들을 감동시켰나이다. 문명이 시작된 이래 하늘이 세 번째로 세상에 글을 보낸 것은 바로 그 때문이옵니다······." "······ 여성적인 요소의 대표자이신 태후마마께서는 남성적인 힘도 겸비하고 있사옵니다. 대립하는 두 기운의 결합은 세계 만국에 지복을 주는 조화의 근원이옵니다. 하늘이 마마를 인간들의 여주인으로 점지한 것은 바로 그 때문이옵니다······."

나는 추락과 회생, 기회와 난관으로 점철된 지난날을 통해 내 이마에 독특한 운명의 표시가 새겨져 있다는 것을 이미 확신하고 있었다. 나는 많은 고통을 겪었고 죽음의 위기를 넘겼다. 신과 인간들에 의해 버려져 절망의 극한으로 내몰릴 때마다 나는 내부에서, 몸 안에서 싸워 이기고자 하는 힘을 길어냈다. 바로 그것이 하늘의 흔적, 목소리, 음악이었다. 숨겨져 있던 시련의 의미가 신탁에 의해 드러났다. 신들은 나를 불과 물로 연마시킨 후에 그들의 대리인으로 지명했던 것이다.

왜 조照일까? 왜 말을 좋아하는 계집아이일까? 왜 우여

곡절을 통한, 이 기묘한 부상일까? 죽은 자들조차도 저 높은 곳을 향해 나아가는 나를 위해 디딤돌 역할을 해주었다. 날 부각시키기 위해, 내 운명을 실현하기 위해 왜 나의 첫 주군 태종 문무성 황제, 남편 고종 황제, 아들 홍과 현, 자매 순淳과 명明은 사라져야만 했을까? 어째서 나는 태생의 초라함에서 힘을 얻어낼 수 있었을까? 평민집안 출신에다 여자, 내 실패는 왜 승리로 변했을까? 뇌리를 떠나지 않았던 모든 의문이 씻은 듯 사라졌다. 신들이 마침내 나에게 그들의 대답을 들려주었던 것이다.

나는 조정이 나에게 바친, 여성과 남성이 뒤얽혀 있는 성모신황聖母神皇이라는 화려하고 모호한 칭호를 못 이기는 척하고 받아들였다. 조카들이 신황이라는 하나의 이름으로 새긴 황제의 옥새 세 개를 나에게 바쳤다. 어떤 이들에게는 충성심의 표현인 이 흥분에 들뜬 부산함이 어떤 이들의 화를 돋우고 말았다.

어느 날 아침, 급보 한 통이 대전을 뒤흔들어놓았다. 치노의 아우인 월왕과 조카인 낭야왕琅琊王이 '찬탈자'를 몰아내자고 부르짖으며 반란을 일으켰다는 소식이었다. 나는 쓴웃음을 지으며 죽은 남편의 가족이 '지어미의 길'에서 벗어난 과부의 처벌을 소리 높여 주장하는 이 괴상망측한 광경을 바라보았다. 나는 전혀 두렵지 않았다. 나를 선택한 신들이 날 지지해줄 테니까. 나는 내 충성스런 군대를 급파함으로써 그 전쟁의 함성에, 암컷에 대한 수컷의 권력을 요구하는 분노에 찬 외침에 대응했다. 또다시 기적이 일어났다. 단 20일 만에 반란이 진압되고, 반역자들의 목이 황궁 남문 앞에 내걸렸다. 조정에서는 추관의 어사들과 숙정대肅政臺의 관리들이 반란의 지지자들을 집요하게 추적했다. 다른 음모들이 속속 드러났다. 왕과 공주들이 그들 궁궐에서 목을 매어 자결하라는 명을 받았다. 한 수사를 통해 근위대 부위인 부마 설소와 그 형제들이 반역자들에게 충성을 맹세했다는 사실이 밝혀졌다. 내 딸 월이 다리를 붙잡고 눈물을 흘리며 그의 사면을 애걸했다. 그럼에도 불구하고 나는 사위를 가차 없는 처벌의 본보기로 삼기로 결심했다. 나는 그를 옥에 가둬 굶겨 죽임으로써 군중 앞에서 처형당하는 수치만은 면하게 해주었다.

  백성의 원성을 산 불법적인 권력은 반란이 일어나면 단번에 무너지고 만다. 단 며칠 만에 진압되는 반역은 백성의 승인을 얻지 못한 한낱 소동에 불과하다. 제국의 잠잠함은 나의 정당성에 대한 인정이었다. 조카들이 우리 무씨 집안이 황실이 되고 내 남편의 집안이 외척이 되는 새 왕조를 세우라고 날 압박했다. 회의는 역사상 첫 여자 황제의 자리에 오르라고 날 부추겼다. 사실 거의 30년 전부터 나는 당 왕조를 위해 쉴 새 없이 일했고, 내가 당 왕조의 번영을 이룩한 장본인이라는 사실을 모르는 사람은 아무도 없었다.

왜 계속 능력 없는 아들, 꼭두각시 황제 뒤에 숨어 제국을 다스려야 하는가? 나는 이미 황실의 깃발을 바꾸고, 성省의 이름을 다시 지었으며, 낙양을 나의 수도로 건설했다. 나는 각종 반란을 진압했고, 타타르인들을 굴복시켰다. 나는 시와 예술을 활짝 피어나게 했고, 정의가 군림하게 했다. 백성들은 배불리 먹었고, 세상은 그 아름다움을 나에게 빚졌다. 이럴진대 왜 성모신황이라는 칭호의 모호함과 찬탈자의 어두운 그림자가 떠돌아다니게 놔둬야 하는가? 왜 적극적이고 단호하게 천명을 받아들이지 않는가?

수공 시대 네 번째 해 열두 번째 달 보름, 왕자들의 반란이 있은 지 두 달 후, 나는 신황의 이름으로 내 아들 황제와 황태자, 관료와 도독, 오랑캐 왕, 외국 대사, 흥분에 들뜬 백성들을 이끌고 낙수 가로 갔다. 만 명으로 구성된 합창단이 입을 모아 내가 작곡한 〈대향배락악大享拜洛樂〉 열네 절을 부르는 가운데 나는 제단에 올랐다. 그 기념비적인 구릉 정상에서 나는 나에게 하늘의 메시지를 전해준 낙수의 여신에게 새 천 마리, 사냥감 천 마리, 양과 염소 천 마리, 황소와 암소 천 마리, 곡식 항아리 천 개, 술 단지 천 개, 신하국에서 선물로 보낸 수없이 많은 희귀 동물들을 제물로 바쳤다.

이튿날, 회의가 명당의 완공을 알려왔다. 나는 그날 조회를 대신해 대신과 야만족 왕들을 이끌고 사찰을 방문했다.

거대한 원통 세 개를 겹쳐놓은 듯한 성스러운 건물은 사각형의 기단基壇 위에 세워져 있었는데, 크기를 가늠할 수 없는 탑의 형상을 하고 있었다. 내부에는 이백사십 그루의 천 년 묵은 고목들이 위층 지주들의 받침대인 수평 들보들을 지탱하는 기둥들로 변해 있었다. 금가루를 입힌 서까래와 널빤지들은 신비로운 신들의 세계를 묘사한 둥근 천장에 먼저 도달하기 위해 점점 더 복잡하게 뒤얽혀, 앞서거니 뒤서거니 경주를 벌이고 있었다. 경사가 안쪽으로 휘어진, 유약을 바른 청록색의 기와들로 뒤덮인 지붕이 하늘 속에 펼쳐져 있었다. 인간이 세운 건축물은 결코 도달해본 적이 없는 오백육십 척의 높이에서—황궁의 궁궐들 중에서 제일 높은 것보다 두 배나 더 높았다—천하를 굽어보는 그 꼭대기에는 바다의 왕, 남성적인 기운의 상징인 금룡 아홉 마리가 승천하는 자세로 새들의 왕, 서천왕모西天王母의 상징인 불사조를 떠받치고 있었다. 그리고 불사조는 보석이 박힌 거대한 날개로 태양 광선을 잡아채 구름 속에 그 눈부신 광채를 뿌리고 있었다.

하늘, 오방신五方神 그리고 조상 황제들의 혼에 바쳐진 성소가 세인들의 눈에 더럽혀져서는 아니 되었기 때문에 나는 황실 만찬장소로 배정된 건물 앞부분만을 공개했다. 사계절 24절기의 상징으로 4층에 뚫린 스물네 개의 창과 땅의 열두 순환주기를 나타내는, 3층에 뚫린 열두 개의 격자

유리창은 사각형으로 다져진 황토 위에 놓인 청록색 천반天盤 형태의 연단을 향해 빛줄기를 모았다. 나는 계단을 올라가 바닥에 놓인 권좌―흰 공단 묶음으로 장식된 단순한 의자―에 앉았다. 하지만 나를 둘러싸고 펼쳐진 태양 광선의 재주가 너무나 활기에 넘쳐, 마치 인상을 찡그린 용들, 사나운 전사들, 신들의 입김에서 태어난 천군들 같았다. 겁에 질린 대신들과 야만족 왕들이 몸을 던져 이마를 조아리며 외쳤다. "신황은 진정 신이시옵니다!"

내가 긍지에 찬 목소리로 선언했다.

"전 황제께서는 생전에 명당을 세우길 소원하셨소. 태산에 올라 하늘에 제를 올리던 날, 그 소원은 하늘의 축복을 받았소. 하지만 불행히도 때가 무르익길 기다려야만 했소. 오늘날 평화가 세상을 지배하고 있고, 백성들은 풍요를 누리고 있소. 신들께서 드디어 허락을 해주신 것이오. 나는 감히 고대의 의식을 재현하고, 신화를 현실로 바꾸어놓았소. 명당은 최고의 의식이 집행되는 성소, 백성들의 경배를 받을 엄숙한 곳이오. 하늘과 땅을 재현하기 위해 자연의 법칙에 따라 축조된 이 사찰은 악귀를 몰아내고 불순한 기운을 흡수하오. 그래서 나는 이곳을 만상신궁萬象神宮이라 명명할 것이오. 인간, 동물, 식물, 우리의 검은 대지에 사는 모든 주민들이 그의 보호를 받기를!"

만세소리는 그해가 다 갈 때까지 곳곳에서 울려 퍼졌다.

낙양에 큰 눈이 내렸다. 새해 첫날, 나는 대신들의 동의를 얻어 여자가 의식을 주재하는 것을 금하는 조상들의 법을 어겼다.

정화의식을 치른 후, 나는 황제들의 검붉은 당의를 입고 남자신발을 신었다. 남자처럼 틀어올린 머리 위에는 열두 줄의 옥 진주로 장식된 남편의 왕관을 썼다. 손에는 옥 왕홀을 쥐고 가슴에는 만백성의 희망을 품은 채 나는 만상신궁으로 들어가 하늘과 조상들의 혼과 하나가 되었다. 의식을 치른 후, 나는 측천문 정상에 서서 대사면을 선포하고 영창永昌 시대를 열었다. 이틀 후, 나는 신료들을 신궁에 모아놓고 성스러운 권좌에 올랐다. 나는 하늘의 이름으로 아홉 가지 덕목을 설파했다. 며칠 후, 나는 사찰의 공개를 명하고 백성들에게 방문을 권했다.

황궁 앞에 순례자들이 장사진을 쳤다. 왕자들의 생각은 잘못된 것이었다. 조카들과 회의는 날 이해하지 못했다.

이 지상세계의 군주가 되는 것은 하찮은 일이었다.

회의가 내 발치에 엎드렸다. 승려의 지도자인 법명法名이 『대운경大雲經』을 번역했는데, 그 몇몇 구절이 나와 관련되어 있다는 것이었다!

회의가 소매에서 두루마리를 꺼내 읽어 내려갔다. "설교 도중 부처께서 정광淨光이라는 이름을 가진 하늘의 딸에게 말씀하셨다. '너는 전생에 우연히 대열반경의 경전을 들었다. 하늘의 섭리에 의해 안배된 그 우연 때문에 너는 천녀天女의 형상을 얻었다. 이제 내 예언을 들은 후 너는 그 비물질적인 몸을 버리고 한 여인의 모습을 취하게 될 것이다. 너는 천하를 지배하게 될 것이고, 사바세계를 구원하는 보살이 될 것이다.'"

"태후마마." 내 정부가 외쳤다. "마마를 모시게 된 이후로 저는 늘 마마의 정체가 궁금했사옵니다. 마마께서는 자존심이 강하면서도 겸허하시며 생각이 많으면서도 단순하십니다. 마마께서는 밤처럼 깊고, 거울처럼 맑으며, 태양처럼 뜨겁고 달처럼 차가우십니다. 마마께서는 전통을 복원하고, 법규를 재정비하셨습니다. 마마께서는 현재에 있으면서도 과거를 항해하고 이미 미래에 자신을 내던지고 계십니다. 마마께서는 여자이자 남자이고, 하나이자 여럿이며, 움직임이자 요지부동이십니다. 마마를 알면 알수록 저는 마마께 깃들어 있는 무한에 놀라게 되옵니다. 마마의 원래 정체는 인도에서 가져온 이 『대운경』에 의해 밝혀졌사옵니다. 마마께서는 바로 하늘의 딸이시옵니다! 마마께서는 세상의 구원자, 미륵보살이시옵니다!"

묵묵히 입을 다물고 있는 나를 본 그가 무릎으로 기어 다가왔다.

"마마, 천국에서 머무시던 그 아득한 과거가 기억나지 않으시옵니까?"

 이미지들이 줄지어 스쳐 지나갔다. 나는 자기 몸집보다 몇 배가 더 큰 백마에 올라탄 계집아이를 떠올렸다. 그 아이는 하늘을 향한 비상을 꿈꾸며 장강 가를 미친 듯이 질주했다. 나는 궁궐 층계에 앉아 손으로 턱을 괴고 석양에 물든 구름을 바라보는 소녀를 떠올렸다. 그때 그 소녀는 붉은 그림자와 반사광 사이에서 하늘 궁전의 황금기둥, 안개에 휩싸인 테라스, 사파이어 연못들을 보았다. 그 소녀는 빛으로 지은 옷을 입은 선녀가 되기를 얼마나 간절히 바랐던가! 이번에는 만 명의 미녀들이 단 한 남자의 총애를 놓고 각축을 벌이는 후궁에 갇힌 젊은 빈을 떠올렸다. 나는 이 사바세계에서, 그 초라한 증오에서, 그 하찮은 욕구불만에서 벗어나고자 했던 그 재인의 열렬한 욕망을 기억했다. 나는 스물네 가지 금 장신구로 머리를 장식하고 숙의문 층계를 오르던 중국 황후를 떠올렸다. 신료들의 만세소리가 울려 퍼졌고 내 머리 위로 푸른 하늘이, 미지의 세계를 향해 뻗어 있는 길이 펼쳐졌다. 나는 지상의 구름, 말들에 대한 나의 열정을, 하늘의 문을 향해 수직으로 솟아 있는 사다리인 산에 대한 나의 사랑을 비로소 이해했다. 나는 높은 곳을 향한 그 이끌림, 심연으로 떨어졌을 때 중력을 떨치고 다시 솟아오르는 그 힘, 그리고 대공사에 대한 나의 광적인 집착이 어디서 온 것인지 깨달았다. 사찰, 석상, 기둥, 비석, 모든 것이 하늘의 정점을 지향했다. 인간의 고통에 대한 나의 연민과 무관심 역시 그를 통해 설명되었다. 일생 동안 나는 끊임없이 대지를 벗어나 나의 고국, 나의 기원인 하늘에 가 닿으려 시도했다.

회의가 물러가 막 해독된 경전을 세상에 전파했다. 내 조카들도 그 일을 호재로 삼아 나를 신격화하는 작업에 박차를 가했다. 제국 방방곡곡에 세워진 대운사大雲寺가 요란스레 청동종을 울려 백성들의 종교적 열의를 부추겼다. 하늘의 딸이자 미륵보살인 나는 희망, 천복, 더 나은 삶에 대한 약속이었다. 이제 백성들은 수수께끼 같은 미소를 짓고 있는 미륵보살상 앞에서 구원을 빌었다. 그들은 나에게 극락정토를 향한 해방의 길로 그들을 이끌어달라고 간청했다.

정복자들에 의해 세워져 피와 전쟁으로 얼룩진 당 왕조는 이제 과거지사가 될 것이다. 모든 쇄신은 정화다. 나는 고대 하 왕조의 책력을 폐지하고 영광스런 조상들이 사용했던, 새해가 열한 번째 달에 시작되는 주 왕조의 책력을 적용케 했다. 나는 하늘이 떠받치는 해와 달의 이미지로 구성된 내 이름 조照를 포함한 새 문자들을 만들어 널리 쓰이도록 했다. 얼마 전 좌납언左納言으로 임명된 장조카 무승사武承嗣가 역사의 흐름을 앞당기려고 동분서주한 반면, 나는 은근한 암시로 신료들이 내 의중을 알아차리도록 만들었다. 나의 성스러운 임무는 평화, 연민 그리고 하늘의 정의에 기초한 새 왕조를 열어야만 완수될 수 있으리라는 내 생각을 실천하는 것이었다.

　아홉 번째 달 셋째 날 아침, 황궁의 문에서 아우성이 일어 조회가 중지되었다. 어사 부유예傅游藝가 열에서 나와 남문 앞에 무릎을 꿇고 있는 구백 명의 남녀들이 서명한 상소문을 올렸다. 나는 빼어나거나 흉측한 서명과 단순한 지장으로 뒤덮인 종이 두루마리를 펼쳤다.

　"하늘에는 해가 하나밖에 없고, 땅은 두 왕을 섬기지 아니하옵니다. 폐하께서는 폐하께 제국의 주권을 일임한 하늘의 뜻을 받들어야 할 것이옵니다. 하늘은 폐하께 새 왕조를 세워 후계자에게 무씨를 물려주라고 주문하고 계시옵니다. 폐하의 혈통은 나날이 번창해 사해를 영원히 밝힐 것이옵니다."

　나는 고위관료들의 반응을 기다리지 않은 채 답변을 받아쓰게 했다. "전前 황제의 뜻을 받들고, 하늘에 헌신하며, 세계의 평화와 각 백성의 마음에 깃들 기쁨을 염려하는 나는 어떠한 영광도 구하지 않고 의무만을 다하기로 결심하였다."

　대전에 움직임이 일었다. 대신들이 열에서 나와 하늘의 뜻과 백성들의 바람을 받아들일 것을 간청했다. 나는 그들의 요청은 일언지하에 거절했지만, 감찰관 부유예를 문하성 시랑으로 임명해 그의 충성심을 보상하는 데에는 동의

했다.

낙양 주민 구백 명은 다음날에도 자리를 뜨지 않았다. 불교승, 도교승, 상인, 거지, 노인과 아이들까지 그들과 합류했다. 주민 만이천 명이 내가 그들의 청원을 받아들이지 않으면 일어나지 않겠다며 황궁 앞에서 무릎을 꿇고 있었다. 나는 대신들을 이끌고 누각 맨 위층으로 올라가 뙤약볕이 내리쬐는 가운데 황궁 앞에서 머리를 조아리고 있는 수많은 실루엣들을 바라보았다. 내 가슴이 벅찬 감동으로 요동쳤다. 눈에서 눈물이 흘렀다. 이번 왕조의 교체에는 피도 폭력도 없을 것이다. 우리 역사상 처음으로 백성이 군주를 선택한 것이다. 그들의 소원이 이루어지기를!

하지만 나는 더 완강한 어조로 거절했다.

"태양은 왕관을 쓰지 않아도 밝게 빛나오. 신들은 대지를 다스리지만, 우리가 바치는 제물은 그들의 은혜에 비하면 빈약하기 그지없소. 부처의 힘은 한계도 차별도 없는 그분의 연민에 있소. 그분이 요구하는 것은 기도뿐이오. 하늘의 자비와 조상의 축복을 초월하는 군주는 가장 겸허한 자세로 제국에 봉사하는 신하, 도덕적 순수성을 무엇보다 소중히 여기는 제관이어야만 하오. 군주는 재물도 영광도 탐하지 말아야 하오. 내 권력은 하늘이 나의 배우자로 정해준 전 황제로부터 위임받은 것이오. 나는 특별한 칭호를 받을 자격이 없소."

이틀 후 남문 앞, 제국 방방곡곡에서 모여든 백성 육만 명이 나의 영원한 통치를 부르짖었다. 조회시간, 이번에는 문무대신, 왕자와 야만족 왕들이 나에게 상소를 올렸다. 내 상시 총감이 후궁의 일군들 전체가 쓴 편지를 내게 전했다. 나는 또한 내가 새 왕조를 세우는 것을 보고 싶어하는 모든 고관대작 부인들의 염원이 담긴, 내 딸 월 공주의 편지도 받았다. 마지막으로, 침묵을 지켜 반대의 뜻을 표하던 아들 단이 황제의 칭호를 포기하겠다는 뜻을 세상에 알렸다. 그는 공적인 자리에서 아버지의 성 이李를 버리고 내 성 무武를 취할 수 있도록 허락해달라고 요청했다.

날 설득하기 위해 감격 어린 목소리들이 사방에서 소리를 높였다.

"오늘 새벽, 불사조 한 마리가 수백 종의 새들을 이끌고 남문 위를 날아갔사옵니다. 이어 수천 마리의 주홍색 참새들이 황색 꾀꼬리들의 호위를 받으며 지평선 동쪽으로부터 날아왔사옵니다. 해가 뜨자 영롱한 빛깔의 구름이 하늘을 뒤덮더니 오랫동안 사라지지 않았사옵니다. 온 수도가 그 기적을 목격했고, 소신들은 백성들이 이렇게 외치는 것을 들었사옵니다. '천상의 존재들의 출현은 성스러운 혁명을 예고한다! 주홍색 참새는 불을 상징하고, 황색 꾀꼬리는 땅을 나타낸다. 그런데 다섯 원소의 법칙에 의하면 불은 땅을 낳는다. 따라서 황색 꾀꼬리가 주홍색 참새떼를 호위한 것은 하늘의 신탁으로, 아들이 어머니를 좇아 어머니의 성씨를 물려받으리라는 것을 뜻한다.'"

"선인들이 『주역』에 이르기를, '천명을 받은 위대한 인물은 기존 질서를 전복시킬 수 있다. 이러한 행위를 혁명이라 일컫는다' 고 하였사옵니다. 소신들은 위대한 인물이 하늘의 뜻에 따르면 무적이 되고, 백성의 뜻에 따르면 그의 혈통이 크게 번창한다고 알고 있사옵니다. 오늘, 하늘이 폐하를 주인으로 지명했고, 백성들은 폐하를 어머니로 받들고 있사옵니다. 하늘의 법은 운명이고, 백성의 의사는 숙명이옵니다. 폐하께서는 겸양의 미덕을 내세워 하늘에 불복하고 백성을 멸시하고 계시옵니다. 그러한 처사는 역사의 흐름과 순리에 반하는 것이니 소신들은 더 이상 폐하를 경배할 수 없을 것이옵니다! 폐하의 거절이 하늘을 노하게 하고 백성들을 절망에 빠뜨리고 있사옵니다. 폐하께서는 장차 어떻게 천하를 다스리려 하시옵니까?……"

나는 고대의 규범에 따라 세 번에 걸쳐 거절의 뜻을 밝힌 다음, 하늘의 의지 앞에 굴복했다. 황실 점성술사와 승상들이 아홉 번째 달 아홉 번째 날을 내 즉위식 날짜로 정했다.

그날 아침, 하얀 당의 위에 성스러운 그림들이 열두 줄로 수놓아지고, 나는 구름을 타고 날아가는 용들이 그려진 황제의 남색 망토를 입었다. 머리에는 옥 진주가 열두 줄로 박힌 면류관을 쓰고, 손에는 에메랄드 왕홀을 쥔 채, 청동

종과 석경이 울리는 가운데, 내명부의 하인과 궁녀들의 행렬을 앞세워 나는 왕자와 승상들을 이끌고 측천문의 층계를 올랐다. 나는 주周 왕조의 시작을 천하에 알렸다. '천수天授'는 평화와 번영을 이룩하는 시대가 될 것이다. 신료들의 만세소리와 백성들의 환호성이 천지를 뒤흔들었다. 하늘이 그 맑고 푸른 빛으로 날 감쌌다. 당 왕조의 대가 끊기고 황제가 된 한 여자가 전쟁으로 중국 땅을 불태우지 않고도 자신의 왕조를 세웠다. 이 기적은 내가 신들이 보낸 특사라는 사실을 다시 한 번 확인시켜주었다.

내 정통성이 조상들이 다스렸던 고대 주 왕조까지 거슬러 올라간다는 것은 온 천하가 알고 있었다. 나는 조금도 망설이지 않고 그들이 숭배한 불의 색깔인 진홍색 바탕의 깃발을 다시 취함으로써 나를 그들의 후계자로 선언했다. 사직은 장안에서 제국 수도로 승격된 낙양으로 옮겨졌다. 족보를 거슬러올라가 내 7대 조까지 황제의 사후 칭호를 받았다. 황궁 동쪽에 그들의 영령을 모시는 사찰 일곱 개가 세워졌다. 아들 단은 황태자와 동등한 특권을 누리는 황사皇嗣가 되었다. 조카들 중 제일 연장자인 승사承嗣, 삼사三思, 유녕攸寧은 왕이 되었고, 그들의 사촌들은 군왕君王 신분에 올랐다. 목재상, 전사, 조정에서 밀려난 고관이었던 아버지는 황제가 된 딸 덕분에 마침내 천하에서 가장 높은 지위에 올랐다. 어머니가 살아 있었다면 자신이 황제, 나아가

신을 낳았다는 사실에 질겁했을 것이다. 지금, 그들 둘은 딸이 너무나 자랑스러워 입을 다물고 있었다.

그들은 무덤에서 꺼내져 효명고孝明高 황제와 황후의 사후 칭호를 받은 후 다시 묻혔다.

나는 '도대체 나는 누구지? 나는 어디서 왔지?'라고 자문하기를 그만두었다.

조정은 나에게 성신聖神 황제라는 칭호를 바쳤다. 나는 시작, 근원 중의 근원이었다. 나는 수세기 후에 나무로 자랄 뿌리였다.

열 하나

'아녀자가 정치에 간섭하는 것은 수탉 대신 암탉이 우는 것만큼이나 도리에 어긋나는 일'이라는 공자의 말을 세상은 잊었다. 한 과부가 후궁에서 나와 제국을 지배하는 것을 보고 느낀 울분을 남자들은 잊었다. 내 성생활에 대한 소문도 잠잠해졌다. 백성들의 환호성이 황궁 안에 아직도 울려퍼지고 있었다. 무지렁이 백성들의 함성은 신하들의 배신과 반항에 시달리는 여 군주에게 황제의 왕관과 망토보다 더 큰 자신감을 주었다. 내 진실이 인정을 받았다. 권좌에 오른 나는 내 앞에 도열해 있는 대신과 장수들을 더 이상 잠재적인 역도로 바라보지 않았다.

나는 3년 전 서경업의 난 이후로 역모를 척결하기 위해 나에 의해 임명된 판관들의 횡포를 고발하는 민원에 더욱 귀를 기울여왔다. 나는 그들 중 몇몇이 있지도 않은 음모를 고발해 승진의 기회로 삼으려 한다는 사실을 믿기 시작했다. 황궁 내부, 여경문麗景門 인근에 설치하게 한 특별법정과 특별감옥에서 감찰사와 어사들이 독립왕국의 왕자들처럼 그들 자의대로 행동한다는 사실이 수사를 통해 드러났다. 그들의 정보원들이 제국 곳곳에 득실거리고 있었다. 그들은 단순 고발을 근거로 죄 없는 사람들을 기소했고, 음모에 가담한 혐의로 체포되면 심문을 하는 동안 예외 없이 고문을 가했다. 각각의 고문에는 '날개를 펴는 불사조', '등으로 하늘을 받치는 당나귀', '천과를 바치는 신', '사다리를 오르는 옥玉의 딸' 등의 이름이 붙어 있었다. 그들은 단 한 명의 죄인도 살려두지 않기 위해 죄 없는 자들을 죽음으로 내몰았다. 그들은 악마들을 말살한다는 구실 아래 나의 관용을 살해했고, 나도 모르는 사이에 나를 전제군주로 바꿔놓았다.

나는 조정에서 머리를 요구하는 어사 가운데 4년 전 내가 사면시켜준 바 있었던 내준신來俊臣을 택해 권력의 찬탈자로 변해버린 그의 동료들을 숙청하는 일을 맡겼다. 사내는 빈틈없는 충성심을 보였다. 전해들은 바에 의하면, 그는 잔인하기로 유명한 문창좌승 주흥周興의 자백을 얻어내기 위해 그를 저녁식사에 초대했다고 한다. 그는 술잔을 기울이며 주흥에게 범죄를 완강히 부인하는 죄인을 심문할 때

사용하는 방법에 대해 조언을 구했다. 그러자 주홍은 이렇게 대답했다. "그런 자들은 항아리에 넣어 장작 위에 올려놓은 다음, 불을 붙여 그대로 삶아버리십시오. 그러면 벙어리들조차도 입을 열 것입니다." 내준신은 그제야 소매에서 체포영장을 꺼내며 그에게 말했다. "방 밖에는 항아리 하나가 뜨거운 장작불 위에 놓여 있다. 폐하께서는 네가 역모를 꾸몄다고 의심하고 계신다. 부탁컨대 죄상을 순순히 자백해주기 바란다."

내준신은 숙청을 성공리에 마쳤다.

반란군을 피바다 속으로 몰아넣은 바 있던 좌무위대장군 구신적 참수형.

세련된 야만인으로 살쾡이의 눈을 가진 터키인 관리, 어사 색원례索元禮 참수형.

잔인한 심문의 열기에서 삶의 에너지를 길어오던 병약한 문창좌승 주홍 귀양. 그는 귀양길에서 살해당했다.

승상의 자리에 오른 집단 탄원의 선동자, 부유예 참수형.

치안 판사 전중시어사殿中侍御史 왕홍의王弘義 참수형.

동물적인 직감과 잔혹성을 갖추고, 부와 쾌락을 멸시했던 문맹의 농부, 판사 후사지侯思止 참수형. 나는 그와 나눈 짧은 대화를 결코 잊지 못할 것이다. 내가 웃으며 "글을 읽지도 못하는 네가 어떻게 사건을 심리할 수 있겠느냐?"고 묻자 그는 태연자약하게 "전설은 성스러운 동물 해태에게 선과 악을 분간할 수 있는 힘을 부여했사옵니다. 읽을 줄도 쓸 줄도 모르지만 그 동물은 진실을 알고 있사옵니다."

가차 없는 탄압으로 점철된 3년의 세월도 참수되었다. 피가 피를 지웠고, 범죄가 범죄를 살해했다.

나는 감찰사 내준신을 호출해 둘만의 사적인 자리를 가졌다. 그는 엎드려 절한 후 나에게서 몇 발자국 떨어진 곳에 꼼짝도 않고 꼿꼿이 서 있었다. 그의 얼굴은 조각처럼 윤곽이 뚜렷했다. 창백한 볼이 약간만 붉게 물들었다면, 이마에 약간의 생기만 돌았다면, 날카로운 두 눈이 조금이라도 삶을 따뜻하게 바라볼 줄 알았다면, 그는 아주 잘생긴 남자였을 터였다.

나는 그에게 그를 고발하는 두루마리들을 보여주었다.

"주흥, 색원례, 부유예 그리고 왕홍의가 죽고 너 혼자만 살아남았다. 부패, 영향력 행사, 찬탈 기도…… 너에게 쏟아진 혐의 역시 무수히 많다. 네가 감히 어떻게 법을 어긴단 말이냐?"

그의 얼굴은 마치 대리석 같았다. 조금의 동요도 없는 그의 목소리가 울려 퍼졌다.

"주흥과 색원례는 이름 없는 한낱 관리였사옵니다. 폐하의 은덕을 입은 그들은 부자와 권력자들에게 보복을 할 수 있는 법관으로 경력을 쌓았사옵니다. 그리고 부유예와 왕홍의는 둘 다 제국의 천민 출신이옵니다. 그들은 목표에 도달하기 위해 아첨을 하고 술책을 부렸사옵니다. 폐하께서는 진흙 속에 묻혀 있는 인재들을 발굴하길 좋아하시옵니다. 그들은 그들의 재능을 높이 사주신 폐하의 은혜를 잊고 더없이 오만해졌사옵니다. 그들은 그들의 독립성을 남용해 음성적인 권력조직을 결성하였사옵니다. 그래서 급기야 폐하와 힘을 겨루려는 흑심을 품게 된 것이옵니다. 폐하께서 저의 하소연에 귀를 기울여주셨을 때 저는 사형을 선고받고 옥에 갇힌 죄인이었사옵니다. 폐하께서는 저에게 살아남아 폐하께 봉사할 수 있는 기회를 주셨사옵니다. 그날 이후로 소신은 폐하께 혼신을 바쳤사옵니다. 진짜 내준신은 이미 죽었사옵니다. 지금 폐하의 발치에 머리를 조아리고 있는 자는 폐하의 명을 위해서만, 폐하의 의지에 의해서만 살아가는 존재이옵니다. 더 이상 쓸모가 없게 되는 날 그는 즉시 죽음의 세계로 되돌아갈 것이옵니다. 관료들은 저를 폐하께 묶어두는 이 강력한 연을 잘 알고 있사옵니다. 그들은 그 무엇으로도 파괴할 수 없는 저의 헌신을 두려워하고 있사옵니다. 그들이 보낸 살인 청부업자들에게 소신이 수시로 공격을 받는 것도 바로 이 때문이옵니다. 암살이 실패로 돌아가자 그들이 저를 비방하고 있는 것이옵니다. 그들은 폐하의 힘을 약화시키기 위해 온갖 수단과 방법을 동원해 저를 제거하려 하고 있사옵니다."

나는 한참 동안 내준신을 뚫어져라 쳐다보았다. 다른 판관들에게는 분노, 경멸, 타락의 기운이 있었다. 내준신은 조금의 동요도 없는 그 차가움으로 날 매료시켰다. 판관들의 가혹함에는 그들의 지배욕이 실려 있었다. 그래서 나는 그들을 이용한 후 가차 없이 제거했다. 하지만 내준신의 가혹함에는 조금의 허영심도 없었다. 사형수 출신의 그 판관은 아마 역사상 가장 위대한 형리刑吏일 것이다. 그는 내부에 심연, 영원한 불, 지옥을 품고 있었다. 그는 굴복시키려 들지도, 다스리려 하지도 않았다. 그는 신들이 나에게 선물한 불처럼 뜨겁고 얼음처럼 차가운 파괴의 힘이었다.

나는 한 화로에 고발장들을 던져버렸다.

"다시 한 번 네 목숨을 돌려주마. 이제부터 너는 여경문 추사원椎事院의 수장이다. 나는 더 이상 학대나 고문을 원치 않는다. 남자들은 증오에는 증오로 답했지만, 내 왕조는 자비로 답할 것이다."

나는 이 관용이 계산된 것이라는 사실을 그에게 털어놓지 않았다. 모두가 두려워하고 증오하는 판관을 그의 자리에 그냥 둠으로써 나는 관료들로 하여금 내가 팔은 내렸지만 무기는 놓지 않았다는 사실을 깨닫게 해줄 것이다.

내준신이 엎드려 절했다. 그가 뒷걸음질쳐 물러가는 동안 그의 차가운 목소리가 울려 퍼졌다.

"소신의 손을 더럽혀 폐하의 손에 티끌 한 점 묻지 않게 하겠나이다."

겨울이나 여름이나 내 하루는 새벽 세 시에 시작되었다. 홀수 날에는 동틀 무렵에 신하들의 알현을 받았다. 엎드려 만세장수를 기원한 후, 어떤 신하들은 나에게 보고를 했고, 어떤 신하들은 나의 지시를 받았다. 알현이 끝나고 신하들이 각자의 부서로 돌아가면 나는 집무실에 앉아 산적한 정치적 서류들을 읽거나 현안을 놓고 승상들과 토론을 벌였다.

짝수 날에는 동이 트자마자 환관과 감모들을 내 방으로 맞아들였다. 그들은 나에게 회계장부, 청구서, 잔치 예정표, 각종 기념일 선물명부, 공식 의상에 쓸 자수견본, 승진과 처벌 탄원서를 제출했다. 중국 황제인 나는 나의 황후이기도 했다.

오후에는 잠시 낮잠을 즐긴 다음, 가마를 타고 외부 손님을 맞이하는 궁으로 갔다. 나는 친근한 사람들을 맞을 때는 가끔씩 걷게 하기도 하는 연보라색 가리개 천 뒤에 앉아 시인, 서예가, 도교승, 불교승, 상인과 농부들을 맞았다. 그들은 모두 나에게 전할 하소연, 조언, 새로운 지식을 한 가지씩은 갖고 있었다. 그들이 들려준 이야기 덕택에 나는 머나먼 도시들을 돌아다녔고, 외국의 풍습을 공부했으며, 이웃 왕국들의 동맹과 경쟁에 대한 정보를 얻었고, 사막 끝에 주둔하고 있는 내 군대의 충성심을 감시할 수 있었다. 나는 시인들과 함께 운과 언어에 대해 토론했다. 승려들은 천신

만고 끝에 인도에서 가져온 경전들을 해석해주었다. 지리학자들은 도로와 수로의 건설을 제안했고, 점성가들은 별들의 움직임에 관해 이야기해주었다.

오후가 끝날 무렵이면 가끔 말을 타고 황실 공원으로 긴 산책을 나가기도 했다. 산책이 예정되어 있는 날은 마음이 들떠 아침부터 기분이 좋았다. 석양은 우뚝 솟은 나무 꼭대기를 붉게 물들였고 낙수를 금물결로 수놓은 띠로 바꾸어놓았다. 개, 표범, 기린, 코끼리, 한 무리의 동물들이 뒤를 따랐다. 조카 왕들, 내준신, 승상들이 고삐를 잡고 내 말을 끄는 영광을 다퉜다. 우수에 젖은 그 고요에 영감을 받은 나는 즉석에서 가장 아름다운 시들을 지었다.

숲 깊은 곳에서 환관들이 수천 마리의 새들을 풀었다. 티티새, 꾀꼬리, 개똥지빠귀들이 하늘을 향해 날아올랐다. 삶에 바치는 힘찬 찬가, 아리따운 그들의 노래가 울려 퍼지면 나는 감동에 겨워 눈물을 흘렸다. 나는 사람들에 에워싸여 있었지만 한없이 외로웠다. 영원한 밤을 향해 나아가는 나를 위해 하늘이 붉게 물들고 있었다.

새로운 황홀경이 다른 황홀경을 몰아냈다. 끝없이 긴 실, 시간이 날 휘감고 시시각각 목을 조여왔다. 캄캄한 내 고치 속에서 나는 불로不老의 기적을 기다리고 있었다.

회의와의 사랑은 그 강렬함을 잃고 말았다. 미완의 성적 환상이었던 그의 건장한 몸, 솟아오른 근육은 차츰 희미한 꿈으로 변해갔다. 해가 갈수록 그의 남성적인 젊음은 불안스러운, 나아가 상처를 주는 어떤 것으로 변해갔다.

그는 서른 살이고 나는 예순 아홉이었다. 황궁 밖에서 그는 돈 많고 방탕한 다른 승려들과 마찬가지로 집을 여러 채 장만해 고만고만한 정부들을 들여앉혔다. 그 계집들은 그에게 빌붙어 내가 베푸는 제물로 치장을 하고 배불리 먹으며 살아가고 있었다. 그의 애첩은 진주 한 되 값을 주고 홍루紅樓에서 산 열여섯 살의 계집아이였다. 그녀는 조금도 힘든 기색 없이 여러 시간 동안 그와 사랑을 나누었다. 그들이 내지르는 교성이 내가 말없이 질투와 절망을 삭이고 있는 후궁 깊은 곳까지 들려오는 듯했다.

회의의 입궐이 점점 뜸해졌다. 한 달에 한 번, 휘영청 보름달이 뜬 밤, 그는 나를 애무하고 밭에 물을 주는 농부처럼 자신의 씨로 나를 적셨다. 그의 몸짓은 정확하고 주의 깊었다. 그는 힘든 임무를 이행하는 관료처럼 정부情夫의 의무를 다하고 있었다. 나는 어둠 속에서 그의 연민, 체념 그리고 무관심을 읽었다. 회의는 더 이상 나를 사랑하지 않았다. 나는 더 이상 그에게 성적 쾌락을 주지 못했다.

나는 사람들이 성스럽다고, 불멸이라고 말하는 미륵보살의 몸에 대해 깊은 혐오감을 느꼈다. 목욕, 안마, 고약으로는 더 이상 살이 쭈그러지고 물러지는 것을 막을 수 없었다. 나는 내 옷을 벗김으로써 신화를 깨는 젊은 정부에 대한 앙심을 숨겼다.

　나는 위생에 사로잡혔다. 나는 그에게 나와 동침하기 전에 각종 의학적인 검사를 받고 머리끝에서 발끝까지 깨끗이 씻도록 강요했다. 시녀들이 아무리 비누칠을 하고 문질러도 그에게서는 나의 노쇠를 비웃는 듯한 방탕의 냄새가 풍겨났다. 그의 성기는 온 도시를 돌아다녔다. 그의 더러운 손가락은 온갖 구멍들을 들락거렸다. 그의 혀는 떫지만 신선한 피부들을 핥았다. 그를 품에 안을 때마다 나는 멸시로 가득한 그의 눈길에 노출되는 듯한, 비교당하는 듯한 모욕감을 느꼈다.

　어느 날 밤, 마침내 내 분노가 폭발했다. 그가 감히 나에게 대꾸했다.

　"폐하, 폐하께서 수하를 시켜 저를 미행하게 하고, 폐하의 첩자들이 제 집에 노예로 들어와 있다는 사실을 저도 알고 있사옵니다. 폐하께서는 저의 모든 유흥을 염탐하고 암사자의 사나운 눈초리로 제 삶을 감시하고 계십니다. 하지만 폐하께서는 단 한 번도 제 마음을 헤아려보려 하신 적이 없사옵니다. 저를 다른 여자들의 품으로 떠민 것이 바로 마마라고 생각해보신 적이 있으신지요?"

　"소보." 내가 그의 원래 이름을 부르며 빈정거렸다. "우리가 함께 한 세월 동안 나는 결코 네가 다른 곳에서 쾌락을 찾는 것을 금한 적이 없었다. 너에게 절대적인 정조를 요구할 수 있었는데도 말이야. 황제의 빈들이 후궁에 갇혀 지내는 반면, 나는 네가 세상을 돌아다니도록 내버려두었다. 그것은 한 황제가 너에게 보여줄 수 있는 애정의 가장 확실한 증거가 아니겠느냐. 그런데도 너는 그것을 고마워하기는커녕 내 인내심을 시험하고 있어. 감히 널 다른 여자들의 품으로 떠밀었다고 날 비난하다니! 뭘 말하고 싶은 것이냐? 내가 그 정도로 늙고 흉측스러우냐?"

그가 언성을 높였다.

"말이 나왔으니 정조 얘길 해보시지요. 그러면 폐하께서는 저에게 충실하셨사옵니까? 폐하께서 군주로서 모든 쾌락을 누릴 권리가 있다고 일찌감치 말씀해주셨다면, 저는 그것을 받아들이고 입을 다물면 그만이었을 것이옵니다. 그런데 폐하께서는 제가 폐하 삶의 유일한 남자라고 주장하셨사옵니다. 폐하께서는 절개를 자랑스러워하셨고, 폐하의 내궁에 만 명의 미남을 거느리지 않는 것에서 도덕적인 우월감을 느끼셨사옵니다. 하지만 어디 한 번 설명해보십시오. 폐하께서는 왜 대신, 어사 그리고 장수들과 지적이고 감정적인 관계를 맺으시옵니까? 주인과 하인 사이에는 금지된, 전혀 육체적이지 않은 그 사랑은 단순한 교미보다 훨씬 더 강렬한 것이옵니다. 폐하께서는 판관 내준신을 사랑하시옵니다! 그와 함께 있는 것을 보기만 해도 폐하께서 그의 차가움에 매료되어 있다는 것을, 그래서 온 제국이 자르고 싶어하는 그의 머리를 혹시 다칠세라 조심스레 보듬고 있다는 것을 충분히 알 수 있사옵니다. 폐하께서는 대신들의 압박에 못 이겨 재상 이소덕李昭德을 귀양보내셨습니다. 하지만 머지않아 폐하께서는 아무 일도 없었던 양 그를 다시 조정으로 불러들일 것이옵니다. 사랑이 아니라면, 다른 어떤 말로 그것을 설명할 수 있겠사옵니까? 또한 폐하께서 타신 말의 고삐를 쥐는, 폐하를 웃게 만드는 방법을 너무나 잘 알고 있는 재상 길욱吉頊 역시 마찬가지이옵니다. 2년 전, 폐하께서는 전선으로 떠나는 사랑하는 낭군에게 옷을 지어 바치는 아낙네처럼 도독 하나하나에게 후궁의 시녀들이 직접 지은 공식 당의를 선물하셨습니다. 단호함, 유연함, 차분함, 열의, 폐하께서는 이 낱말들을 그 의복 등에 직접 수놓으셨다고 자랑하셨지요. 폐하, 그 거친 자들 중 몇몇은 당의를 곱게 접어 머리맡에 두고 잠들고, 또 몇몇은 그것을 제단 위에 모셔두고 신과 대화를 나누듯 말을 주고받는다는 사실을 알고 계시옵니까? 과거 최종시험에 오른 선비들을 친히 맞으실 때, 가리개 천 뒤에 앉아 자상하고 깊은 목소리로 그들에게 질문을 하실 때, 유머와 박학으로 미래의 대신들을 매료시키실 때, 폐하께서는 그들 가슴에 장차 꽃을 활짝 피우는 나무가 되어 폐하께 풍성한 과실을 가져다줄 사랑의 씨앗을 뿌리시옵니다. 이 모든 남자들 다음에 제가 있사옵니다. 천박한 부랑자, 폐하의 금지로 정치에 일체 간섭하지 못하는 승려로 말입니다! 저는 폐하의 병, 폐하께서 드러내기를 꺼려 하시는 수치입니다. 천한 젊은 계집들은 저를 따르고 숭배하지만, 폐하께서는 저를 무시하고 파괴하는 잔인한 여신이십니다! 폐하께서는 백성에게 두루 관심을 기울이십니다. 남녀노소, 폐하께는 모두가 마음의 연인들이옵니다. 따라서 폐하께서는 한 남자에게 연연하는 것을 스스로 금하시고 실망하지 않기 위해 감정을 아끼시옵니다. 폐하의 눈은 사내를 바라보지 않사옵니다. 그것은 하늘에 고정되어 있사옵니다. 폐하의 손은 주고, 빼앗고, 용서하고, 죽이옵니다! …… 그리고 저, 회의는 멸시와 시샘과 싸우며 진흙탕 속에서 뒹굴고 있사옵니다. 험담과 냉소 속에서 몸부림치고 있사옵니다. 대신들은 절 증오하고, 왕들은 제가 거대한 성기로 폐하를 조종하고 있다고 생각하옵니다! 그런데 폐하께서는 마치 도둑처럼 밤에만 저를 불러들이십니다. 그리고 제가 폐하와 사랑을 나누고 싶을 때는 몸을 사리십니다!"

 나는 회의도 질투에 사로잡힐 수 있다는 것을 몰랐다. 그의 고백은 나를 기쁨으로 충만하게 했다. 나는 그에게 용서를 구하고 내 늘어진 피부를 만지게 하는 것이 창피했다고 고백하고 싶었다. 내가 감추고 싶었던 비밀, 늙어가는 것에 절망하고 있다는 사실을 그에게 털어놓고 싶었다. 내 마음은 그에게 구원을 요청하고 있었지만 자존심이 그것을 용납하지 않았다.

"내가 도대체 뭘 더 어떻게 해야 네가 좀더 의젓해지겠느냐? 만상신궁의 축조는 너에게 부와 명성을 가져다주었다. 나는 널 두 번씩이나 황실 군대의 수장으로 임명해 티베트 정벌에 나서게 했고, 보국대장군과 악국공鄂國公의 칭호를 하사했다. 하지만 늦잠을 즐기는 너는 조회에는 한 번도 참석하질 않았어. 너 자신이 제약과 규율을 받아들이지 않으면서 어떻게 조정으로부터 존중받길 원하느냐?"

회의가 내 말을 끊었다.

"폐하, 폐하께서는 제가 권력에는 전혀 관심이 없다는 것을 잘 알고 계시옵니다. 저를 아끼신다면, 절 사랑하신다면, 단 한 가지만 해주십시오. 저에게 법적인 지위를 주옵소서. 저와 결혼하여 주옵소서! 저를 황부皇夫로 임명해주옵소서!"

나는 그의 요구에 아연실색해 할 말을 찾지 못했다. 황제의 비는 황후의 인장을 받았다. 하지만 여자 황제도 한 남자를 황부의 지위에 올릴 수 있는 것일까? 황후가 여성의 덕을 구현하는 제국의 어머니로 추앙받는 것처럼 황부도 제국의 아버지, 모든 남자들의 주인으로 여겨지지 않을까? 회의가 조정의 복종과 만백성의 숭상을 받게 된다면 마음속으로 지배하고자 하는 욕망을 품게 되지 않을까? 찬탈을 꿈꾸게 되지 않을까? 백성들은 한때 약을 팔고 다녔던 한 사내와 내가 연계되는 것을 결코 용납하지 않을 것이다. 내가 어떻게 죽은 남편, 천황, 고종 황제의 화려한 능을 포기하고 한 평범한 남자의 무덤에 눕겠는가?

내 목소리가 대신에게 말할 때처럼 엄하고 무뚝뚝하게 변했다.

"네가 꿈꾸는 것은 불가능하다."

그가 다시 말했다.

"폐하, 폐하께서는 과부들에게 재혼을 장려하셨사옵니다. 전통을 무시하고 새로운 법들을 제정하셨사옵니다. 폐하께서는 얼마 전 왕조를 세워 권좌에 오르셨사옵니다. 황제는 황후 하나, 비 넷, 빈 아홉, 첩여婕妤 아홉, 미인 아홉, 재인 아홉, 보림 스물일곱, 어녀御女 스물일곱, 채녀采女 스물일곱 그리고 드넓은 내궁 전체를 거느리며 욕망을 채우나이다. 폐하께서는 폐하의 뜻에 따라 어쩔 수 없이 머리를 깎았고 만천하의 조롱거리가 되어버린 단 한 명의 정부밖에 없사옵니다! 폐하, 이제 한 발만 더 내디디시면 폐하께서는 남자와 동등하게 될 것이옵니다. 저와 결혼해주옵소서! 그러면 전 제 자유를 버리겠나이다."

"밤이 깊었다. 나는 새벽에 일어나야 하니 자도록 하자."

"폐하, 한 가지만 더. 저를 남편으로 원하시옵니까?"

내 가슴이 이상한 예감으로 얼어붙었다. 나는 대답을 하지 않고 돌아 누워버렸다.

그가 나를 붙들고 흔들어댔다. 나를 품에 안은 채 흐느껴 울었다. 그는 한밤중에 벌떡 일어나 어디론가 사라져버렸다.

이튿날, 나는 권좌에 앉아 딴 생각에 빠져 있었다. 중양절을 맞아 조카 무승사가 신료와 백성 오천 명이 서명한, 나에게 금륜성신金輪聖神 황제의 칭호를 받아들여 달라고 비는 상소문을 올렸다. 이제 영광은 내 적이었다. 최고의 여신이자 천하의 주인임에도 불구하고 나는 모든 천박한 존재들과 마찬가지로 머리카락, 이빨, 기력을 잃어가고 있었다. 이 세상의 시간과 운을 돌아가게 하는 신황 역시 꼭대기에 오르면 여지없이 아래로 굴러떨어지는 굴레의 포로였다. 삶 역시 사랑처럼 기대에 부풀게 하고, 배반하고, 어루만지고 그리고 벌한다. 나는 하나의 권좌, 한 시대, 하나의 덧없는 환상을 훔친 찬탈자에 불과했다.

회의가 단단히 토라졌다.

그는 여러 차례에 걸친 내 호출을 무시하고 절에 틀어박혀 두문불출했다.

나는 황실 어의 심남구沈南璆의 품에서 회의가 내게서 앗아간 자신감을 되찾았다. 유순하고 사려 깊은 그의 몸은 불안을 진정시키고 고통을 덜어주었다. 그 소식이 황궁 안에 퍼져갔다. 회의가 내 총애를 잃었다는 것을 알게 된 조정은 기쁨을 감추지 않았다. 어제만 해도 그와 친교가 두텁다고 뽐내던 고관대작들이 앞 다투어 그를 비방했다. 내 왕조의 개국공신으로 자처하던 악국공, 보국대장군, 회의는 이제 그의 광활한 백마사에서 주인 노릇을 하는 게 더 마음에 드는 모양이었다. 그는 사찰 담을 요새화하고 무술이 뛰어난 수천 명의 젊은 승려들을 모집했다. 하루 종일 대나무 장대 부딪히는 소리와 우렁찬 함성이 울려 퍼졌다. 회의가 승려들을 훈련시키며 즐기고 있었다. 그는 사찰에서 나와 도시로 행차할 때 늘 가장 잘생기고 건장한 제자들을 대동했다. 황금과 보석으로 장식된 그의 말을 둘러싼 채 철봉과 장검으로 무장한 젊은 승려들이 무리를 지어 몰려다녔다. 그러다가 도교승이나 다른 종교의 독실한 신자들을 만나면 주인의 신호에 따라 그들을 공격해 머리를 밀어버리거나 불교로 개종하라고 강요했다. 내 정부를 눈엣가시처럼 미워하던 내준신이 아녀자 납치와 감금, 불법적인 군대 양성과 역모 기도로 그를 기소해야 한다고 내게 요구했다.

  회의는 내가 손수 쓴 명령서가 첨부된 소환장을 세 번이나 받고서야 내 앞에 모습을 드러냈다. 방으로 들어서는 그를 본 나는 배에서 경련이 일었다. 그를 못 본 지난 석 달 동안 나는 그가 얼마나 잘생겼는지 잊고 있었다. 보통남자들보다 머리 하나는 족히 더 큰 그는 옛 신화에 나오는 영웅처럼 어깨를 건들거리며 걸었다. 내 앞에 엎드려 절하는 그의 얼굴은 무척 야위었고 넓은 이마에는 수심이 가득했다. 나는 뜨거운 감동에 사로잡혔다. 회의가 마음을 앓고 있었던 것이다!

그에게 앉기를 권했다. 나는 부드러운 말투로 그의 생활에 대해 이것저것 물었다. 그는 짤막하게 대답했다. 나는 생각으로 그를 어루만지고 있었다. 그의 눈은 어의 심남구가 조제한 최신 연고로 모든 주름을 매끈하게 편 내 얼굴에도, 깊이 파인 옷 사이로 내비치는 내 속살에도 머무르지 않았다. 그의 시선은 나를 가로질러 의자 뒤에 펼쳐져 있는 병풍에 꽂혀 있었다. 그 사랑은 이루어질 수 없는 것이었다. 40년이라는 나이 차가 우리를 서서히, 그리고 확실하게 비극적인 대단원으로 이끌고 있었다. 하지만 나는 훌쩍거리고만 있을 나이가 아니었다. 내 욕망이 선택한 것은 바로 그였다!

나는 심남구에게는 한 번도 삽입을 허락하지 않았다고 그에게 말해주고 싶었다. 나이 오십의 그 남자는 나에게는 수면제나 보온기 역할을 할 뿐이었다. 그 관계는 난봉을 일삼는 그에게 복수를 하기 위한, 그의 질투에 불을 지피기 위한 놀이에 불과했다. 나는 그에게 아들들은 나를 실망시켰다고, 손자들은 낯선 이방인들이라고, 조카들은 내 뒤를 이어 권좌에 오를 생각밖에 하지 않는다고, 내 삶을 훤히 밝히는 것은 운명의 신비스러운 강에서 낚아올린 소보, 바로 그라고 털어놓고 싶었다. 나는 그가 예전처럼 쾌활하고 수다스러운 아이로 내 곁에 남아 있게 하기 위해 그에게 젊은 여자들을 무더기로 바칠 각오가 되어 있었다.

그가 나를 협박할까 두려워 이 모든 것을 입에 담을 수 없었던 나는 조정에서 올라온 고소장들에 대해 이야기했다. 그의 얼굴이 하얗게 질리더니 이내 빈정거리기 시작했다.

"어의 심남구에 대해 떠도는 이야기가 사실인 모양이군. 폐하께서 절 제거하고 싶으시다면 그보다 더 쉬운 일은 없을 것이옵니다. 저를 내준신에게 넘기시면 고문도 받기 전에 폐하의 편집증, 불안, 병, 비밀스러운 성적 환상까지 모두 털어놓고 말 것입니다. 그러니 지금 당장 저를 죽이는 편이 더 나을 것이옵니다!"

분노로 얼굴이 벌겋게 달아오른 그를 본 나는 피식 웃음을 터뜨렸다.

"내가 너에게 이 고소장들을 보여주는 것은 내가 널 용서할 준비가 되었다는 것을 말하기 위함이다. 보다시피 내 보호가 없으면 너는 사냥개에게 쫓기는 토끼처럼 판관들에게 쫓기게 될 것이야. 지난 몇 년 동안 너는 이 황궁에서 친구는커녕 적들만 잔뜩 만들어놓았어. 내가 없으면 네가 어떻게 되겠느냐?"

그가 어두운 불로 가득한 눈동자로 나를 뚫어져라 바라

보았다.

"왜 저를 데리고 놀려 하시옵니까? 어의와 승려 중에 선택을 하셔야만 하옵니다. 단 한마디만 해주옵소서. 저와 결혼하시겠사옵니까?"

마음이 얼어붙고 미소가 굳었다. 나는 그에게 준비해놓은 말을 했다.

"나는 아직 조정에 후계자를 지명하지 않았다. 그런 상황에서 내가 한 남자와 혼인을 해 그에게 내 남편의 지위를 준다면 조정은 대혼란에 빠지고 말 것이야……."

그가 나에게 달려들어 내 목을 조르다시피 했다.

"폐하, 저는 폐하를 사랑하옵니다. 나는 당신이 내 아내가 되기를, 당신을 조照라 부를 수 있기를, 삶과 죽음으로 당신과 하나가 되기를 원하오! 그렇소, 나는 황부의 신분을 포기하겠소, 조정의 인정 따윈 안 받아도 좋소. 여기서, 지금, 하늘과 땅을 증인으로 삼아 비밀결혼을 합시다. 이 자리에서 내 것이 되겠다고 맹세하시오……."

"이것 놓아라! 무례한 놈! 네 주군 앞에서 무릎을 꿇어라!"

회의는 동작을 멈추고 내 발치에 쓰러졌다.

나는 한마디 한마디 끊어 말했다.

"썩 물러가거라. 그리고 두 번 다시 나타나지 말거라!"

그는 바닥에 이마를 무겁게 찧고는 뛰어 달아났다. 그의 실루엣이 얼룩이 되고 이어 내 궁궐 문들 사이로 사라졌을 때, 나는 무너져내렸다.
 신들은 황제를 위해서는 사랑을 마련해놓지 않았다.

회의의 슬픔이 계속 나를 괴롭혔다. 나는 그에게 아픔을 준 나를 용서할 수 없었다. 그와 절교함으로써 나는 즐거움과 불멸의 영약을 스스로 박탈했다. 나는 어의 심남구를 내 궁궐에서 쫓아내고 아픔 속에 칩거했다.

회의의 소식이 간간이 들려왔다. 승려들의 수장은 낙양에 공포를 뿌리고 다녔다. 그의 제자들은 싸움거리를 찾아 하루 종일 거리를 떼 지어 돌아다녔다. 그들은 다른 종교의 사찰 문을 부수고 들어가 그들의 우상을 파괴했다. 회의는 석가탄신일을 맞아 비밀리에 자신의 거처 앞에 연못 하나를 파게 했다. 연단에 올라 사람들이 보는 앞에서 자신의 허벅지를 칼로 벴다. 그리고는 전날 황소의 목을 잘라 받은 피로 가득한 상처를 보란 듯이 드러냈다. 그는 그것이 자신의 피라고 주장하면서 그 붉은 액체로 내 초상을 그리게 하겠다고 선언했다.

그가 일으키는 소동들이 조정을 떠들썩하게 만들었다. 어떤 이들은 그가 미쳐버렸다고 말했고, 또 어떤 이들은 그를 벌로 다스려야 한다고 아우성쳤다. 절망 어린 그의 외침에 내 가슴이 찢어지는 듯했다. 하지만 나는 판관들에게 그의 사찰을 무장해제시키는 임무를 맡김으로써 자꾸 약해지는 마음을 추슬렀다. 황제의 정부를 공격할 수 있게 된 것에 신이 난 조정은 군대를 보내 사찰을 포위했다. 혼비백산한 승려들은 지체 없이 투항했다. 그들은 결박되어 투옥되거나 유형에 처해졌다. 회의는 아침나절 잠시 억류되어 있다가 나의 사면장을 받고 곧 풀려났다. 그가 내 궁궐로 달려와 면담을 요청했지만 나는 거절했다.

두 달 후 어느 날 밤, 나는 소스라쳐 깨어났다. 내궁이 맵싸한 냄새로 가득했다. 나는 문을 열게 했다. 밖에는 밤하늘이 장작불처럼 이글거리고 있었다. 거대한 화염다발들이 비처럼 불꽃을 뿜어대어 거대한 연기기둥이 솟아오르고 있었다.

완아가 울음을 터뜨리며 나에게로 달려왔다.

"폐하, 사찰이옵니다. 하늘이 노하셨습니다!"

환관들이 가마를 가지고 도착했다. 그들은 나를 강가의 궁궐로 피신시키려 했다. 나는 움직이기를 거부했다.

겁에 질린 새떼가 고함을 내지르며 어둠 속을 맴돌았다. 사각형의 뜰에 여자들이 무릎을 꿇고 앉아 있었다. 그들은 두 손을 모아 쥔 채 염불을 외고 있었다. 그들이 외는 염불의 리듬에 따라 불꽃이 피어올랐다가 가라앉곤 했다. 불길한 예감에 사로잡힌 나는 손가락 하나 까닥할 수가 없었다. 나는 눈의 망막 위에, 머리의 둥근 뚜껑 아래, 피 흘리는 영혼 속에 불꽃의 그 음산한 춤을 각인시켰다.

　이튿날, 조회에 모인 대신들은 꿀 먹은 벙어리들 같았다. 그들은 나의 분노를 두려워하고 있었다. 그들은 화재가 곧 닥칠 천재지변을 예고하는 하늘의 경고일까봐 두려워하고 있었다. 전 제국으로 퍼져가고 있는 불안을 진정시키기 위해 나는 나를 희생하기로 결정했다. 나는 칙령을 내려 나에 대한 백성과 신료들의 비난을 자청했다. 태묘太廟에서 헌주의식獻酒儀式이 거행되었다. 나는 선조들을 증인으로 삼아 신들에게 나에게만 벌을 내려달라고 빌었다.

　나는 만상신궁을 다시 짓기로 결정하고 회의를 공사 책임자로 임명했다. 그런데 임명소식을 듣고 인사를 하러 와야 마땅한 승려들의 우두머리는 좀처럼 모습을 드러내지 않았다. 형언할 수 없는 불안에 사로잡힌 나는 저녁 승마 산책까지 취소하고 그를 기다렸다. 며칠 후, 한 거지 아이가 회의의 편지를 나에게 전해야 한다며 대궐 앞에 와 있다는 전갈이 왔다. 나는 아이를 데리고 오라고 했다. 겁에 질린 아이는 온몸을 부들부들 떨었고 내 질문에 제대로 대답을 하지 못했다. 그럼에도 불구하고 나는 그 아이에게서 구겨진 편지 한 장을 받아내는 데 성공했다. 가벼운 종이 한 장이 나에게는 천근만근 무겁게 느껴졌다. 가슴이 죄어왔고, 온몸이 이름 없는 공포에 질려 돌처럼 굳어지는 것 같았다. 나는 한참을 망설인 후에야 그 한지를 펼쳤다. 내 정부의 악필이 눈에 톱질을 했다.

'조, 이제 당신은 늙지 않을 거요. 오늘 밤, 나는 하늘에 바치는 당신의 제물이 될 것이오.'

황궁의 남문 근처, 수만 명의 일군이 녹아내린 청동, 시커멓게 탄 나무, 뜨거운 잿더미를 치우느라 분주히 움직였다. 한 관리가 불경에서 미륵보살이 불로 스스로를 태워 제물로 바친 후에야 미래불이 되었다는 구절을 찾아냈다. 그의 해석은 새로운 종교적 열정을 불러일으켰고, 백성은 희망을 되찾았다.

천하는 나도 함께 나누는 척, 한 새로운 열의로 달아올랐다. 이전 것보다 더 높고 화려한 새 사찰이 하늘을 향해 치솟는 것을 바라보며 나는 붉고 흰 소보의 웃음을 떠올렸다. 나는 가끔 그의 거대한 체구가 하늘을 가득 채우는 꿈을 꿨다. 그는 내 뱃속에 자신의 남근을 넣고 나를 내려다보며 "조, 당신은 날 잘못 이해했소"라고 말했다.

나는 그가 날 사랑하는 줄은 몰랐다. 나는 그가 야망을 품고 있을 뿐이라고 생각했다. 나는 그가 내 권좌를 훔쳐갈까봐 두려웠다.

나는 내 불멸의 영약을 스스로 파괴했다.

나는 늙은 폭군으로 변해버린 것일까?

나는 내 생일을 기념해 9일 동안 백성들에게 잔치를 베풀라고 모든 도시에 명했다. 그리고 궁궐에서는 가족과 아끼는 몇몇 대신들만 불러 비설전飛雪殿에서 연회를 열었다.

그날 저녁, 나는 회의의 목소리가 그리웠다. 그의 부재가 날 깊은 슬픔에 빠뜨렸다. 날이 아직 완전히 저물지 않아 어슴푸레했다. 두 겹으로 바른 팽팽한 창호지 위로 눈송이들이, 반투명한 바탕 위로 곤두박질치는 회색 얼룩들이 보였다. 나는 방 중앙에, 등을 북쪽에 두고 남쪽을 바라보며 권좌에 앉아 있었다. 내 뒤에는 시녀들이 황실의 상징인 손잡이가 길고 둥글며 각진 부채를 들고 있었다. 완아와 궁녀들이 각자 먹, 종이, 꽃, 향, 손수건, 단지를 들고 서 있었다. 모두 남장을 하고 있었다. 내 오른쪽, 방 동쪽에 아들과 스무 명에 달하는 그의 자식들이 줄지어 앉아 있었다. 그 많은 가족도 반대편에 자리잡고 있는 조카 열셋과 오십여 명에 달하는 그 자식들에 비하면 왜소해 보였다. 더 멀리, 입구 근처에는 친정 쪽 인척들과 대신들이 일렁거리는 촛불에 녹아 희미한 실루엣으로 남아 있었다.

나는 황궁의 모든 기록에 남은 내 탄생연도를 지우게 했다. 세상은 내 나이를 몰랐다. 그 비밀은 뼈저렸고, 내 우수는 살을 엤다. 제국이 내 영원한 젊음에 경의를 표할 때 나는 그것을 믿는 척했다.

중국 황제는 올해 일흔 번째 생일을 맞았다. 그 숫자는 나를 겁에 질리게 만들었다. 옛 사람들이 말하기를, 그 나이가 되면 확신이 지혜의 문을 연다고 했다. 그런데 나는 그날 저녁, 해가 기울고 빛이 달아나는 것을 보았다. 의심이 암흑처럼 나를 엄습했다.

내 왕조에는 아직 합법적인 후계자가 없었다. 내 마음은 지난 왕조의 혈통을 이어받은 아들과 증오했던 한 오라버니의 후예인 조카 사이에서 갈등하고 있었다. 내 시선이 오른쪽에 앉은 단에게 머물렀다. 그는 음악과 환희에 찬 사람들은 아랑곳하지 않은 채 연신 술잔을 들이키며 요리를 맛보는 데에만 정신이 팔려 있었다. 그의 초췌한 얼굴은 그의 영혼에 쌓인 피로와 권태를 엿보게 해주었다. 그가 성인이 된 이후로 웃거나 화내는 것을 한 번도 본 적이 없었다. 단은 이상이 없는 탐미주의자였다. 삶이 잔잔한 강처럼 그의 몸을 가로질렀다. 그는 어떤 결정을 내리지도, 의사를 표명하지도 않았다. 서예의 순수함과 첩들이 주는 관능적인 쾌락이 전부인 자신의 세계에 갇혀 세상만사 흘러가는 대로 실려다녔다. 최근에도 역도들이 또다시 그의 모호한 신분을 이용한 적이 있었다. 내준신에게 체포된 그들은 단으로부터 당 왕조를 복원하라는 명을 받았다고 주장했다. 내준신은 그 불충한 왕자를 처벌해야 한다고 주장했지만 나는 그를 연금시키는 것으로 만족했다. 아들 넷 중에 하나 남은 그마저 귀양을 보낼 수는 없었다!

내 눈길이 몇 년 간 황후의 자리에 올랐던 그의 비, 유씨 부인의 눈길과 마주쳤다. 나는 가는 입술이 가로지르는 그녀의 둥근 얼굴을 단 한 번도 어여삐 여긴 적이 없었다. 나는 그녀를 뚫어져라 바라보았다. 그녀가 움찔하며 시선을 깔았다.

그녀 뒤에 앉아 있던 두 왕자, 성기成器와 융기隆其(후에 현종玄宗이 됨―역주)가 벌떡 일어나 내 발치로 달려왔다. 그들은 나에게 춤을 춰도 되겠느냐며 허락을 구했다. 저 아이들이 몇 살이나 됐더라? 나는 그 아이들의 나이를 몰랐다. 붉은 입술, 발그스레한 뺨, 그들은 왕족의 후예로 태어난 아이들의 당당한 기상을 지니고 있었다. 그들의 초청에 따라 어린 공주들이 열에서 나와 나에게 인사를 하고는 악기를 연주하기 시작했다. 사내아이들은 성인의 엄숙한 움직임을 흉내냈고, 허공을 향해 긴 소매를 날리며 노래를 불렀다.
"신황께 만 번의 봄, 천하만국에 크나큰 기쁨……."

그들은 폭풍과 싸우는 나비처럼 양팔로 허공을 저으며 움직여나갔다. 그 천진난만한 존재들은 이제 곧 그들에게 끔찍한 불행이 닥치리라는 것을 짐작조차 못하고 있었다. 연회가 벌어지기 전 한 시녀가 나를 찾아와 그들의 어미들을 고발했다. 유씨 부인과 단의 애첩 두덕竇德이 그들 궁궐의 비밀규방에 제단을 세워놓고 악마적인 주술로 나의 경쟁자이자 쫓겨난 왕씨 황후와 폐위된 소 숙비의 영혼을 불러 나를 파괴하라고 명령했다는 것이었다. 법은 흑마술을

행하는 모든 자를 사형으로 다스렸다. 하지만 나는 내준신에게 내 집안의 추문을 퍼뜨리는 즐거움을 제공하지는 않을 것이다. 그날 저녁 유씨 부인도, 어둠 속에 앉아 있는 애첩 두덕도 집으로 돌아가지 못할 것이다. 환관들은 잔치가 끝나는 대로 그들을 붙들어두라는 명령을 받았다. 그들은 그녀들이 스스로 목숨을 끊도록 도울 것이다.

내 귀에 벌써 어미를 잃은 고아들의 흐느낌이 들려오는 듯했다. 하지만 내 마음은 아무런 연민도 느끼지 않았다. 내일 손자들은 황제의 칙령에 따라 그들의 거처를 떠나 궁궐의 한 부속 건물에 갇혀 지내게 될 것이다. 후계자들을 인질로 잡아둠으로써 나는 차마 벌로 다스릴 수 없는 단을 더 잘 감시할 수 있을 터였다.

왕자들이 물러가고 조카 무승사가 성큼 앞으로 나섰다. 활기 차게 절을 하며 만세장수를 비는 그의 우렁찬 목소리가 울려 퍼졌다. 그가 자리로 돌아가자마자 악사들이 장수를 비는 가락을 연주하기 시작했다. 이어 궁궐 문들이 활짝 열리며 백 명의 무희들이 금실로 수놓은 비단과 모직 양탄자를 점령했다. 챙 없는 선비모자, 주홍색 감으로 안을 댄 연보라 당의, 에메랄드색 혁대, 회색 자락 차림의 무희들은 내 생일을 맞아 무승사가 안무한 춤을 선보였다.

장조카는 어슴푸레한 어둠 속에서 손뼉을 쳐 박자를 맞추었다. 막 나이 오십을 넘긴 그는 곱슬곱슬한 턱수염을 기르고 있었다. 짙은 눈썹, 매부리코, 야망으로 번뜩이는 눈매, 묘하게도 그는 내 아버지와 타타르인의 피를 물려받은 그의 첫 부인의 생김새를 골고루 닮아 있었다. 아들 단과 조카 무승사는 모든 점에서 대비되었다. 황제의 아들로 태어난 단은 비단과 비로드 속에서 성장했다. 평민으로 태어나 여동생에게 냉대받고 결국에는 유형에 처해진 오빠의 아들 무승사는 멸시와 가난 속에서 자랐다. 단은 네 살의 나이에 왕의 칭호를 받았지만, 무승사는 나이 오십이 되어서야 왕이 되었다. 열렬한 불교신자였던 단은 사냥감조차 죽이기를 거부했지만, 야만인 무승사는 서슴없이 적들의 목을 벴다. 시인인 단은 정치를 혐오했지만, 추방을 겪은 무승사는 마음속으로 복수의 칼을 갈고 있었다…….

조카들의 부상은 아들들의 추락을 동반했다. 홍이 죽고, 현賢이 자살하고, 현顯이 추방된 이후로 무씨 집안의 우두머리인 무승사는 자신에게 닥친 행운을 잘 관리해 끊임없이 자신의 입지를 다져나갔다. 그의 생김새는 투박했지만 인간관계의 미묘함을 잘 알고 있었다. 그는 나의 정당성을 옹호했다. 그는 판관들을 도와 역도들을 색출했고, 틈만 나면 나에 대한 숭배에 열을 올렸다. 내 아들들이 권위에 대항해 반기를 들고자 했던 반면, 그는 관료들에게 압력을 가해 나의 즉위를 청원하는 상소문에 서명하게 했다. 열에 들뜬 상상력을 발휘해 조정이 앞 다투어 나에게 바치려 드는 그 모든 요란한 칭호들을 생각해낸 것도 바로 그였다.

우리의 혈관에는 목재상의 피가 흐르고 있었다. 나를 닮은 무승사는 내 아버지에게서 결코 실수하는 법이 없는 계산적인 머리를 물려받았다. 내가 황제에 즉위한 다음날, 벌써 그는 내 후계자가 되기 위해 동분서주했다. 사실, 전복된 황실의 후예인 아들들의 존재는 내 치세의 정당성에 의심의 그림자를 드리웠다. 아버지의 장손으로 집안의 계승자로 지명된 무승사는 우리 집안의 영원하고 절대적인 지배력을 보장하기에 가장 적합한 인물이었다. 아들 단은 권좌에 오르면 자기 친아버지의 왕조를 복원하려 할 것이다. 반면 무승사가 황제가 되면 내가 세운 왕조를 계속 지켜나가려 할 것이다.

조정에서도 의견이 분분했다. 일부 대신들은 나의 치세를 남편 치세의 영광된 연장으로 보았다. 그 사람들은 아들 단이 미래의 도덕적 담보로 남아 있는 동안에만 나에게 충성을 바칠 것을 맹세했다. 무승사와 내 조카들 뒤에 결집한 수많은 젊은 관리들은 새 왕조의 고관대작 자리를 차지하기 위해 혈안이 되어 있었다. 그들은 과거와의 단절을 주장했고, 피비린내 나는 급진적인 혁명을 요구했다.

그날 저녁에도 내 눈길은 아들과 조카 사이를 오락가락했다. 하지만 그들은 둘 다 나와 깊은 사랑으로 맺어져 있지 않았다. 둘 다 혈통에 의해 나와 연결되어 있을 뿐이었다. 단의 무관심은 나에게 상처를 주었고, 무승사의 안달은 내 의심을 일깨웠다. 내가 죽은 뒤 황제가 된 단은 아마도 그를 세상에 낳아준 어머니를 기억하겠지만, 군주가 된 무승사는 필시 서둘러 핍박받은 나의 오빠였던 자기 아버지, 미움받는 올케였던 자기 어머니를 숭배의 대상으로 만들 것이다. 비록 내가 어머니의 재산을 강탈하고 어린 동생을 죽인 무씨 집안을 용서하긴 했지만 내 조카들은 유형지에서 보낸 어린 시절을 영원히 기억할 것이다. 그들과 나 사이에는 사라지지 않는 증오가 있었다. 내가 조상들을 태묘에 모시기는 했지만, 조카들에게는 제후국을, 그 자식들에게는 왕자의 인장을 나눠주기는 했지만, 그 너그러움은 가장된 화해에 불과했다. 내 집안은 내 형리이자 희생자였다. 현재의 영화가 과거의 존재, 무씨 마을, 비좁고 어두컴컴한 방들을 지우지는 못했다. 조카들과 나 사이에는 서로의 이해에 의한 결속밖에 없었다. 그들은 나의 정치적 버팀목이었다. 나는 그들의 미래를 손아귀에 쥐고 있었다.

완아가 졸고 있는 나를 깨웠다. 음악이 최고조를 향해 치닫고 있었다. 청동 종소리가 새 수천 마리의 지저귐처럼 울려 퍼졌다. 무희들이 무릎을 꿇고 허리를 뒤로 젖혔다. 그들의 얼굴이 전율하는 소매들 속으로 사라졌다. 한 잎 한 잎, 거대한 모란이 열렸다. 그러더니 꽃 중앙에서 '신황만

세' 라는 글자가 나타났다. 나는 그의 작품을 치하하기 위해 무승사에게 술 한 잔을 갖다주게 했다. 우쭐해진 그가 나를 향해 절을 하고는 술잔을 단숨에 비웠다. 단은 맞은편에서 따분한 표정을 짓고 있었다. 그 곁에 앉아 있던 큰오빠의 아들 삼사가 일그러지는 표정을 애써 감추며 서둘러 사촌에게 환한 미소를 지어 보였다.

    잘생기고 우아하고 교양이 풍부한 삼사는 눈부신 부상을 거듭하는 집안의 성공작이었다. 무승사가 그 기질 속에 시골의 투박함을 간직하고 있는 반면, 그보다 다섯 살 아래인 삼사는 도시인의 섬세함과 애매함을 품고 있는, 보다 진화된 종족에 속했다. 무승사가 고지식한 만큼 삼사는 유연했다. 무승사는 앞만 보고 질주하는 공격용 마차를 닮았지만, 삼사는 모든 흐름 위를 항해할 줄 알았고 닫혀 있는 모든 문을 재주껏 열고 슬그머니 들어가는 법을 알았다. 무승사가 충성심을 보이려고 애쓰면 애쓸수록 그에 대한 나의 불신은 더욱 깊어갔다. 삼사는 설쳐대는 사촌 뒤에 몸을 낮추고 과하지도 모자라지도 않게 나에게 아첨하는 지혜를 보였다. 그는 단을 축출하도록 무승사를 부추기면서도 신료들이 감히 접근하지 못하는 내 아들을 이모저모로 돌봐주었다. 그는 이 진영에서 저 진영으로 자유자재로 옮겨다니며 나의 밀사역할을 맡아 대신들과 집안을 화해시키는 일에 열중했다. 무승사가 단을 동궁에서 쫓아내기 위해 서두르면 서두를수록 삼사는 힘의 균형을 맞추기 위해 보다 은밀한 작업을 벌였다. 그 작업이 아무리 은밀해도 내 눈을 속일 수는 없었다. 삼사 역시 황태자의 자리를 탐하고 있었다. 그는 피할 수 없는 갈등의 결말을 끈기 있게 기다리고 있었다. 그는 두 사촌이 목숨을 걸고 싸울 때까지 기다렸다가 적절한 시기에 이상적인 후계자로 나설 것이다.

삼사 곁에 앉아 있는 태평 공주는 딴 데 정신이 팔려 있는 것처럼 보였다. 갸름한 얼굴, 넓은 이마, 도톰한 입술, 늘씬한 근육질의 몸매, 그녀는 젊었을 때의 나와 놀라울 정도로 닮아 있었다. 하나같이 모두 황제였던 조상, 조부, 아버지, 어머니, 오빠를 가진 내 외동딸은 태평 공주라는 이름이 더없이 잘 어울리는 아이였다. 눈부신 그녀의 존재 앞에서 수많은 나의 후예들, 내 밤하늘에 떠 있는 하찮은 별들은 빛을 잃었다. 나는 이미 오래전부터 아들들에 대한 집착을 버리고 그녀에게 어머니로서의 모든 열정을 쏟아부었다. 박식하고 총명한 그녀는 두 집안의 남자들에게 결여된 정치적 포용력을 갖추고 있었다. 하지만 그녀는 결코 내 후계자가 되지 못할 것이다. 우선 대신들이 그녀가 천하를 다스리도록 내버려두지 않을 것이다. 오빠와 사촌들이 결탁하여 그녀를 몰아낼 것이다. 백성들은 그녀의 즉위를 찬탈로 여기고 한 왕자가 손가락만 까닥 해도 들고일어날 것이다. 감상적이고 감정 기복이 심하며, 결단력 없고 여린 태평 공주는 보필은 잘해도 세상을 길들이지는 못할 것이다. 너무 큰 권력은 그녀를 죽이고 말 것이다.

나는 그녀에게 왕에 버금가는 수입을 보장해주었다. 나는 그녀를 위해 예술과 사랑에 바쳐진 여자의 삶을 택했다. 나는 그녀를 위해 신선들조차 시샘할 정도의 맑고 투명한 행복을 빌었다. 하지만 고통은, 진홍색 담의 높이를 모르는 그 역병은, 가난한 자의 집이건 부자의 집이건 초대받지 않고 불쑥 찾아드는, 거지든 왕자든 가리지 않고 벼락을 내리는 그 역병은 끝내 옥고치 속에 숨어 있는 태평 공주를 찾아내고 말았다.

내 딸은 열세 살 때 낙수 가를 산책하다 우연히 마주친 설소에게 첫눈에 반하고 말았다. 나는 그녀의 욕망을 충족시켜주기 위해 그 젊은 귀족에게 정실부인을 내쫓으라고 명했다. 나는 그들에게 역사상 가장 호사스런 결혼식을 선물했다. 하지만 부마들의 마음은 황실 공주들의 마음만큼이나 변덕스러웠다. 강제 결혼을 한 설소는 버림 대신 자살을 택한 첫 부인을 잊지 못했다. 그는 존중을 가장한 멸시로 태평 공주를 대했다. 두려움과 증오의 대상으로 시댁에 받아들여지는 동시에 거부당했던 태평 공주는 내가 그 자격 없는 사위가 역모에 연루되었다는 사실을 발견한 그날까지 자신의 고통을 숨겼다.

설소는 처형되었다. 태평 공주는 삶의 기쁨을 잃었다.

나는 그녀에게 재혼을 권했다. 그녀는 역시 기혼자였던 조카 유녕攸寧에게 푹 빠져들었다. 예기치 못한 행복에 놀란 조카는 그녀의 사랑을 기꺼이 받아들였다. 그는 자신의 아내를 내쫓고 종교적 열의로 태평 공주를 사랑했다. 하지만 설소의 추억이 계속 그녀를 괴롭혔다. 황제의 딸은 손에 쥔 사랑보다는 불가능한 사랑을 더 좋아했다. 그녀는 결혼을 하자마자 근위대 장교와 바람을 피웠다.

딸이 일으킨 추문은 날 크게 실망시켰다. 그녀가 유녕을 선택했을 때, 나는 신들이 나에게 희망의 길을 보여줬다고 믿었다. 결혼을 통한 조카와 내 자식의 결합은 같은 강의 두 지류인 두 집안의 융합에 이를 것이었다. 하지만 그 모범적인 결혼의 실패는 오히려 적대감을 심화시켜놓기만 했다.

자식에 대한 사랑은 기대와 실망의 연속으로 끝이 났다. 나는 균형을 깨지 않기 위해 후계자가 정해지지 않은 상태를 계속 유지했다. 내 조카들은 계속 희망을 품었고, 대신들은 계속 나에게 복종했다. 매일 아침, 나는 조금씩 더 지친 상태로 잠에서 깨어났다. 나에게 권력을 주었던 왕관도 별들의 운행, 계절의 순환, 사람들의 자질을 바꾸기에는 불충분했다.

아내와 첩을 잃고 자식들을 인질로 빼앗긴 단은 입을 굳게 다물고 점점 움츠러들었다. 태평 공주는 수시로 정부를 바꾸었고, 유녕은 술로 슬픔을 달랬다. 조카들은 지배하기 위한 그들의 투쟁을 계속 벌여나갔다. 그들 중 백성, 땅, 제국의 위대함에 관심을 가지는 사람은 아무도 없었다. 모두들 군주가 치러야 하는 헌신과 자기 희생에 대해서는 무지했다.

   나는 다음 세대들을 통해 자신의 삶이 끝없이 이어지는 것을 보는 모든 이들이 부러웠다. 나는 내 정신적 후예를 헛되이 찾고 있었다.

열둘

계절들이 왔다가는 서둘러 달아났다. 봄이면 복숭아나무, 배나무, 석류나무, 목련이 하늘을 뒤덮었고, 가을이면 벌겋게 물든 단풍잎과 감나무잎이 비 오듯 떨어졌다. 나는 세상에서 가장 아름다운 궁궐, 가장 호화로운 도시에 거주했다. 나는 모슬린과 비단을 두른 여자들, 나긋나긋한 서예가, 관능적인 여 시인들에 둘러싸여 이동했다. 나는 날아다니는 제비를 발굽으로 밟을 수 있는 준마들을 갖고 있었다. 나는 용감하고 총명한 왕자들, 철학자이자 전략가인 대신들을 거느렸다. 나는 근면 성실한 백성의 추앙을 한몸에 받고 있었다. 하지만 절정에 달한 지상의 삶, 이 승리, 이 우아함은 더 이상 나를 감동시키지 못했다.

아름다움은 행복이 아니다. 내 영혼의 식욕을 돋우는 비밀스러운 맛은 고갈되어버렸다. 존재들에게 실재감을, 도시에 색채를 주던 내밀한 빛, 비 내리는 날들을 부드러운 감상으로, 단조로운 날들을 감동적인 시로 바꾸어놓던 마술적인 빛은 꺼져버렸다.

그해, 나는 충실한 벗이었던 루비와 에메랄드를 잃었다. 천금 공주 역시 그 끈질긴 성품에도 불구하고 시간을 유혹할 수는 없었다. 죽음은 그녀의 하찮은 재잘거림, 천진난만한 웃음을 앗아갔다. 그녀의 향기는 지워졌고, 그녀의 이름은 세인의 입에 회자되기를 멈추었다. 장례식이 치러진 다음날 벌써 그녀는 잊혀졌다.

나는 사람들이 '늙었다', '피곤해 보인다'라는 말을 입에 담으면 가슴이 덜컥 내려앉았다. 감히 나에게 물러나 쉬라고 진언하는 신료들은 모조리 귀양을 보냈다. 대신들이 후계자 문제를 논하려 들면 나는 버럭 화부터 냈다. "나는 아직 노망이 들지 않았소." 나에게 황태자를 임명해야 하는 필요성을 이해시키려 드는 모든 이들에게 차가운 어조로 대꾸했다. 나는 매일 새로운 근육통에 시달리며 잠에서 깨어났고, 조금씩 더 깊은 절망에 휩싸여 잠자리에 들었다. 세상은 나를 신으로 여겼지만 나는 여전히 하찮은 인간에 불과했다. 서서히 소진되어가는 기력은 내 운명 또한 죽음을 피할 수 없는 모든 인간의 운명만큼 비참하다는 것을 증명해주었다.

단의 죄상을 폭로하는 고발장들이 쌓여갔지만 하나 남은 내 아들을 차마 희생시킬 수 없었다. 조카 무승사는 그의 처벌을 거듭 탄원했다. 조바심에 휩싸인 그의 야망은 거의 찬탈이나 다름없었다. 매일 밤 나는 끔찍하기 그지없는 악몽에 시달렸다. 때로는 권좌에 오른 무승사가 단, 태평 공주, 현顯의 몰살을 기도하는 꿈을 꿨다. 행여 역모의 빌미가 될 수 있는 손자들의 목이 모조리 잘려 쇠창에 꿰어 내걸릴 것이었다. 때로는 갈피를 잡지 못하는 심약한 황제 단이 첩과 환관들의 수작에 놀아나는 꿈을 꾸었다. 그는 실권 없는 황제, 무기력한 군주로 반란군을 이끌고 유형지에서 돌아와 장자의 권리를 주장하는 그의 형 현에게 포위될 것이다. 황궁이 불에 휩싸인다. 조카들이 들고일어난다. 권좌에 오른 무승사는 삼사에 의해 축출된다. 삼사 또한 정체를 감추고 있던 실권자에 의해 살해된다. 제국은 서로 경쟁하는 천 개의 왕국으로 산산조각 나고 만다. 용병들이 들을 짓밟고, 마을에 불 지르고, 선량한 백성을 살육하고, 도시를 약탈한다. 시체가 산더미처럼 쌓인 낙양, 장안, 형주, 병주, 양주는 폐허와 묘지로 변하고 만다. 이마 위로 식은땀이 흘렀다. 지상의 평화와 번영은 언제 깨질지 모르는 허망한 것이었다. 모든 왕조는 언젠가는 멸망하게 되어 있었다.

 밤, 잠자리에는 한기가 떠돌았다. 회의가 죽은 이후로 나는 개, 표범들과 함께 잠들었다. 암흑 속에 홀로 누운 나는 내가 애타게 그리는 음악이 한 남자의 음악이라는 것을 알고 있었다. 나는 침묵에 빠진 궁성, 생기 없는 기둥, 굳어버린 벽화에 다시 활기를 불어넣어줄 그 부드러운 마약을 얼마나 갈망했던가! 찬란한 사랑에 대한 막연한 기대에 의지해 일상의 무게, 답변 없는 질문, 피할 수 없는 쇠퇴로부터 벗어날 수 있기를 얼마나 열렬히 기원했던가! 나는 가끔 꿈에서 치노와 소보가 뒤섞여 하나가 되는 실루엣, 미소를 보았다. 그 행복한 순간은 꿈에서 깨어나자마자 사라졌다. 후회와 향수가 나를 사로잡았다. 나는 사랑하는 법을 몰랐다. 하지만 이젠 너무 늦어버렸다.

입맛은 버렸고, 빛은 기울었다. 나는 가끔 환관들이 비밀리에 강장제로 보내주는 미소년이나 소녀를 데리고 잤다. 하지만 그 누구도 노쇠의 강에 익사하고 있는 나를 구해주지는 못했다. 내 몸은 지쳤고, 마음은 무뎌졌다. 나는 허망한 세상을 지키는 바다 괴물로 변해갔다.

침체의 나날과 고양의 순간들이 번갈아 이어졌다. 내 자신과 싸우기로 결심한 나는 대대적인 공사 계획에 뛰어들었다. 열기에 넘치는 방대한 공사장들이 내 절망을 삼켜버렸다. 천 년 묵은 고목들이 신음하며 땅에 거꾸러졌고, 구릉보다 더 높은 용광로들이 벌겋게 타올랐으며, 시뻘건 청동 주조물이 하늘을 붉게 물들였다. 요란한 망치 소리, 물에 담근 금속이 내뿜는 소리가 대장장이, 배 끄는 인부, 목수들의 힘찬 노랫소리에 맞춰 제국 방방곡곡에서 울려 퍼졌다.

　인부들의 뛰어난 기량이 나로 하여금 가장 터무니없는 꿈들을 실현할 수 있도록 해주었다. 제국 수도를 둘러싸고 있는 성벽이 요새화되었고 더 높아졌다. 각각 제국 아홉 지방의 경치가 부조로 새겨진, 청동 56만 근[6]을 녹여 만든 아홉 개의 거대한 세발솥이 지나갈 수 있도록 도로들이 확장되었다. 그 세발솥들은 병사 십 만, 수없이 많은 황소와 황실 코끼리들이 동원되어 새로 축조된 만상신궁 발치로 옮겨졌다. 그 성소보다 두 층이 더 높은 새 사찰이 그 뒤에 세워졌다. 안에는 발톱 하나에 사람 열 명이 올라설 수 있는, 세상에서 가장 거대한 부처가 모셔졌다. 황제의 길에는 금륜보金輪寶, 백상보白象寶, 여보女寶, 마보馬寶, 주보珠寶, 주병신보主兵臣寶, 주장신보主藏臣寶의 황금상이 일곱 개씩 세워졌다. 황궁의 남문에는 야만족 왕들이 선물한 천추天樞[7]가 현기증 나는 높이에서 구름과 대화를 나누며 도시를 굽어보았다. 마술적인 비문, 성스러운 그림, 경축 시들로 뒤덮인 그 청동기둥 꼭대기에서 네 마리의 금룡이 영원한 화염

---

[6] 한 근은 500그램에 해당된다.
[7] 실록에 의하면, 이 기념비를 만드는 데 청동 25만 킬로그램과 철 165만 킬로그램이 들었다고 한다.

으로 제국을 밝히는 여의주를 물고 하늘을 향해 날아올랐다.

타타르족의 반란은 진압되었고, 정의는 갈증을 풀었다. 나는 끊임없는 수정을 거쳐 장점과 결점들이 서로 균형을 이루는 조화로운 정부를 구성하는 데 성공했다. 올곧고 충직한 선비들에게는 비판과 제안의 자유를 부여했고, 정력적이고 노련한 관리들에게는 행정을 위임했다. 나는 조정 대신들의 아첨보다는 다수의 의견을 경청했다. 조카 왕들이 내 권위를 수호했고, 어사 내준신과 그 협조자들은 불충한 무리들을 두려움에 떨게 했다. 역도들과의 전쟁이 끝나자 나는 부패한 관료들과의 전투에 뛰어들었다. 각 지방에는 통제된 자치권을 부여했다. 백성들에게는 종교적 열의와 희생정신을 가르쳤다. 사회적 위계질서는 더욱 견고해졌다. 각 계급마다 나름대로의 예절, 제약, 특권이 있었다. 하지만 넘을 수 없는 장벽도 운명적인 고립도 더 이상 존재하지 않았다. 모두에게 모든 운명이 허락되었다. 모든 재능이 마음껏 발휘되어야만 했다.

구체제의 공정한 조치들은 존중되었고, 고대의 의식과 잃어버린 전통들이 발굴되어 복원되었다. 나는 왕조들의 연속성을 존중함으로써 제국을 변모시키고 우리 문명의 샘에서 영감을 길어옴으로써 문화를 쇄신시키는 데 성공했다. 신들은 나에게 호의를 베풀었고, 제국의 번영은 전속력으로 질주하는 준마 같았다. 그 준마의 통제는 균형, 호흡 조절, 집중의 문제일 뿐이었다.

　황실의 점술가들이 나에게 신들의 축복을 전했다. 나는 종교적 열의로 불타올랐다. 나는 남편이 못 다한 꿈, 숭산 정상에 올라 봉선의식을 올리고자 하는 욕망에 사로잡혔다. 행차 준비가 나를 갉아먹고 있던 권태를 잠재웠다. 나는 조정과 외국의 봉신들을 이끌고 숭산을 향해 출발했다. 유유히 흐르는 낙수보다 더 장엄한 행렬이 들판과 계곡을 가득 메웠다. 정화의식들이 내 몸과 마음을 가볍게 만들었다. 나는 일흔한 살의 나이에도 불구하고 직접 눈으로 뒤덮인 숭산 정상에 올랐다. 나는 헌주의식을 치른 후, 나를 돕던 주변 사람들을 물러가게 했다. 다섯 색깔의 흙을 여러 층으로 겹쳐 쌓은 제단 꼭대기에 마련된 성소에 홀로 엎드려 나는 간절한 기도를 올렸다.

　저 멀리 어디선가 악사들이 계속 청동종과 석경을 쳐댔다. 태양이 암흑을 뚫고 솟아오르며 구름의 대양 속에서 굽이치는 파도로 변하는 주홍빛 그물을 던졌다. 나는 붉게 채색된 구름의 일렁임 속에서 나를 향해 질주해오는 천마들을 보았다. 바로 그 순간, 내가 평생 기다려왔던 기적이 일어났다. 태양이 나를 향해 성큼 다가오더니 모든 공간을 뒤덮는 비단처럼 넓게 펼쳐졌다. 날카로운 화살과도 같은, 수없이 많은 광선들이 살 속을 파고들었다. 살이 타는 고통은 곧 부드러운 쾌감으로 변해갔다. 신께서 거기 와 계셨다. 신께서 내게 모습을 드러내셨던 것이다! 두 눈을 감고 바닥에 이마를 조아린 채 나는 백열하는 신의 품에 안겨 있었다. 내가 정말 신의 딸인지, 죽음이란 어떤 것인지, 누가 내 후계자가 될 것인지 미처 물어보지 못했다. 나는 신에게 왕조를 보호해달라고 청하는 것을 잊었다. 영원히 천하를 지배하고자 하는 내 꿈을 잊었다. 내 머릿속을 맴돌던 질문들이 모두 지워져버렸다. 나는 타올랐다. 천천히 자전하는 불덩어리가 되어버렸다. 내가 빛의 바닷속에 용해되는 것을 느꼈다. 그 순간, 눈으로 둘러싸인 산 정상에 엎드려 있는 내 육신을 보았다. 구름 아래, 까마득한 심연의 깊이 속에 있는 사바세계를 보았다.

강들이 구불구불 땅을 가로질러 대양을 향해 달려가고 있다. 눈이 내리고 나무들이 잎으로 뒤덮인다. 궁궐들이 무너지고, 길들이 지워지고, 보리가 싹을 틔우고, 들판이 사막을 점령한다. 신은 움직임, 고갈되지 않는 삶, 영원한 에너지의 근원이다.

낙양 귀환길은 더없이 참담했다. 나는 모피 망토로 온몸을 감싼 채 화롯불이 타닥거리는 마차에 누워 추위에 떨었다. 기력이 썰물처럼 내게서 빠져나갔다. 귓속이 윙윙거려 소리가 잘 들리지 않았다. 눈까지 침침해서 관료들에게 앞으로는 정치적 보고서를 큰 글씨로 작성하라고 명했다. 숭산 정상에 세워질 비석에 새길 기념시詩를 받아 적게 한 후, 나는 내가 죽을 수도 있다는 생각을 받아들였다.

  어느 날 저녁, 어사 내준신이 비밀면담을 청했다. 그는 지하통로를 통해 궁궐로 왔다. 그가 내 발치에 이마를 조아렸을 때, 나는 그의 창백한 뺨이 열에 들떠 벌겋게 달아올라 있는 것을 알아챘다. 맑고 차가운, 늑대의 눈동자를 가진 그의 눈에는 거의 희열에 가까운 생기가 감돌았다. 내 야수들이 그에게서 피 냄새를 맡은 듯 이빨을 드러내며 으르렁거렸다. 내 개와 표범들에게 둘러싸인 내준신은 조금의 두려움도 내비치지 않았다. 그는 소맷자락에서 두루마리 하나를 꺼내 두 손으로 눈썹 높이까지 받쳐 내게 올렸다. 그것을 펼치자 희미한 촛불 아래 내준신이 무기, 상관의, 배염으로부터 오늘날까지 이어져온 역도들의 조직망을 그린 지도가 드러났다. 큰 글씨로 씌어진 수백 개의 이름들이 서로 이어져 나무의 형태를 형성하고 있었는데, 그 가지들은 지방 정부와 유형지에까지 뻗어 있었다. 지도 위에는 역적들의 이름이 빼곡하게 기록되어 있었는데, 죽은 자들은 붉은색, 유형에 처해진 자들은 푸른색, 투옥된 자들은 녹색으로 칠해져 있었고, 아직 자유의 몸인 자들은 검은색 원으로 표시되어 있었다. 나는 두루마리 한쪽 끝에서 단, 태평 공주, 현, 무승사, 삼사의 이름을 발견했다.

  내준신의 목소리가 가늘게 떨렸다. 스스로 물러난 황제

단, 쫓겨난 황제 현, 위왕魏王 무승사, 양왕梁王 삼사, 태평공주 월, 그리고 그녀의 남편인 유녕이 비밀리에 쿠데타를 일으켜 제국을 나누어 가질 준비를 하고 있었다.

나는 한숨을 내쉬었다.

"내 공, 무슨 말인지 잘 알았으니 그만 물러가도록 하시오."

그가 무릎으로 기어 다가왔다.

"폐하, 위왕은 폐하께서 후계자 지명을 계속 늦추시자 스스로 애가 닳아 근위대를 지휘하는 조카들을 끌어들여 역모를 꾀하고 있사옵니다. 그리고 월 공주는 오빠들과 시집 사이의 동맹을 성사시키기 위해 물밑작업을 벌이고 있사옵니다. 폐하, 시간이 없사옵니다. 조정의 반란이 임박했사옵니다!"

"생각할 시간을 주시오."

나는 손짓으로 검찰관의 입을 다물게 했다. 그는 벽 속으로 사라졌다. 내준신은 사람들의 머릿속에 움트는 생각, 그들 마음속에 막 피어나기 시작한 욕망을 간파하는 동물적인 후각을 지니고 있었다. 다른 판관들은 사실을 검토하는 것으로 만족했지만, 그는 앞날을 내다보았다. 나는 그가 상상해낸 음모를 악몽의 형태로 매일 밤 경험했다. 남자들의 힘에는 반드시 허점이 있었다. 따라서 불굴의 전사는 존재하지 않으며, 많은 영웅들이 그 때문에 죽어갔다.

이틀 후, 조회에 참석한 위왕 무승사가 발언권을 청했다. 그의 힘찬 목소리가 대전에 울려 퍼졌다. 그는 부패, 불법적인 영향력 행사 그리고 찬탈기도 혐의로 검찰관 내준신을 기소할 것을 요구했다. 승상들, 조카 삼사와 유녕이 열에서 나와 만장일치로 그를 지지했다. 내준신은 황실법도에 따라 자신의 이름이 거론되자마자 앉아 있던 자리에서 일어나 바닥에 엎드려 머리를 조아렸다. 그들의 격렬한 공격에 놀란 나는 침묵을 지켰다. 누군가가 내준신을 배반하고 위왕에게 귀띔을 해준 것이 분명했다. 역공은 아주 교묘했다. 무승사는 자신이 저지른 범죄들을 도리어 내준신에게 뒤집어씌웠다. 온 조정이 그를 지지해 천하를 벌벌 떨게 만드는 사내에게 전쟁을 선포했다. 음모란 음모는 모조리 간파하고 있던 내준신이 왜 자기 운명은 모르는 점쟁이처럼, 그 음모를 모르고 있었을까?

불같이 짜증이 일었지만 나는 입을 다물었다. 대신들이 나에게 압박을 가했다. 내준신이 발언권을 청했다. 나는 선택해야만 했다. 내준신을 조정에 넘겨주든지 아니면 그에게 발언할 기회를 주든지. 발언기회를 주면 그는 분명 음모를 폭로할 것이다. 그렇게 되면 백여 명에 달하는 황실 양가의 구성원들이 투옥되거나 처형될 것이고, 나는 천하의 웃음거리로 전락할 것이다. 나는 자신이 모는 배를 침몰시키는 노망이 든 황제가 되고 말 터였다. 그렇게 된다면 나는 무슨 권위로 천하를 다스릴 수 있을까? 내 뒤를 이을 후계자는? 무승사의 일격은 치명적이었다. 황궁이라는 장기판 위에서 그는 상대에게 외통수를 던졌다. 내준신에게 자신을 변호할 권리를 부여할 수 없었던 나는 분노를 가장하며 그에게서 관모와 패를 벗기고 투옥시킬 것을 명했다.

증오의 폭발로 온 조정이 들끓었다. 고위 어사와 승상들로 구성된 특별법정이 기소된 죄인에 대한 예심을 맡았고, 왕과 고관대작들, 태평 공주가 줄줄이 찾아와 엄정한 법 집행을 촉구했다. 천오백 가지의 소인訴因으로 구성된, 두루마리 서른 개 분량의 소송자료가 내 탁자 위에 놓여졌다. 수백 명이 서명한 상소문이 나에게 전달되었다. 조정은 냉혹한 형리의 처형을 요구했다. 십 년 전이었다면 나는 내준신을 단호히 옹호했을 것이다. 이제 신을 포옹한 내 영혼은 인간들의 분란에 지쳐 있었다. 내 정치는 어떻게든 타협을 성사시키는 데에 있었다. 군주는 결코 그가 다스리는 왕국의 완전한 주인이 아니었다. 나는 염두에 두고 있던 유형을 포기하고 극형을 내리지 않을 수 없었다.

바람이 일어 산들이 부르짖었다. 철새들이 슬피 울며 하늘을 가로질렀다. 황실 공원에는 국화들이 쓴 향기를 내뿜으며 낙수 위에 그들의 꽃잎을 퍼뜨리고 있었다. 나는 점점 배가 불러오는 달을 바라보았다. 이제 며칠 후면, 조상들에 의해 죄인들을 공개처형하는 날로 정해진, 중추절 보름이 될 것이다.

운명의 보름 전날 밤, 잠자리에 누운 나는 오랫동안 뒤척이다 겨우 잠이 들었다. 꿈속에서 나는 천문대로 올라갔다. 내 발치에 펼쳐진, 어둠에 잠긴 황궁은 묘지처럼 적막했고, 순찰을 도는 경비병들의 붉은 등은 도깨비불처럼 날아다녔다.

갑자기 어둠 속에 숨어 있던 누군가가 불쑥 나타나 땅에 머리를 조아렸다.

"소신, 폐하 발치에 마지막으로 머리를 조아리나이다."
쇠사슬을 끌며 내준신이 내게 말했다.

그의 목소리는 마치 우물 속에서 들려오는 것처럼 메아리쳤다.

"이승을 떠나기 전에 소신에게 쏟아진 모든 혐의가 거짓이라는 말씀을 드리고 싶었사옵니다. 소신은 폐하의 신뢰를 배신한 적이 결코 없나이다."

"내 공, 공이 저지른 실수는 단 한 가지, 내 집안을 공격했다는 것뿐이오."

"폐하, 그들은 역모를 꾸몄나이다!"

"난 지쳤소. 나는 역모를 밝혀내고 피를 뿌릴 용기를 잃었소. 한 왕국에서는 왕을 제외한 모든 신하가 다 잠재적인 역적이나 다름없소. 적들과 화평을 맺는 현명한 방법도 있질 않소? 공은 왜 그것을 이해하지 못 하였소? 왜 나로 하여금 공을 희생시키게 만들었소?"

그가 엎드려 절을 했다.

"폐하, 소신의 목은 아직 떨어지지 않았나이다. 저에게 숨이 붙어 있는 한, 소신은 끝까지 폐하를 위해 싸울 것이옵니다. 폐하, 선택을 하셔야만 하옵니다! 저를 택하시면 만세를 다스리실 것이고, 저를 버리시면 주 왕조는 전복되고 폐하께서는 영원히 배신을 당할 것이옵니다!"

내 가슴에서 절망의 탄식이 새어나왔다.

"내 공, 쭈글쭈글한 내 손을, 얼굴을 보시오. 나는 늙어가고 있소. 나는 머지않아 죽을 것이오! 나에게 영광이 무슨 소용이며 왕조가 무슨 소용이겠소!"

"아니옵니다, 폐하. 폐하께서는 낙수, 숭산만큼이나 오래 사실 여신이옵니다."

"이 세상에서 나는 죽음을 피할 수 없는 한 인간에 불과하오. 무덤 속에 누워 있는 모든 황제들처럼 나 역시 황토 속에서 끝날 것이오. 살아서는 천하의 주인이었는지 몰라도 죽어서는 몸 하나 겨우 누일 좁은 관 속에 갇히게 되는 것이오! 내 공, 물러가시오. 가족이란 선천적인 질병이오. 가족은 날 불구로 만들었소. 내가 그들을 택한 것이 아니오. 신들께서 떠맡기신 것이오. 나와 왕조는 이미 파멸의 선고를 받았소."

감정이 고갈되었다고 믿었던 사내가 울음을 터뜨렸다.

그의 울음은 죽어가는 짐승의 부르짖음이었다.

"소신이 폐하만 남겨두고 어떻게 이 세상을 떠날 수 있겠나이까? 어떻게 홀로 그 모두와 싸우시겠나이까? 폐하, 간청드리오니 소신을 살려주옵소서, 폐하를 지키게 해주옵소서!"

가슴이 죄어왔다. 내가 떨리는 목소리로 외쳤다.

"가시오!"

그가 눈물을 닦았다.

"폐하, 폐하의 바람은 하나의 명령이옵니다. 소신, 폐하를 위해 죽겠나이다. 내 주군께 만세 축복을! 신황에게 만수무강을!"

바람이 일었고 내준신은 사라졌다. 단장의 아픔이 날 꿰뚫었고, 나는 잠에서 깨어났다. 밤은 고요했다. 야등夜燈들이 타고 있었고, 그 불빛이 죽어가는 개똥벌레들처럼 궁궐 벽 위에서 춤을 추고 있었다. 나는 완아를 깨워 동이 틀 때까지 금을 연주하게 했다.

이튿날, 나는 중추절 명절잔치를 주재했다. 무대 위에서 무희들이 긴 소맷자락을 흔들어댔다. 나는 권좌에 앉아 꽉 찬 보름달을 바라보았다. 나는 부드러운 은빛 표면 한가운데에서 그 환한 빛을 더욱 순수하고 더욱 신비롭게 만드는 희미한 얼룩들을 구별했다. 내준신은 고독 속에서 나를 동반한 그 얼룩이었다. 그날 저녁, 그의 머리는 이미 땅 위를 굴러다녔고, 그의 몸은 분노한 군중에게 던져져 짓밟히고 있을 것이다. 나는 전염성을 지닌 집착을 도려냈다. 스스로 내 마지막 무기를 버렸다.

나는 세상의 정점에 홀로 앉아 있었다. 이제 내 앞뒤에는 허공과 무한밖에 없었다.

황실 근위대가 거리를 따라 도열했고, 낙양의 주민들은 문과 창문을 닫고 집 밖으로 나오지 말라는 엄명을 받았다. 서른 번째 봄을 맞아 잔치를 벌이는 태평 공주의 거처로 가기 위해 나는 황금마차에 올랐다. 몇 시간 동안 황실의 행렬이 이어졌다.

꽃이 흐드러지게 핀 자두나무로 뒤덮인 구릉들이 아직 얼어 있는 호수 주위에서 일렁였고, 주홍색 회랑들이 눈 속으로 구불구불 이어졌다. 태평 공주의 거처는 옥과 수정의 궁궐이었다. 군데군데 놓인 화로에서 불꽃이 타올랐다. 희귀한 진미들이 줄지어 이어졌다. 모녀의 화해가 이루어진 잔치는 제국의 거물들을 모두 불러들였다. 화려하게 차려 입은 고관대작들이 벌써 얼큰하게 취해 끊임없이 잔을 들어 전능한 공주에게 만수무강을 빌었다. 방 안쪽에 나를 위해 연단이 설치되었고, 나는 홀로 권좌에 앉아 지루해하고 있었다.

옷자락 스치는 소리가 졸고 있는 나를 깨웠고, 나는 무거운 눈꺼풀을 들어 문턱에 서 있는 한 실루엣을 보았다. 나를 향해 엎드려 절한 실루엣은 연꽃 속을 미끄러지는 쪽배처럼 잔치의 소란을 가르며 다가왔다. 그 흐릿한 그림자는 점점 커져 잘생긴 소년으로 변했다. 그의 각진 신발 끝과 풍성한 소맷자락이 달린 흰 당의의 일렁임이 눈에 들어왔다. 나는 가볍게 분칠을 한 갸름한 얼굴, 옆으로 길게 찢어진 검은 눈을 발견했다. 그 낯선 아이의 모습이 내게는 익숙했다!

아이가 다시 엎드려 절을 했다. 아이가 허리춤에서 대나무피리를 꺼내들더니 눈을 내리깐 채 턱을 치켜들었다. 순간, 그가 악기를 힘껏 불었다. 세상의 웅성거림이 일시에 멈췄다. 겨울이 물러가고 봄이 깨어났다. 이어지는 음 사이에서 꽃들이 피어났다. 그리고 나는 제비들이 날아다니는 것을 보았다. 푸릇푸릇한 들판이 막 피어난 풀잎의 신선함으로 날 감쌌다. 저 멀리 지평선에 안개에 휘감긴 산이 나타났다. 길 하나가 수수밭을 가로질러, 비문으로 뒤덮인 비석 하나가 세워져 있는 정상까지 구불구불 이어져 있었다. 갑자기 환영이 사라졌다. 소년이 또다시 나에게 절을 했다. 그는 조심조심 뒷걸음질쳐 이윽고 사라졌다. 나는 망연자실한 채 허공을 바라보고 있었다.

나는 완아를 불러 그 악사의 이름을 물었다. 그녀는 나에게 소년의 이름은 장창종張昌宗이고, 태종 문무성 황제 때 형부상서를 지낸 장행성張行成의 자손이라고 알려주었다.

그녀는 태평 공주가 그에게 벼슬길을 열어주기 위해 조정 내의 마땅한 직책을 찾고 있다고 덧붙였다.

그날 밤, 나는 붉고도 창백한 그 얼굴을 잊을 수 없었다. 일 년 전, 숭산에서 내려오면서 나는 천 년을 살았고 앞으로 천 년 동안 일어날 일을 알고 있다고 주장하는 한 도교승을 비밀리에 만났다. 나는 그의 수수께끼 같은 예언을 기억하고 있었다. '하늘의 왕자가 대나무피리를 불 때 종말이 오리라.'

창종이 왔고 종말이 시작되고 있었다. 대나무피리가 암흑을 가로질러 미로의 출구로 나를 인도하고 있었다. 모든 것이 이미 썩어 있었다.

이튿날, 나는 태평 공주에게 전갈을 보냈다. 그날 저녁, 공주가 직접 자신의 정부를 내궁으로 데리고 와 나에게 바쳤다.

창종을 품에 안으며 나는 내가 더 이상 같은 여자가 아니라는 사실을 확인했다. 더 이상 늙어 추한 내 모습이 부끄럽지도 않았고, 내 자신이 혐오스럽지도 않았다. 절망은 사라지고 없었다. 그 두 육체의 만남은 운명적이었다. 창종은 나에게 죽음을 예고함으로써 삶을 가져다주었다.

천하의 여주인, 주 왕조의 황제가 한 남자에게 마음을 열자 태산이 무너져내렸고, 황해가 미쳐 날뛰었으며, 숲에서 야수들이 울부짖었고, 우주가 기쁨과 경악으로 진동했다.

오랫동안 나에게는 공식적인 정부情夫가 없었다. 그 소식은 조정을 발칵 뒤집어놓았다. 승상들의 사주를 받은 황실 어의들이 곧 나에게 건강검진을 권했고, 자칫 치명적일 수도 있는 격렬한 오르가슴을 금지했다. 나는 그들의 호들갑이 가소로웠다. 창종과 첫날밤을 보낸 즉시, 나는 내 쾌락이 더 이상 아랫배의 경련이 아니라 마음의 설렘, 영혼의 들끓음에 있다는 사실을 깨달았다. 죽음은 지평선에서 떠올라 그 신비로운 빛으로 날 껴안았다. 에로티즘은 더 이상 거친 충동이 아니라 신체의 이완, 고통의 구불구불한 길을 따라가며 행하는 희열의 탐구였다. 쾌감은 이제 스치는 피부, 뒤섞이는 한숨 속에서 증류되었다. 그것은 신들의 왕국을 향한 몽환적인 순례였다.

한 달 후, 나를 즐겁게 해주고 후궁에서 온갖 질투와 비방에 시달리며 홀로 지내지 않기 위해, 창종은 당시 열여덟 살이었던 그의 형 장이지張易之를 내 침소로 끌어들였다. 그들의 신선한 얼굴, 섬세한 피부 그리고 푸른잎 같은 싱그러운 향기가 날 삼켜버렸다. 나는 그들에게 내가 가진 것 중 가장 아름다운 모든 것을 주었다. 황궁 근처에 그들을 위한 화려한 궁궐이 지어졌다. 그들의 마구간은 서구의 왕들이 선물한 혈통 있는 준마들로 채워졌다. 구불구불한 호수 위로 배들이 미끄러져 다니고, 금종이 달린 처마 아래에서 두루미들이 춤을 추는 그들의 정원에는 황실의 모란이 흐드러지게 피어났다. 나는 그들의 어머니와 형제들을 귀족으로 만들어주었다. 그 집안의 다섯 형제가 벼슬길에 올랐다. 나는 내 정부들에게 남편에게 보이지 않았던 너그러움과 회의에게 거부했던 애정을 쏟았다. 나는 스스로 질문하고 금하기를 멈추었다. 더 이상 세상의 이치를 깨달으려 하지도 않았고 배신의 상처를 두려워하지도 않았다. 이지와 창종의 부드러운 남성은 나로 하여금 남자들의 오만한 남근을 잊게 했다. 더 이상 공격당하는 암컷, 약탈당하는 대지가 아니었다. 내가 여태껏 절도竊盜로 여겼던 사랑이 선물처럼 주어졌다.

낙양에 봄이 찾아왔다. 궁궐의 처마 아래로 제비들이 돌아왔다. 봄바람이 불자 수양버들이 꽃 피울 채비를 했다. 곧 은색 보풀들이 도시를 날아다니기 시작했다. 젊은 궁녀들이 날린 알록달록한 연들이 하늘에서 춤을 추었다. 아침 기상은 더 없는 행복으로 변해갔다. 얼굴에서 빛이 난다는 환관들의 아첨을 듣다보니 거울에 비친 내 모습이 실제로 더 젊어 보였다. 이빨이 빠진 자리에서 새 이빨이 돋아났다. 이 기적은 날 천진난만한 기쁨으로 취하게 만들었다. 검소했던 영혼이 호사에 맛을 들였다. 알뜰했던 내 정신이 계산을 멈추었다. 나는 성대한 잔치를 벌였고, 부처상, 사리탑, 수도원의 건립에 아낌없이 돈을 쏟아부었다. 영원히 이어지는 승려들의 염불은 내 유언이 될 것이다.

죽음은 더 이상 차가운 잠자리, 목숨을 앗아가는 권태가 아니었다. 나는 축제의 소용돌이 속에서 이 세상을 떠나고 싶었다. 정치는 이제 내 주요 관심사가 아니었다. 평생을 쉬지 않고 일한 후에 창고에 쌓인 부를 즐기기로 마음먹은 농부처럼 나는 후계자를 지명하기로 결심했다. 조카와 아들 중에서 선택을 해야만 했다. 똑같은 문제들이 제기되었지만 나는 이제 복잡하게 얽힌 갈망과 불만의 실타래 앞에서 난감해하지 않았다. 이번에는 기어이 끝을 보기로 마음먹었다. 이러한 내 의도를 간파한 대신들이 직언을 감행했다.

"예전에 태종 문무성 황제께서는 비바람에 맞서셨고, 목숨을 걸고 싸우셨사옵니다. 그분은 세상의 무질서를 다스리기 위해 직접 전투를 이끄셨고, 당 왕조를 세워 후손에게 물려주셨사옵니다. 폐하께서 왕자님들을 위대한 군주로 만들어주실 거라 믿으셨기에 고종 황제께서는 승하하시기 전에 그들을 폐하께 맡기셨사옵니다. 오늘 폐하께서 권좌를 이방인들에게 맡기신다면, 그분은 편히 눈을 감지 못하실 것이옵니다! 숙모와 조카 사이, 어머니와 아들 사이 중 어느 것이 더 깊은 연이옵니까? 폐하께서 아들을 후계자로 지명하신다면, 폐하께서는 봄가을이 만 번이나 바뀐 후에도 조상의 사당에서 제사를 받으실 수 있을 것이옵니다. 폐하께서 조카를 지명하신다면, 소신들은 조카가 숙모에게 제를 올릴 사찰을 지었다는 얘기를 들어본 적이 없사옵니다!"

그 말에서 왕조 복원의 음흉한 의도를 간파할 내준신은 이제 이 세상에 없었다. 그의 경고에 귀를 기울이지 않아도 되는 나는 덜 예민했다. 물론, 황실 깃발들은 내가 정한 색깔을 띠고 있었고, 내 뜻에 의해 책력이 바뀌었으며, 제국은 내 조상을 건국 시조로 받들고 있었다. 하지만 남편의 당 왕조도 내 혈통, 바로 나를 통해 계속 이어지고 있었다. 하늘의 뜻은 내 뜻보다 더 강했다. 자식들마저 삼켜버릴 수 없었던 내 왕조는 급진적인 혁명을 불러일으키지 않을 것이라고, 피가 흘러서는 아니 될 것이라고 공포했다. 나는 제국의 운명, 그 운명의 힘 앞에 굴복했다. 폭군이 될 무승사, 무력한 황제가 될 단은 후계자로 지명되지 못할 것이다. 나는 현을 유형지에서 불러들일 것이다. 그 불효자는 군주의 책임을 소홀히 했었다. 유형지에서 보낸 14년의 세월이 아마 그 경박스러움을 지워버렸을 것이다. 거친 산에 젊음을 묻은 그는 겸허해진 모습으로 돌아올 것이다.

성력聖曆 시대 첫 번째 해[8] 초, 셋째아들 현顯이 남부 머나먼 지방에서 돌아왔다. 쾌활하고 볼이 통통했던 왕자는

---

8) 서기 698년.

야위고 허리가 굽은, 수염이 희끗희끗한 40세의 사내가 되어 있었다. 그가 날 어머니와 폐하라고 부르며 내 발치에 몸을 던졌을 때, 눈물이 흘러 시야가 흐려졌다. 홍과 현의 아기 적 목소리가 메아리치며 들려오는 듯했다. 나는 네 아들이 남편이 손에 쥐고 있는 황금잔을 놓고 다퉜던 마상시합을 떠올렸다.

과거는 꿈들 위로 부는 폭풍이었다. 벌써 나보다 머리 반은 더 큰 낯선 손자들, 내 살의 살들을 맞아들이고 느낀 감회란! 몇몇은 희미하게 내 모습을 간직하고 있었고, 다른 몇몇은 고종과 그들 조상을 떠올리게 했다. 유형지로 향하는 길 위에서 아버지가 자신의 당의로 받은 딸 안락安樂은 신비스러운 아름다움을 지닌 어엿한 공주가 되어 있었다. 열네 살, 내가 황궁에 처음 입궐했을 당시의 나이였다. 나처럼 시골의 거친 들판에서 자란 저 아이도 똑같은 현기증을 느낄까?

형이 돌아왔다는 소식을 전해들은 단은 서둘러 그에게 자신이 갖고 있던 황사의 칭호를 바쳤다. 그는 자신의 뜻을 세 번이나 서면으로 전했다. 그해 아홉 번째 달, 나는 현을 세자로, 그의 맏아들을 원자로 지명했다. 나는 세자 책봉을 축하하기 위해 대사면을 선포하고 백성들을 위해 잔치를 열었다. 축하잔치는 삼사의 통곡에 의해 중단되었다. 무승사가 막 숨을 거두었던 것이다! 그는 60년 전 내 아버지의 목숨을 앗아간 것과 비슷한 병으로 이 세상을 떠났다.

　황실의 초상이 백성들의 환희에 찬물을 끼얹었다. 웃음과 축하가 통곡과 탄식으로 변했다. 조카의 시신은 망산邙山 뱃속에 묻혔다. 그는 황제가 될 수도 있었을 강력한 왕에게 어울리는 부장품과 함께 지하 궁궐에서 영면을 취할 것이다. 온 조정과 낙양이 하늘을 향해 떠나는 그를 배웅하기 위해 그곳에 모였다. 내 조카 왕들의 눈물과 그 자식들의 신음이 날 비탄에 빠뜨렸다. 내가 그들의 미래에 검은 장막을 드리운 것이다. 이제 패배자들은 승리자의 보복에 무방비로 노출되어 있었다.

　명민한 선비 삼사가 황태자의 총애를 받으리라는 것을 알았던 나는 그를 무씨 집안의 가장 겸 제사를 주재하는 제주로 임명했다. 내 집안을 당 왕조 왕자들의 보복으로부터 보호하기 위해 나는 혼인을 통해 두 집안의 결합을 시도했다. 손녀들이 조카 손자들과 혼인을 하고, 조카 손녀들이 손자들의 후궁으로 들어왔다. 나는 그들 간의 경쟁심을 잠재우기 위해 현, 단, 태평 공주, 삼사 그리고 그들의 자식들을 만상신궁으로 불러모았다. 하늘의 제단, 오방 황제와 황실 조상들의 제단 앞에서 조징의 고관대작들을 증인으로 삼아, 나는 그들에게 한몸의 오른팔과 왼팔처럼 서로 힘을 합칠 것을 목숨을 걸고 맹세하라고 명령했다. 절대 서로 싸우지 않겠다는 그들의 맹세는 철판에 새겨져 성소 한가운데에 놓였다.

내준신을 제거한데다 황위 계승의 위기까지 무사히 넘긴 조정은 나와 함께 서둘러 부드러운 새 시대를 열었다. 숭산으로 가는 길에 석종하石淙河의 풍광에 반한 나는 그곳에 삼양궁三陽宮을 짓게 했다. 솜씨 좋은 일꾼들이 그 깊은 계곡을 색다른 아름다움을 지닌 정원으로 변모시켜놓았다. 청록색 기와로 뒤덮인 누각들이 무성한 숲과 뒤섞였고, 열어놓은 문과 창문을 통해 온갖 새들이 드나들었다. 천 년 묵은 고목들을 베어 받친 누각들 한가운데로 폭포수가 떨어졌으며, 수정처럼 맑은 수면 아래로 길고 투명한 물고기들이 헤엄쳐다녔다. 나는 꿀벌과 양떼를 키웠다. 나는 이지와 창종이 나에게 어린 새, 새끼 사슴, 나비를 잡아다주기 위해 풍성한 당의의 소매를 휘날리며 드넓은 목련숲을 뛰어다니는 것을 흐뭇한 눈길로 바라보았다. 승려 호초胡超가 이 년 간의 연구 끝에 불멸의 영약을 만들어 나에게 바쳤다. 그가 바친 환약은 내장을 따뜻하게 데워주고 몸을 한결 가볍게 만들어주었다. 나는 청력과 시력을 되찾았다.

세상이 훨씬 투명해졌다. 시냇물이 속삭이기 시작했다. 벌들의 붕붕거림은 더 이상 알아들을 수 없는 추상적인 말이 아니었다. 나는 곧 표범의 하품, 나무와 계곡을 가로지르는 바람의 한숨을 알아들었다. 나는 매일 잊혀졌던 세상의 속삭임을 되찾았다. 나는 행복에 겨워 열어젖히는 덧문의 삐걱거림, 아직 내 귀가 먹었다고 믿고 있는 어린 환관의 재채기 소리에 귀를 기울였다. 나는 신들에게 사의를 표하고 나의 겸손을 보이기 위해 천책금륜대성天冊金輪大成의 칭호를 포기했다. 나는 호초에게 우주의 모든 신에게 올리는 내 기도가 새겨진 금판을 맡겼다. 그는 숭산 정상까지 올라가 그것을 한 바위 틈에 넣어두었다.

나는 용과 불사조로 장식된 내 배에 정부들, 아들들, 조카와 대신들을 태웠다. 화려한 비단으로 우아하게 차려입은 우리 일행은 폭포수가 갈색과 에메랄드색 지의地衣와 이끼를 하염없이 어루만지고 있는 절벽들을 따라 석종하를 타고 내려갔다. 왕자들이 악기의 현을 뜯었고, 공주들은 손에 부채를 든 채 춤을 추었다. 내가 장원을 뽑기 위해 내 정부, 아들, 조카들이 지어올린 시를 심사하는 사이, 천하를 다스리는 대인들이 내 잔에 술을 따랐다.

주술 환약의 연금술이 가져다준 에너지 덕택에 나는 내가 이승에서 완수해야 할 마지막 임무, 즉 불교, 도교 그리고 유교 사이의 심각한 갈등을 해소하는 일에 착수했다. 왕조는 그 세 교리를 중국의 정신을 떠받치는 세 개의 기둥으로 인정했다. 서로 싸우거나 반목하는 신봉자들은 사형으로 다스려질 것이다. 신, 신선, 부처, 정령, 하늘, 땅은 다양한 신성의 근원인 한 유일신의 발현으로 간주될 것이다. 황실 공원에는 화려하게 채색된 회랑에 의해 이어진 궁들이 낙수를 따라 세워졌다. 강가에 우거진 갈대숲 위로 거위, 두루미 그리고 황새들이 붉은 석양을 배경으로 날아다녔다. 나는 그곳에 공학감控鶴監을 열고, 이지와 창종에게 그곳에서 대백과사전『삼교주영三敎珠英』을 편찬하는 일을 맡겼다. 그들은 명망 높은 선비들의 자문을 받아 천삼백 권에 달하는 이 저작 속에 불교, 도교 그리고 유교에 대한 모든 논설을 모았다. 나는 동일한 낱말들이 다른 신념을 표현하듯 각 종교의 혈관 속에는 깨달음의 유일한 샘이 흐르고 있다는 것을 보여주는 데 성공했다.

대족大足 시대 첫해[9] 중추절, 나는 황궁에 귀빈 3천 명을 초대해 잔치를 열었다. 술로 가득 찬 잔과 등들이 강 위를 떠다녔다. 나무에 걸린 옥수정 등들이 잔치마당을 훤히 밝혔다. 곡예사들이 꼬리에 창백한 불꽃자락을 길게 늘어뜨리며 별이 총총한 밤하늘을 가로질렀다. 얼굴에 가면을 쓰고 배꼽을 드러낸 타타르족 무희들이 피어오르는 불꽃다발 사이를 돌아다니며 초대 손님들의 손에서 즉흥시를 뽑아냈다. 취기에 벌겋게 달아오른 얼굴들, 신명나는 음악에 따라 쾌활함을 드러내는 눈과 입술들을 바라보며 나는 기분 좋

---

[9] 서기 701년.

은 졸음에 빠져들었다.

　갑자기 먼 식탁에서 들려오는 소란이 날 깨웠다. 나는 급히 환관들을 보냈다. 그들이 나에게 무승사의 장남으로 아버지의 뒤를 이어 위왕에 올라 영태永泰 공주와 혼인한 내 조카손자와 그의 처남인 원자가 노름을 하다 싸움을 벌였다고 전했다. 좌흥을 깬 두 죄인을 내 발치로 불러보니, 하나는 당의가 갈가리 찢어져 있었고, 다른 하나는 머리가 터져 피투성이였다. 내 마지막 환상은 무참하게 깨져버렸다. 내가 대노하자 그들이 경위를 털어놓았다. 돈을 계속 잃어 화가 난 위왕이 처가妻家가 그의 아버지를 죽였다고 비난하기 시작하자, 원자가 무씨 집안 사람들은 모두 배은망덕한 모사꾼들이라고 맞받아쳤다고 했다. 아버지가 후계자로 지명되었다면 원자가 되어 있었을지도 모르는 조카손자가 술기운을 빌어 그의 미래를 훔쳐가버린 사촌 겸 처남에게 증오를 쏟아냈던 것이다. 두 젊은이는 서로 욕설을 퍼부었고, 결국에는 주먹다짐까지 하게 되었다. 분노가 구원舊怨을 폭발시킴으로써 두 가계의 자손들이 이렇게 선혈이 낭자한 싸움을 시작했던 것이다.

　부끄러움과 실망으로 치가 떨렸다. 하지만 추문이 번지는 것을 원치 않았던 나는 하인들을 입 다물게 하고 젊은 왕자들을 자리로 되돌려보낸 다음, 귀가 먹먹할 정도의 풍악을 울리라고 명했다. 내가 정식 예복을 차려입고 두 집안을 만상신궁으로 불러모은 것은 그로부터 보름이 지난 후였다. 나는 왕자와 공주들에게 무릎을 꿇으라고 명하고, 결합의 맹세가 새겨져 있는 철판을 금상자에서 꺼냈다. 하늘, 오방 황제 그리고 황실 조상들의 제단 앞에서 나는 엄격한 법 적용을 선언했다.

위왕과 원자가 화려한 비단 망토를 벗고, 모자의 옥핀을 뽑았다. 그들은 흰 속 당의 차림으로 머리를 풀어헤친 채 나에게 엎드려 절한 후, 부모에게 인사를 하고 스스로 목을 매기 위해 성소의 부속 건물로 갔다. 침묵이 어두운 방 안을 무겁게 짓눌렀다. 나는 먼지가 춤을 추고 있는 허공을 뚫어져라 바라보고 있었다. 갑자기 나무의자 두 개가 바닥에 쓰러지는 소리가 들려왔다. 막 외동아들을 잃은 황태자비의 가슴에서 헐떡거림이 새어나왔다. 그녀 뒤에 서 있던, 죽은 자들의 누이이자 아내인 영태 공주가 정신을 잃고 쓰러졌다. 3일 후, 그 불행한 손녀가 7개월 된 아기를 유산하고 흥건한 핏속에서 숨을 거두고 말았다고 완아가 전했다. 그 아이의 나이 겨우 열여덟이었다.

원자와 위왕은 둘 다 언젠가 권좌에 오르기를 꿈꾸었다. 하지만 권좌가 그들에게 벼락을 내렸다.

나는 저주받은 집안에는 관심을 끊고 장씨 형제의 미소에 눈을 돌렸다. 창종이 부는 대나무피리 소리에 귀 기울이며 내 뱃속에서 입을 벌리고 있는 상처를 잊었다.

나는 삼양궁으로 가는 길에 안개 자욱한 한 구릉을 방문했다. 옥수수 밭을 가로지르는 구불구불한 길 끝에 먼 조상들 중 하나인 주 왕조의 한 왕자에게 바쳐진 투박한 절이 서 있었다. 심신을 정화시키는 수련을 통해 신선이 된 그는 이 세상의 영화와 근심을 버리고 흰 학을 타고 하늘로 올라갔다. 슬프거나 희망을 잃었을 때 나는 늘 그 장면을 떠올렸다. 시녀들이 옻칠을 한 탁자들을 옮겨왔고, 어린 환관들은 화사한 비단양산을 들고 있었으며, 궁녀들은 종이를 펼쳐놓고 먹을 갈았다. 완아가 붓을 들고 대기했고, 나는 양손으로 뒷짐을 쥔 채 하늘의 태자에게 바치는 찬가를 읊었다.

바람에 내 긴 소매가 부풀어 오른다. 태양이 내 얼굴을 어루만진다. 수수잎들이 물결치며 끊임없는 속삭임을 내뱉는다. 새 한 마리 노래하지 않고, 귀뚜라미들도 입을 다물었다. 순간은 영원의 거울이다.

하늘의 태자가 대나무 피리를 분다. 그가 나에게 끝과 시작을 알린다.

열 셋

영혼, 심원한 목소리, 무류無謬의 진리는 여전히 개화開花를 부르짖는데, 왜 육신은 하루가 다르게 메말라가는가? 인간은 왜 여성의 아첨꾼이자 형리인 거울을 발명했을까? 주 왕조의 황제, 천하의 주인, 지상의 신인 나는 왜 덧없는 거죽에 집착하는가? 천상의 아름다움을 알고 있는 내가 왜 계속 지상의 내 얼굴을 필사적으로 관리하는가? 해방을 갈망하면서도 왜 형벌을 선택하는가?

　나는 아직 캄캄한 한밤중에 날 깨우게 했다. 황궁이 깊이 잠들어 있는 동안 머리를 관리하는 환관이 고문을 시작했다. 그는 내 머리 꼭대기에 머리카락으로 감은 사슴뿔을 세우고, 머리카락을 한 타래씩 잡아당겨 검게 번뜩이는 그 뿔에 쪽을 지었다. 남성의 상징인 그 뿔은 나에게 생기를 불어 넣어준다고 여겨졌다. 있는 힘껏 잡아당겨진 머리가죽은 이마, 관자놀이, 뺨의 주름을 없애주었다. 머리가 완성되면 화장을 담당하는 궁녀들이 얼굴에 네 겹의 고약과 분을 바르고 이목구비의 윤곽을 다시 그려넣었다. 배에 두른 널찍한 복대는 머리와 장식의 무게에 시달리는 등을 꼿꼿하게 받쳐주었다. 목깃이 빳빳한 당의가 주름진 목과 늘어진 가슴을 가려주었고, 긴 소매가 붉은 마디가 툭툭 불거지고 얼룩으로 뒤덮인 손을 덮어주었다. 온 조정이 내 영원한 젊음에 감탄하고 있는 동안 나는 쓴웃음을 지으며 그들의 찬사를 받아들였다.

하지만 나를 어떻게 속이겠는가? 잦은 속탈이 날 지치게 했다. 손가락 사이로 물이 새어나가듯 기운이 빠져나갔다. 나는 더 천천히 걸었고, 더 빨리 숨이 찼다. 걸핏하면 이름과 날짜를 잊어 완아가 내 기억력을 대신했다. 준마의 등에 오르는 것도 힘에 겨웠다. 어의들이 처음에는 말을 타고 달리는 것을 금하더니 나중에 가서는 말 등에 오르는 것조차 막았다. 갑작스런 울화가 시도 때도 없이 치밀었고 며칠씩 깊은 실의에 빠지기도 했다. 말을 못 타게 된 나는 생기를 잃었다. 나는 더 이상 내가 아니었다.

그래서 가끔, 황실 공원 위로 석양이 드리우면 나는 한 구릉 꼭대기로 올라가 누각에 자리를 잡고 앉았다. 내 신호에 따라 환관들이 깃발을 들었고, 곧 지축이 뒤흔들리기 시작했다. 수백 마리의 말들이 숲에서 뛰어나와 구릉 주변에 마련된 경주로를 질주했다. 나는 긴장으로 팽팽해진 그들의 몸과 바람에 휘날리는 갈기를 취한 듯 바라보았다. 솜씨가 뛰어난 어린 기수들이 안장 위에 서서 곡예사와 같은 재주를 부렸다. 말의 속도와 결합된 그들의 유연함은 움직이지 않는 내 육신에서 날 벗어나게 해주었다. 지평선 저 멀리 밀물처럼 밀려드는 어둠이 경주와 전투, 파란과 격동으로 점철된 내 삶을 서서히 집어삼켰다.

친구와 정부들은 모두 죽고 없었다! 매달 행정부에서 작성하는 사망명부에는 유형에 처해진 적, 은퇴한 신하, 나에게 지식을 전해준 시인과 승려들의 이름이 올라왔다. 모두가 가버렸다. 모두가 빛이 한 줄기씩 꺼져가는 세상에 날 남겨둔 채 그들의 문을 닫았다.

어둠이 구릉을 뒤덮었다. 등과 모닥불이 켜졌다. 어디선가 악사들이 연주를 했다. 내 세계는 작은 누각의 크기로 줄어들었다. 일렁거리는 촛불이 내 무덤을 장식하게 될 벽화의 얼굴들을 밝혔다. 옆모습이 그려진 완아는 생각에 잠긴 표정으로 손에 패를 들고 있었다. 그녀 뒤로 전통적인 기법에 따라 그려진 궁녀와 시녀들은 완벽한 균형과 우수 어린 아름다움을 지니고 있었다. 배경에는 갈색 당의, 옻칠한 검은 모자 차림의 어린 환관들이 난간에서 뛰놀고 있었다. 창문에 걸린 달, 향로, 분재, 긴 손잡이가 달린 둥근 부채, 털이 곱슬곱슬한 강아지, 대야, 다기茶器가 세밀하게 그려져 있었다. 한 다발의 모란 같은 여자들이 소매가 잘록한 타타르복차림의 이지와 마주하고 있었다. 그들의 시선은 마주치지 않았다. 그들의 시선은 허공, 부재, 무덤의 주인을 향해 있었다. 멀리, 대나무숲 아래, 창종의 우아한 실루엣이 피리를 불고 있었다.

어느 날 밤, 꿈에 장안이 보였다. 꽃이 만발한 버찌나무와 야생 오렌지나무들이 늘어선 거리는 버려진 애첩의 퇴색된 화려함을 지니고 있었다. 우뚝 선 황궁의 문과 궁수탑들이 금빛 구름 속에 머리를 묻고 있었고, 주홍색 담 위로 새떼들이 맴돌고 있었다.

나는 가슴이 찢어지는 고통을 느끼며 꿈에서 깨어났다. 온 낙양이 뒤흔들렸다. 명령이 떨어졌던 것이다. 조정대신들과 황실대작들이 가구, 식기, 짐승들을 포장했다. 남문이 열어젖혀졌다. 말들의 울음소리와 행진하는 병사들의 발자국 소리가 울려 퍼졌다. 이백 명의 마부가 끄는, 황금바퀴가 달린 내 마차를 타고 나는 과거를 향해 서둘러 달려갔다. 중국 황제는 조照와 약속이 있었다. 나는 장안에서 새벽을 되찾기 위해 해가 지고 있는 낙양을 피해 달아났다.

들판의 냄새가 진주가 수놓인 마차 문을 통해 스며 들어왔다. 곧 황토의 진동이, 강들의 느린 음악이 잠 속을 떠돌았다. 과거의 기억들이 단편적으로 떠올랐다. 장안을 향해 달려가는 마차 속, 불안으로 뒤틀리는 배를 움켜쥔 채 의자에 웅크리고 앉아 나는 눈물을 흘렸었다. 어머니와 동생이 보고 싶었다. 왜 자라야만 하는 것일까?

갑자기 나는 소스라치듯 놀랐다. 천둥소리가 들려온 것 같았다. 수천 명이 입을 모아 외치고 있었다. "신황 만세! 신황 만세! 금륜성신 황제께 만수무강을!" 마차 창문에서는 금과 은 등자鐙子에 발을 디디고 있는 기병들, 바람에 나부끼는 진홍색 깃발들, 앞으로 나아가는 무기의 숲밖에 보이지 않았다. 창종이 타고 가던 말 위에서 나에게 소리쳤다.

"장안이 가깝사옵니다!"

"톱니 모양의 성벽이 보이옵니다!"

"폐하, 장안의 백성들이 폐하를 마중하기 위해 나왔사옵니다! 남녀노소 가릴 것 없이 모두 나와 길을 따라 먼지 속에 이마를 조아리고 있사옵니다!"

"폐하, 주작거리이옵니다. 아, 폐하, 황궁이 보이옵니다!"

눈물이 눈앞을 가렸다. 지난 반세기 동안 잊혀졌던 향기, 몇몇 실루엣들이 불쑥 떠올랐다. 그들의 이마는 도도했고, 눈에는 시선이 없었으며, 행동은 느리고 정확했다. 그것은 새 재인를 맞으러 나온 궁궐의 시녀와 감모들이었다.

그때는 너무나 젊었고, 지금은 너무나 늙었다!

문의 휘장이 벌어졌다. 조정대신들이 엎드려 나에게 마차에서 내리기를 청했다. 나는 장장 이십 년 동안 나의 귀환을 기다린 그 도시에 경의를 표하기 위해 대사면과 장안시대의 개막을 선포했다. 나는 부모, 고조 황제, 태종 문무성 황제, 남편 고종 황제에게 제를 올렸다. 나는 지팡이에 몸을 의지한 채 완아, 이지, 창종을 대동하고 황궁을 돌아다녔다. 나는 청동 거울 앞에 앉아 있는 언니를 떠올렸다. 서 충용이 붓글씨를 썼던, 누렇게 퇴색된 비단 두루마리들을 어루만졌다. 양 소원이 석양의 주홍빛 속에 벌거벗은 채 누워 있었던 궁전에 묵념을 했다. 나는 그때 그대로의 아름다운 모습으로 스쳐 지나가는 그 모든 여자들이 부러웠다. 삶은 삶에 대해 복수를 한다. 요절은 영원한 젊음의 비결이다.

흥분에 들뜬 첫 몇 개월이 지나자 나는 갑자기 탈진하고 손이 심하게 떨리기 시작했다. 그토록 자랑스러워하던 내 붓글씨가 요동치는 악필로 변했다. 발에 아무것에도 걸리지 않았는데도 나는 종종 비틀거리며 쓰러졌다. 어의들이 줄을 이었다. 호흡기능장애, 뜨거운 기운과 찬 기운의 대결, 내적 계절의 무질서 등의 진단들이 비 오듯 쏟아졌다. 어떤 의사들은 탕약, 목욕, 연고를 처방해주었고, 다른 의사들은 침술, 사혈瀉血, 복식호흡을 권했다. 조회는 내가 매일 해야 하는 도전과제였다. 나는 일어나 걷고, 마차에 오르고, 외궁을 향한 힘든 여행을 견뎌내야만 했다.

    노쇠를 이겨내기 위해 그 어느 때보다 굳은 결심을 했다. 황실 무과 과거시험을 신설했다. 나는 전략 시험답안을 채점했고, 무술대회의 심판을 자청했다. 나는 이십 년 만에 파도 높은 대양을 건너 제국의 군주 앞에 머리를 조아리러 찾아온 일본대사들을 접견했다. 나는 아들 단을 보내 다시 한 번 반기를 들고일어난 북서부 지방의 타타르인들을 진압하게 했다. 황실 공주 하나를 티베트의 왕과 혼인시켰다. 신라왕이 죽었다는 소식에 밀사를 급파해 그의 아우가 권좌에 오를 수 있도록 도왔다. 잔혹한 판관들이 위세를 떨치던 시절에 저질러진 법적인 잘못들을 바로 잡아 무고한 죄인들을 복권시켜주었다. 나는 황실 도서관을 재정비했다. 조카 삼사의 지휘 아래 수백 명의 고문서 담당자와 선비들이 『당 왕조실록』 작성에 착수했다.

    축제는 계속되어야만 했다. 나는 아름다움 속에서 떨림을 잊었다. 나는 공학감의 이름을 봉신부奉宸府로 바꿨다. 황궁 안으로 자리를 옮긴 이 학술원에 모인 유명한 시인과 화가들이 예술작품을 평가하는 법에 대해 나에게 조언을 해주었고, 내 저작들을 편집했으며, 내가 외출을 할 때마다 따라나섰다. 이 학술원에서 교육을 받은 잘생기고 차분한 소년들이 내 도서시종 역할을 했고, 잔치가 있을 때는 노래와 춤으로 흥을 돋우기도 했다.

낙양을 떠나온 후로 그렇게 두 해가 흘러갔다. 그러다 느닷없이 걸린 겨울감기로 앓아눕고 말았다. 회복은 평소보다 훨씬 더뎠다. 한 달 동안 조회를 중지해야만 했다. 병이 나은 후에도 부축 없이는 거동이 힘들었다. 걷잡을 수 없는 두려움에 휩싸였다. 나는 대명궁大明宮을 떠돌아다니는 원혼들이 내 진을 빼고 있다고 확신했다.

나는 서둘러 낙양으로 돌아갔다.

조정은 나의 노쇠를 비춰주는 무정한 거울이었다. 황태자의 허리가 나날이 굽어갔다. 기다림은 그를 늙은이로 변모시켰다. 나이 사십을 바라보는 태평 공주가 손자를 보았다. 모든 음모에 연루되었던 조카 왕들의 이마에도 주름이 잡히고 관자놀이에는 백발이 희끗희끗했다. 대신들 가운데에서 가장 무게 있는 목소리가 사라졌다. 승상 적인걸狄仁傑이 세상을 떴던 것이다. 정부는 그의 영혼을, 나는 내 오른팔을 잃었다.

개혁은 진부한 일상사가 되어버렸다. 어제의 참신함이 오늘의 교리로 변해갔다. 건국의 시대는 지나가버렸다. 대신들은 창의성을 잃고 기왕의 제도를 집행하는 데 급급했다. 번영은 권태로운 것이 되어버렸다. 내 정부들만이 그들의 축제로 이끌어들여 나를 실의에서 벗어나게 해주는 데 성공했다. 봄에는 낙수에서 뱃놀이를, 여름에는 야외에서 음악회를 즐겼다. 가을에는 국화주 향기가 은은히 번지는 가운데 백일장이 열렸고, 겨울에는 눈으로 에워싸인 내 궁궐에서 내가 직접 대사를 쓴 인형극이 공연되었다.

나는 조정이 장씨張氏에게 바친 대공大公의 칭호를 허락했다. 하지만 그들을 왕으로 삼으라는 현顯, 단 그리고 태평 공주의 아부 섞인 제안은 거절했다. 내 정부들은 그들의 자리에 남아 있어야만 했다.

하지만 내 엄격함이 대신들의 불안을 진정시키지는 못했다. 어떤 대신들은 나의 환심을 사기 위해 내 정부들에게 아첨을 했지만, 다른 대신들은 덕을 내세워 그들에게 날을 세웠다. 어떤 대신들은 그들에 대한 찬사를 속삭였지만, 다른 대신들은 그들이 잠재적인 찬탈자들이라고 직언했다. 나는 대신들이 불안해하든말든 내 정부들이 아무 걱정 없이 삶을 즐기도록 내버려두었다. 고독은 그 어느 때보다 깊었다. 두려움과 절망에 빠져 허덕이고 있는 가운데 내 팔십 번째 생일이 다가오고 있었다.

신은 또다시 나를 시험에 빠뜨렸다. 나는 번민에 사로잡혔다. 내 제국, 정부들, 후예들을 어떻게 버릴 수 있단 말인가? 낙양의 매혹적인 아름다움을, 그 모란들, 그 수로들을 어떻게 떠날 수 있단 말인가? 어떻게 내 포근한 침대를 차가운 관과, 내 화려한 궁궐을 지하감방과 맞바꿀 수 있단 말인가? 어떻게 눈을 감고, 귀를 막고, 나를 잊게 놔둘 수 있단 말인가? 어떻게 더 이상 숨을 쉬지 않고, 더 이상 존재하지 않을 수 있단 말인가? 사후의 내 삶은 어떤 것일까? 황제였던 내가 거지로 전락할까? 나는 인간세상의 꼭대기에서 날아오르는 새가 될까, 아니면 시효가 끝난 운명의 절벽에서 던져지는 돌이 될까?

나는 구마사驅魔師들을 궁궐로 불러들였다. 사찰에서는 승려들이 내 이름으로 염불을 외며 정화기도를 올렸다. 나는 거머리들에게 성스러운 혈관을, 침술사들의 은침에 성스러운 머리를 제공했다. 나는 뱀에게 물리는 모험을 감행했고, 뜨거운 진흙과 얼음처럼 차가운 물에 번갈아 들어가 목욕을 하는 곤욕을 견뎌냈다. 간헐적인 기적들이 찾아와 일시적으로 건강이 호전되기도 했지만, 병은 내 몸속에서 점점 깊어져갔다. 나는 더 이상 걷지 못했다. 건장한 시녀 둘이 날 가마에 태우고 다녔다. 혀가 뒤엉켜 완아가 통역 역할을 했다. 가장 간단한 움직임과 몸짓마저도 나와의 필사적인 전투가 되어버렸다. 의지보다 훨씬 강한 뭔가가 승리를 거두고 있었다. 신들은 오만한 인간들에게 벌을 내린다. 나태하고 경망스러웠던 치노는 참혹한 고통 속에서 종말을 맞았다. 운명의 고삐를 단단히 쥐고 있었던 나도, 하늘 아래 가장 넓은 제국을 다스렸던 나도 나의 육신만은 어쩔 수가 없었다.

나는 매일 조금씩 나에 대한 통제력을 잃어갔다. 나의 쇠약은 감히 범할 수 없는 나의 권위에 익숙해져 있던 고관대작들을 갈팡질팡하게 만들었다. 황태자와 그의 비는 안달을 부리고 있었고, 조카들은 그들의 전략에 마지막 손질을 하고 있었으며, 점점 더 많은 조신들이 이지와 창종을 떠나 황태자의 진영에 합류하고 있었고, 불안과 두려움에 휩싸인 내 정부들의 식구들은 특권을 누리는 마지막 순간을 이용해 더 많은 부를 긁어모으려고 했다.

잠재되어 있던 갈등들이 백일 하에 모습을 드러내기 시작했다. 숙정대의 어사들이 창종과 이지의 형제 셋을 부패로 기소함으로써 포문을 열었다. 내 정부들은 내 머리맡에 엎드려 신음하며 형제들의 결백을 호소했다. 공개수사로 새로운 민원이 속출했다. 증거와 증언들이 쌓여갔다. 내가 세운 규율에 반하는 행동을 할 수 없었던 나는 죄인들을 변방으로 추방했다. 하지만 배후에서 창종과 이지에 대한 공격을 주도한 대신 둘도 유형에 처했다. 판관들은 죄인의 인척도 동일한 범죄의 죄인으로 간주하는 법을 구실 삼아 내 정부들의 직책과 신분도 박탈할 것을 요구했다. 나는 궁지에서 벗어나기 위해 술수를 사용해야만 했다. 나의 사주를 받은 승상 양사검楊思儉이 벌떡 일어나 호통을 쳤다.

"장 공들은 황제 폐하의 장수에 지대한 공헌을 했소. 그것은 제국에 대한 크나큰 공로라 아니할 수 없소. 따라서 그들은 인척의 범죄로부터 보호받아야 마땅하오."

몇 달 후, 어사들이 거처를 넓힐 목적으로 경작이 가능한 토지를 유용했다고 하여 창종을 소환함으로써 다시 공격을 가해왔다. 나는 또다시 그의 처벌을 놓고 신하들과 협상을 벌여야만 했다. 처벌은 벌금형에 그쳤다.

창종은 내궁에서 통곡을 했다. 그의 어여쁜 얼굴 위로 눈물이 흘러내렸다. 창백한 모란 위에 투명한 아침이슬이 방울방울 맺혔다. 비탄에 잠긴 그의 아름다움은 더욱 매혹적이었다. 나는 그가 흘리는 눈물의 매력을 몰래 맛보느라 그에게 도덕적인 훈계를 하는 것도 잊었다. 나는 그를 미소 짓게 하기 위해 그의 적들을 권부權府에서 내쫓겠다고 약속했다.

세상은 내가 창종의 무위도식이나 그를 황태자의 경쟁자로 보려는 조정의 강박관념에 아무런 관심도 없다는 것을 몰랐다. 나는 그것을 끝내고 싶었을 뿐이다. 오로지 죽는 것이 두려웠을 뿐이다. 나는 다른 결말을 희망하면서도 마지막 시간을 준비했다. 나에게 남아 있는 힘은 시간과의 협정에 집중되었다.

낙양의 기온이 갑자기 떨어졌다. 가을비가 겨울눈으로 변했다. 낮게 드리운 하늘은 두꺼운 철판처럼 더 이상 열리지 않았다. 길은 다닐 수 없는 지경으로 변했고, 수상교통은 중단되었다. 세상과 격리된 수도의 창고들이 비기 시작했다. 나는 황실 창고를 열어 굶주린 백성들을 먹이라고, 거지들에게 덮을 것을 나눠주라고 명했다.

역병이 도시를 덮쳤다. 깊은 외호, 높디높은 주홍색 담, 걸어 잠근 문에도 불구하고 재앙은 황궁 안으로 파고들었다. 내가 태우게 한 약초도, 방마다 떠도는 매캐한 연기도, 병을 퍼뜨리고 다니는 귀신들을 쫓는 승려들의 염불도 전염을 막지는 못했다. 많은 관료들에 이어 나 역시 끓는 듯한 열에 쓰러지고 말았다. 영선궁迎仙宮에 누워 나는 시간관념을 잃었다.

그림자들이 비틀거리며 돌아다녔다. 울음소리와 수군거림이 아득한 파도소리처럼 들려왔다. 나는 두 개의 계절밖에 없는 세상의 음산한 복도를 헤매어다녔다. 겨울은 나를 꽁꽁 얼렸고, 여름은 나를 석쇠 위에 올려놓았다. 문득 나는 지평선 저 너머, 여기저기 신비스러운 빛이 반짝이는 연보랏빛 하늘을 보았다. 잠시 후, 나는 그것이 수놓인 비로드가 쳐진 내 침대 천장이라는 것을 깨달았다. 나는 고개를 돌려보려고 애썼다. 야등 불빛 아래 이지와 창종이 울다 지친 아이들처럼 서로 껴안은 채 바닥에 잠들어 있는 것이 보였다. 뜨거운 감동이 날 사로잡았다. 이미지들이 떠올랐다. 얼음처럼 차가운 수건으로 끓어오르는 내 이마를 닦는 창종과 나를 품에 안고 미음을 떠먹이는 이지의 이미지가. 나는 아름답고 파리한 그들의 얼굴을 바라보며 더 이상 존재하지 않는 그들의 미래를 생각했다. 아들의 조정은 어미의 정부들을 가만히 두지 않을 것이다. 현재의 영화가 그들의 미래를 파탄시킬 것이다. 오늘 그들이 누리는 영광 속에 미래의 형벌이 새겨져 있었다.

처마 밑에 걸린 풍경風磬이 바람에 흔들리며 맑은 소리를 냈다. 그 소리가 내 궁궐을 더욱 음산하게 만들었다.

지금이 어느 철이더라? 내가 아직 살아 있긴 한 건가? 내가 이미 영원 속에 묻혔고, 꼼짝 않은 채 웅크리고 있는 어린 정부들은 제물로 바쳐진 두 육신, 내 무덤에 갇힌 두 영혼인 것은 아닐까?

달이 차고 이지러졌다. 어의들이 처방해준 독한 탕약은 육신의 작열灼熱은 다스렸지만 내적인 운기運氣에 불균형을 가져왔다. 나는 격렬한 복통에 시달렸다. 매일 아침, 후계자와 대신들이 궁궐 대문 앞에서 이마를 조아렸다. 그들에게 초췌한 얼굴, 납처럼 창백한 안색, 야윈 몸을 보여주고 싶지 않았던 나는 그들을 되돌려보냈다. 질긴 내 목숨이 끊어질 때까지 아들은 기다려야만 했다.

나는 어두운 고치 속에 누에처럼 웅크린 채 내 연인들의 극진한 간호에 몸을 내맡겼다. 진홍색 소매를 걷어올려 자두색 안감을 드러낸 채 이지는 몸을 씻겨주었고, 창종은 눈물을 흘리며 녹색 손수건으로 욕창을 닦아주었다. 이지는 탕약이 끓고 있는 화로에서 눈을 떼지 않았고, 창종은 석류처럼 붉은 입술로 고수(미나리과 식물—역주)가 떠다니는 뜨거운 미음을 호호 불어 식혔다. 이지의 섬세한 손가락이 금의 일곱 현을 뜯었고, 창종은 고운 입으로 대나무피리를 불었다.

생체 균형이 서서히 다시 잡혀 나는 식욕을 되찾고 혀를 굴리기 시작했다. 내가 위험에서 벗어난 것을 확인한 창종과 이지는 황궁 외부에 있는 그들의 거처로 돌아갔다. 그들이 내 침대 발치를 떠난 첫날 나는 잠을 잃었다. 그들의 부재는 날 질투에 사로잡히게 했다. 나는 아름다운 유녀를 안고 있는 이지와 이미 술에 취해 옷을 벗기도록 가만히 있는 창종을 상상했다.

침대에 누워 조정에서 올라온 문서들을 읽었다. 판관들은 보고서에서 장씨 형제가 은밀히 황위 찬탈 계획을 세우고 있다고 고발했다. 한 관상쟁이가 창종의 얼굴에 황제의 상이 있다고 했고, 그 말을 들은 창종이 정주定州에 황제의 운이 있는 명당을 골라 사찰을 세우게 했다는 내용이었다.

어사들은 방문 앞에 모여 창종을 즉각 체포해야 한다고 입을 모아 외쳤다. 창종은 침대 앞에 무릎을 꿇고 앉아 말조차 제대로 하지 못한 채 굵은 눈물을 떨구었다. 나는 결국 심문이 내 궁궐 내에서 이루어져야 한다는 조건 하에 그를 그들에게 넘겨주었다.

환관들이 부산스럽게 오가며 심문의 진행과정을 나에게 전해주었다. 곧 창종이 일체의 질문에 대답하기를 거부하고 있다는 보고가 올라왔다. 오기에 사로잡힌 창종이 승상과 판관들에게 욕설을 퍼붓기 시작했다. 이에 분노한 감독관이 고문도구를 대령하라고 지시했다.

완아가 내 사면장을 갖고 즉시 출발했다. 창종은 피투성이가 된 채 환관의 등에 업혀 돌아왔다. 아무것도 아닌 일에도 눈물을 찔끔거리던 그가 눈물 한 방울 흘리지 않았다. 그는 엎드려 나에게 감사의 절을 하고는 곧바로 기절했다. 내 정부들은 아예 궁궐로 들어와 지냈다. 그들은 체포되거나 살해당할까 두려워 그 폐쇄된 세계를 더 이상 벗어나지 않았다. 이렇게 해서 나는 그들을 내 곁에 붙들어두는 데 성공했다.

병들이 하나씩 내 몸에서 사라졌다. 장씨 형제의 애정 어린 보살핌은 어떠한 약보다도 더 효과적이었다. 나는 자리를 털고 일어나 걷는 연습을 했다. 한해가 끝나가고 있었다. 하나의 순환주기가 끝남과 동시에 재출발의 희망이 태어났다. 나는 대사면을 단행했다. 역도들의 수괴를 제외하고, 내 권위에 대한 도전에 가담했다 하여 형을 받은 사람들이 모두 용서를 받았다. 나는 장안 시대를 신룡神龍 시대로 바꾸는 선언문을 작성하게 했다. 용의 숨결, 하늘을 향해 치솟는 돌풍이 나에게 죽음과 맞설 힘을 주기를!

남쪽 지방에는 이미 봄이 장강을 붉게 물들였다. 봄은 한 달 만에 성스러운 수도에 도착했다. 얼어붙어 있던 낙수가 녹았고, 태양이 구름을 걷어냈다. 나는 기적적인 장수의 절정을 눈앞에 두고 있었다. 내 팔십 번째 생일은 승리의 축제가 될 것이다. 황실 공원의 모란들이 또 한 번 흐드러지게 꽃을 피울 것이고, 황실 정원사들이 녹색, 연보라색, 검은색, 진주색, 금색 등의 새로운 꽃들을 나에게 바칠 것이다.

나는 살 것이다.

눈이 춤을 추었다. 청동화로에서 삼나무가 타닥타닥 타고 있었다. 내가 가벼운 기침이라도 하면 시녀들이 서둘러 양초를 켜고 따뜻한 차를 대령했다. 신룡 첫해, 첫달, 스물두 번째 날, 잠에서 깨어난 나는 더없이 행복했다. 내 눈이 천장과 주홍색 기둥들을 돌아다니다, 창종이 나를 위해 심은 만개한 자두나무의 거대한 가지에 머물렀다. 미용담당 환관과 화장담당 궁녀들에게 고문을 빨리 끝내라고 재촉했다. 그리고는 먹물색 안감을 댄 주황색 당의를 입고 진홍색 안감을 댄 보라색 비단 망토를 걸쳤다. 나는 침대에 누워 애교 삼아 겨울 산, 얼어붙은 강, 앙상한 나무 위를 떠도는 새, 물의 여신들이 가벼운 차림으로 바둑을 두고 있는 깊은 동굴이 그려진 내 허리띠 자락을 바닥에 늘어뜨렸다.

환관 하나가 문 앞에서 머리를 조아렸다. 그가 궁녀에게 창종과 이지가 그들 누각을 떠나 내 누각으로 오고 있다고 보고하는 것을 들었다. 나는 마음속으로 내 연인들의 발걸음을 좇았다. 그들은 시녀들이 금방 빗자루질을 한 계단을 내려오고 있었다. 그들은 눈 덮인 가지들이 수정 들보, 다이아몬드 서까래 역할을 하는 통행로, 녹색 회랑으로 접어들었다. 창종은 검은담비 모피로 안을 댄 붉은색 망토를 걸치고 있었다. 시동 하나가 기름 먹인 소나무색 천우산을 들고 그를 따랐다. 이지가 성큼성큼 걸어 아우를 따랐다. 진주빛 여우모피로 안을 대고 은실로 짠, 소매 없는 흰 망토를 걸친 그는 귀까지 덮는, 반점이 찍힌 백호가죽으로 만든 모자만 쓰고 있었다. 그의 풍성한 소매에 휘날린 눈송이들이 허공을 부산스레 떠돌다 그의 발자국 위에 사뿐히 내려앉았다.

그날 아침, 거울에 비친 내 얼굴에 약간의 홍조가 피어올랐다. 몸은 새로운 힘으로 들떠 있었다. 나는 밖으로 나가 추위와 맞서며 참새와 다람쥐들에게 먹이를 주고 싶어졌다. 긴 하루가 될 것이었다. 나는 수도에 필요한 생필품 보급을 용이하게 해줄 새 도로건설 건을 놓고 함께 논의하기로 되어 있는 대신들을 기다렸다.

완아가 좀처럼 모습을 드러내지 않았다. 감기라도 걸린 것일까? 나는 궁녀를 보내 그녀의 소식을 알아보게 했다. 이지와 창종이 여전히 도착하지 않고 있었다. 어딜 들렀다

오는 것일까? 나는 감모를 불러, 급히 가서 그들의 발걸음을 재촉하라는 명을 내렸다.

그녀가 문을 열자마자 나는 눈의 소용돌이 속에서 뾰족한 투구들이 번득이는 것을 보았다. 갑옷으로 무장한 사내들이 계단을 올라와 진입을 막으려는 시녀들을 밀치고 내 방으로 들어와 무기 부딪히는 소리를 내며 침대 앞에서 이마를 조아렸다.

눈과 땀에 젖은 가죽과 금속 냄새가 나를 덮쳤다. 나는 눈을 가늘게 뜨고 사내들을 뚫어져라 바라보았다. 잠시 침묵의 순간이 흘렀다. 마침내 내 목구멍에서 목소리가 터져 나왔다.

"무슨 일이냐? 궐내에서 반란이라도 일어난 것이냐?"

재상 장간지張柬之가 열에서 나왔다. 그 칠십대의 선비는 관복 위에 전투복을 껴입고 있었다. 평상시 공들여 빗질하는 하얀 턱수염이 사방으로 삐쳐 있었다. 얼굴에 떠돌던 부드러움과 겸손은 온데간데없었다. 번뜩이는 눈동자가 방금 중대한 범죄를 저지른 자의 잔인성과 결의를 드러내고 있었다. 그가 굳게 다물고 있던 입을 열었다.

"장씨 형제는 오랫동안 폐하를 인질로 붙잡고 있었사옵니다. 이제 제국의 적들은 제거되었사옵니다. 폐하께서는 이제 위험을 벗어나셨……."

나는 눈앞이 캄캄했다. 오고야 말 것이 왔던 것이다. 이지와 창종은 살아서는 아니 되었다. 그것은 그들 운명의 책에 씌어 있었다. 나는 내가 왜 그들을 사랑했는지 결코 알 수 없었다. 나는 이제 와서야 마음을 뒤흔들어놓는 그들의 아름다움이 죽음에 의해 빗어졌다는 것을 깨달았다. 팔 년이라는 세월이 흘렀다. 그동안 그들과 더불어 지낸 하루하루는 내 제단에 올려놓기 위해 그들이 자기 살에서 뽑아낸 꽃잎들이었다.

가슴이 뒤틀렸다. 부들부들 떨려오는 몸을 진정시키기 위해 안간힘을 썼다. 내 눈길이 납처럼 창백한 면면들을 천천히 훑어보았다. 내가 좌우림장군左羽林將軍 이담李湛에게 물었다.

"내가 너와 네 아비에게 그 큰 영예와 부를 베풀었거늘, 네가 왜 오늘 이곳에 있는 것이냐?"

그는 눈을 내리깐 채 무표정한 얼굴로 입을 다물고 있었다.

그래서 내가 이번에는 재상 최현위崔玄暐에게 물었다.

"다른 이들은 대신들의 추천이 있어 승진을 했지만, 너는 처음부터 내 덕분에 승승장구하지 않았느냐? 그런데 네가 여기서 무얼 하고 있는 것이냐? 네 행동이 부끄럽지도 않느냐?"

그가 무릎걸음으로 물러나 이마를 조아리더니 더 이상 고개를 들지 못했다.

내가 황태자에게 말했다.

"현顯, 숨어봤자 소용없다. 너 역시 날 '안심시키기' 위해 여기 있다는 것을 내가 잘 알고 있으니까. 찬탈을 꿈꾼 역도들이 처형되었으니 이제 네 궁궐로 썩 물러가거라!"

그는 하얗게 질린 얼굴로 바닥에 이마를 찧더니 서둘러 문을 향해 나아갔다. 재상 환언범桓彦范이 그의 소매를 잡으며 소리쳤다.

"폐하, 세자께서는 궁궐로 돌아가셔서는 아니 되옵니다! 예전에 고종 황제께서는 폐하께 세자의 교육을 맡기셨습니다. 이제 세자께서는 성인이 되셨사옵니다. 하늘과 백성은 폐하께서 세자께 권력을 넘겨주시기를 바라고 있사옵니다!"

내가 외쳤다.

"감히 황실의 후계자를 대신해 말하는 무례한 자가 누구냐? 그 자를 당장 끌어내라!"

현이 신하의 품에서 몸을 빼더니 뛰어 달아났다.

승상 장간지가 다시 머리를 조아렸다.

"폐하, 세자께서는 천하를 다스릴 준비가 되어 있사옵니다. 그분을 믿어주옵소서!"

"세자는 이미 가고 없소. 공들은 아직 여기서 무얼 하고 있소?"

나는 등을 돌렸다. 세자가 사라지자 역도들은 기가 꺾여 하나 둘씩 물러갔다. 궁녀들이 울음소리가 점점 더 커졌다. 이지와 창종의 시신을 수습하라고 보낸 시녀들이 되돌아왔다. 내 누각 입구를 무장한 병사들이 지키고 있어서 아무도 나갈 수가 없다고 했다. 나는 완아가 오지 않으리라는 것을 깨달았다. 역도들에게 궁궐 문을 열어준 것이 바로 그녀였다.

나는 알 수 없는 힘에 이끌려 벌떡 일어섰다. 천책금륜대성天冊金輪大聖은 닫힌 모든 문을 열리게 할 것이다. 나는 연인들의 시신을 찾아 내 손으로 직접 묻어줄 것이다.

삭풍이 궁궐 문턱에 선 나를 꿰뚫고 지나갔다. 모든 음모를 좌절시킨 내가 왜 이 음모를 눈치 채지 못했을까? 내가 이 지경으로 망가졌단 말인가? 아찔한 현기증이 날 덮쳤고, 나는 피를 토할 때까지 기침을 했다. 번뜩이는 병사들의 창이 밤하늘에 흩어져 있는 별들로 변했다.

대신들이 꿈틀거리는 그들의 몸을 검으로 벴다. 병사들이 시신을 짐수레에 실어 강가에 내다버렸다. 광기에 사로잡힌 나비들처럼 눈이 내렸다. 눈이 검은 모란처럼 입을 벌리고 있는 상처를 어루만졌다. 눈이 하늘을 마시는 구멍, 열린 눈(眼) 속으로 사라졌다. 까마귀들이 날개를 펼치고는 음산한 울음소리를 내며 나무에서 곤두박질쳤다. 야윈 늑대와 살쾡이들이 주린 배로 눈을 쓸며 숲에서 기어나왔다.

날카로운 주둥이들이 보라색으로 변한 얼굴들을 갈가리 찢어놓았고, 피에 젖은 아가리들이 열린 뱃속을 뒤졌다. 굶주린 여우 한 마리가 시체 주위를 맴돌다가 갑자기, 창종의 남근을 물어뜯어서는 들판을 향해 달아났다.

나는 내 영혼이 울부짖는 소리에 놀라 잠에서 깨어났다.

뜨거운 화로들 때문에 더울 정도로 달궈진 방 안, 여인들의 희미한 흐느낌이 내 헐떡거림의 리듬에 맞춰 끊임없이 이어졌다. 감당할 수 없는 열로 가슴은 시커멓게 타들어갔지만 손발은 계속 얼음처럼 차가웠다. 온몸에 퍼진 고통이 마음을 억누르는 아픔을 더욱 가중시켰다. 덧문이 닫힌데다 휘장이 드리워져 있어서 낮인지 밤인지조차 분간할 수 없었다. 불꽃이 벽 위에 길고 짧은 그림자들을 그려놓고 있었다. 나는 그 중에서 창종의 실루엣을 봤다고 생각했다. 모든 것은 악몽에 불과했다! 이제 곧 장씨 형제가 내 이불 속으로 미끄러져 들어와 견디기 힘든 악몽에서 날 끄집어내줄 것이다. 내 쭈글쭈글한 피부에 그들의 신선한 피부를 밀착시킨 채 우리는 동이 틀 때까지, 창문들이 열리고 빛이 나쁜 기억들을 몰아낼 때까지 기다릴 것이다.

한 사내가 말을 하기 시작했다. 황급히 고개를 돌린 나는 내 침대 앞에 무릎을 꿇고 있는 재상 장간지를 알아보았다. 그의 음성이 내 귀로 파고들었다. 그의 존재는 살육이 행해졌다는 사실을 일깨워주었다. 모든 게 끝이 났다. 이지와 창종은 이미 죽고 없었다!

　역도는 헛되게도 자신의 행동을 정당화하려고, 양위각서에 서명하게 하려고 애썼다. 한없이 이어지는 그의 독백을 듣고 있자니 울화가 치밀었다. 그의 집요한 설득이 얼마나 오랫동안 지속되었는지 나는 알 수 없었다. 내가 입을 다문 채 꼼짝도 하지 않자 그가 물러갔다. 조카 삼사가 나에게 상황의 심각성을 이해시키기 위해 그 뒤를 이었다. 그마저도 나를 배반했던 것이다!

　끝으로 딸 태평 공주가 나타났다. 그녀는 내 건강상태와 휴식의 필요성에 대해 이야기했다. 그녀는 제국은 주인 없이 살아남을 수 없다고, 이제 권력의 고삐를 넘겨줄 때가 되었다고 말했다. 상식으로 가득한 그녀의 말은 돌아가신 어머니를 떠올리게 했다. 그녀처럼 내 딸도 결코 나를 이해하지 못했다.

　나는 그녀의 말을 끊었다. 나는 장씨 형제를 망산의 한 사찰에 예의를 갖춰 묻어준다면 양위각서에 서명을 하겠다고 했다.

　그녀의 눈길에 놀라움과 연민이 피어올랐다. 하지만 그녀를 불쌍히 여긴 것은 오히려 나였다.

　"나는 반목으로부터 궁궐을 지키기 위해, 세상의 쇠퇴를 늦추기 위해 권좌를 지켰다. 이제 야망을 품은 신하들의 꼬임에 넘어간 네 오빠가 그것을 요구하니 넘겨줄 밖에……"

태평 공주는 내가 옥새와 지문을 찍은 종이를 들고 서둘러 방을 나섰다. 고요가 고통에 다시 불을 지폈다. 눈을 감으면 몰려가는 일군의 병사들이 보였다. 무기 부딪히는 날카로운 소리, 장교들의 고함소리, 발자국 소리가 들렸다. 이지와 창종은 눈 속에서 달아났다. 갑자기 이지의 얼굴이 뒤틀리며 눈이 뒤집어진다. 그가 비틀거리다 쓰러진다. 창종은 누각을 향해 계속 달린다. 그의 신발이 벗겨졌다. 시녀의 시체에 걸려 넘어진 그가 "폐하, 저를 구해주옵소서!"라고 외친다. 화살이 허공을 가르며 날아와 그의 이마 한가운데에 꽂힌다. 순간 그의 몸이 굳어진다. 눈동자가 서서히 풀어진다. 터져나오지 않는 부르짖음에 이어 그가 무릎을 꿇은 채 쓰러진다. 거품이 이는 피 한 줄기가 번뜩이며 눈 사이에서 흘러나와 콧등을 타고 내려간다. 그의 얼굴이 투명하게 변해간다. 중단된 그의 생각, 산산조각이 난 그의 시, 증발되어버린 그의 숨결을 읽을 수 있을 정도로.

이지와 창종은 죽었다. 내 생애 마지막 음악이 멈춰버렸다. 이제 중요한 것은 아무것도 없다!

현이 황제의 권좌에 올랐다. 그는 나에게 측천대성則天大聖 황제의 칭호를 선사했다. 조정은 충신들과 격리시키기 위해 나를 황궁에서 내쫓아 도시의 서쪽, 낙수 남안南岸의 한 여름 궁궐에 묵게 했다. 새 황후, 태평 공주 그리고 아들의 후실이 되어 충용充容의 신분에 오른 완아가 닷새마다 내 처소를 방문해 안부를 물었다. 현은 열흘마다 고관대작들을 이끌고 행차해 나에게 문안을 올렸다. 빨리 죽으라는 압박 같았다. 이 모든 호들갑은 백성과 역사를 속이기 위한 연극에 불과했다.

날 세상과 격리시키라는 명령에도 불구하고 병사들이 지키고 있는 높은 담을 넘어 정보들이 새어들어왔다. 장씨 형제의 집안은 풍비박산이 났고, 그들과 가깝게 지냈던 관료와 예술가들은 목이 잘렸다. 수없이 많은 머리들이 황궁 남문 앞에 내걸려 행인들의 가래침세례를 받았다. 시녀와 궁녀 삼천이 일대 쇄신을 원하는 황후에 의해 쫓겨났다.

황궁에서 일고 있는 소용돌이는 더 이상 나에게 전해지지 않았다. 유배의 형벌은 필요 없는 옷가지를 벗겨내듯 내 허영심을 앗아갔다. 뼈까지 헐벗고 죽음으로 내몰린 나는 사력을 다해 나를 지탱했다. 싸워 이기리라는 오기가 불끈 치솟았다. 침대에 누워 입으로 힘겹게 숨을 몰아쉬며 나는 더 이상 내 운명을 한탄하지 않기로, 두 눈을 부릅뜨고 하늘의 뜻을 받아들이기로 마음먹었다.

현은 내가 세운 주 왕조에 종말을 고했고, 만상신궁을 폐쇄했으며, 태묘에서 내 조상들을 쫓아냈다. 제국은 다시 당이라는 이름을 취했다. 대신들은 예전의 명칭으로 되돌아갔고, 공식 깃발과 당의는 예전의 빛깔을 되찾았다. 조정은 내가 만들어낸 문자들을 폐지했고, 낙양의 위상은 강등되어 제국 수도의 자리를 장안에 넘겨주었다. 내가 건설한 세계가 철저히 파괴되었다. 그래도 나는 크게 슬프지 않았다. 내가 세상에 낳은 자식들, 다듬어 키운 대신들, 노예의 신분에서 해방시켜준 완아가 나를 배반했다. 그래도 나는 크게 괴로워하지 않았다. 역모를 꾸미고 있는 두 집안을 몰살시켜야 한다는 내준신의 충고를 따르지 않았다. 완아가 세자비와 은밀히 내통하고 있다는 고발장을 접수하고도 그녀의 목을 치지 않았다. 나의 아량은 실수가 아니었다. 그것은 체념이었다. 활짝 피어나면서 시들기 시작하는 꽃처럼 내 주 왕조가 역사라는 일장춘몽에 속하는 너무나 짧은 꿈이었다는 사실을 나는 이미 받아들였다.

천하의 주인이었다가 마비된 육신에 사로잡힌 비참한 포로로 전락한 나는 생애 마지막 시련을 견뎌내야만 했다. 나는 노쇠한 군주로부터 권력을 훔친 장간지와 그 지지자들을 경멸하지 않았다. 나는 죽어가는 어미에게서 권좌를 뺏앗은 아들의 비열함을 용서했다. 나는 거스를 수 없는 파도에 편승하고자 한 조카들을 이해했다. 그 사람들은 살아남기 위해 계속 싸워야만 했다. 나에게는 더 이상 거울도, 옥새도 필요 없었다. 나는 헛된 외관의 세계에서 해방되었다. 나는 지고 있던 짐을 내려놓았다.

낙양에 봄이 찾아왔다. 창종과 이지는 모란이 피는 것도,

제비가 돌아오는 것도 보지 못할 것이다. 마음에 평화가 둥지를 틀었다. 조정은 나의 죽음을 바랐지만 나는 계속 숨을 쉬었다. 병마와 싸우고, 눈을 뜨고, 삶에 뛰어드는 것은 매번 불굴의 정신력이 거둔 승리였다.

너무 오래 기다린 후계자의 욕구불만은 누리기에 바쁜 황제의 탕진으로 변해갔다. 현은 술에 취해 잔치를 즐기느라 여념이 없었다. 외궁에서는 장간지와 삼사가 권력을 놓고 치열한 각축을 벌이고 있었다. 내궁을 다스리는 위韋 황후는 진국鎭國 태평 공주를 위험천만한 경쟁자로 보았다. 그들은 둘 다 주요한 정책적 결정에 관여를 했고, 황제에 대한 영향력 경쟁을 벌이고 있었다.

관료들은 이미 속으로 내 치세를 그리워하고 있었다. 그들은 환관들의 허리띠에 밀지를 꿰매 나에게 전했다. 하지만 때는 이미 늦었다! 육신은 아직 이 세상에 있었지만 내 정신은 이미 다른 곳에 있었다. 어느 날 밤, 삼사가 내 방으로 들어왔다. 그가 침대 발치에 몸을 던지고는 굵은 눈물을 쏟았다. 그 교활한 조카는 말을 바꿨다. 그는 나를 해방시키고 이지와 창종을 죽인 자들에게 복수를 하겠다고 다짐했다. 그는 나에게서 현을 전복시켜도 좋다는 허락을 받아 내려고 애썼다. 나는 연민의 눈길로 그를 바라보았다. 나는 새로운 살육에 죽어가는 내 육신을 빌려주기를 거부했다. 내 연인들의 복수를 하지 않을 것이다. 주 왕조는 나와 함께 죽을 것이다. 내가 살아 있는 동안 피는 더 이상 흐르지 않을 것이다. 제국은 더 이상 혼돈에 빠져들지 않을 것이다.

소식과 밀지가 중단되었다. 이번에는 나에게 충성하는 환관들마저 궁궐에서 쫓겨났고, 나는 차갑고 거만한 여자들에게 감시를 당했다. 황실 어의들의 방문이 이어졌다. 그들 역시 낯선 얼굴들이었다. 그들의 처방은 내 병을 낫게 하기는커녕 더욱 악화시켰다.

나는 모든 약을 거부했다. 이렇게 해서 방탕의 시간은 계속 연기되었다. 숨이 붙어 있는 한 나는 탈선을 막는 진중한 의식, 가차 없는 거울이었다. 시중을 드는 궁녀들은 더 이상 내 자세를 바꿔주지 않았다. 살이 썩어 문드러지도록 내버려두라는 명령을 받은 것 같았다. 화농성의 상처들이 밤낮으로 날 갉아먹었다. 머리카락과 손발톱이 계속 자라났다. 여자들은 그들이 저지른 범죄의 냄새를 지우기 위해 꽃다발과 과일바구니로 내 방을 채웠다. 황제와 조정은 문안을 중지했다. 태평 공주와 완아도 더 이상 오지 않았다. 그들은 망각으로 날 죽이고자 했다.

폭우에 복숭아꽃이 모두 떨어졌다. 여름이 왔다. 내 안에 있는 생명력은 여전히 항복을 거부하고 있었다. 내 궁궐에 활기가 돌았다. 백합처럼 하얀 당의, 아련한 눈길, 이지와 창종이 그윽한 향기로 방 안을 채웠다. 어머니가 지팡이를 짚고 찾아와 신비스러운 부처의 정토에 대해 이야기해주었다. 치노가 바람결에 들어왔다가는 서둘러 나갔다. 바삐 여행을 떠나는 길이라고 했다. 돛을 활짝 펼친 배들이 내 얼굴 위를 항해하다가 대양 저 너머로 멀어져갔다. 이어 수백, 수천 마리의 말들이 지축을 뒤흔들었다. 그들은 갈기를 휘날리며 내 방을 관통해 질주했다.

황홀경에 빠진 내 미소가 내 몸에서 발산되는 황금빛을 본 감시인들을 감화시켰다. 여자들은 내 발치에 머리를 조아리고 앞 다투어 나를 경배했다. 말끔히 씻고 머리손질을 하고 잘 먹은 나는 침대를 창문 아래로 옮기게 했다. 울새, 까치, 도가머리 앵무새, 공작들이 붓꽃이 시든 자리에 난초가 수줍게 싹을 틔울 준비를 하고 있는 정원에서 모이를 쪼고 있었다. 대나무숲 사이로 넓은 오솔길이 구불구불 나 있었다. 여러 달 동안 아무도 밟지 않은 돌 포석들이 축축한 이끼로 뒤덮여 있었다. 나는 그 장관을 보는 것이 마지막이 되리라는 것을 의식하며 연못 한가운데서 활짝 피어나는 연꽃들을 바라보았다.

나는 영원히 사라지는 가을에게 인사를 했다. 겨울이 내 목을 졸랐다. 함박눈이 펑펑 쏟아졌다. 지난해 이맘 때 이지와 창종이 눈을 뭉쳐 시녀들에게 던지는 것을 흐뭇한 눈길로 바라봤던 일이 떠올랐다. 그들의 웃음소리와 고함소리가 아직도 들리는 듯했다. 하지만 그들의 실루엣은 이미 앙상한 나무들 사이로 사라져버렸다. 이지와 창종은 떠나 버렸다. 내 시녀들이 어떻게 되었는지는 알 수 없었다. 고요히 떨어지는 하얀 꽃들이 산 자들이 뛰노는 거기, 하늘과 땅 사이에 그물을 던져놓았다.

신룡 시대 첫해, 열한 번째 달 스물다섯 번째 날 밤, 눈이 그쳤다. 내 침대 앞에 창종이 나타났다. 그가 엎드려 절하고는 대나무피리를 불었다. 투명한 진주들이 물결치며 흘렀다. 달이 은빛 강으로 변해 그림자와 반짝임에 젖은 물결로 날 실어날랐다. 나는 구름 위, 안개 자욱한 들판, 빛의 벌판 위에 서 있는 옥 궁궐들을 보았다.

이튿날, 나는 새벽 일찍 일어나 머리손질과 화장을 하게 했다. 내가 가진 가장 아름다운 보석들로 치장하고, 눈부시도록 흰 속옷과 타오르듯 붉은 당의를 입은 채 나는 한 젊은 궁녀에게 남편의 비석 옆에 세워질 내 비석에 새길 비문을 받아쓰게 했다.

나는 내 무덤 앞에서 발걸음을 멈추는 사람들에게 주 왕조의 아름다움을 전할 것이다. 그들은 찬란한 도시, 민첩한 말, 그 깊은 숲과 마술적인 강들을 발견하게 될 것이다. 그들은 예술의 개화에 찬탄을 보내고 시의 영광에 찬사를 보낼 것이다. 나는 신들을 경배하고 조상을 섬겼으며, 인간세상의 소란을 잠재웠고, 하늘을 영광되게 하고, 명당에서 천하를 다스린 나의 자부심을 일깨웠다. 나는 나의 초상, 모든 신성의 근원인 유일신의 의지에 복종한 겸허한 군주의 초상을 그렸다. 끝은 시작이, 순간은 영원이 될 것이다. 모든 시련을 견뎌낸 지금, 나는 하늘로 되돌아갈 것이다.

이튿날, 새벽부터 요란한 나팔과 북소리가 내 방의 침묵을 깼다. 말들의 울음소리와 남자들의 고함소리가 바람에 실려 왔다. 현과 그의 신하들이 황실 숲에서 사냥감 몰이를 하고 있었다.

바람에 깃발들이 펄럭였다. 표범과 사냥개들이 말들에 앞서 달렸다. 노루들이 관목숲을 가로질러 달아났다. 휘어진 가지들이 침입자들을 후려치고는 벌어졌다. 나무 꼭대기에서 눈이 하얀 가루로 변해 떨어졌다. 호흡이 무거워졌다. 심장이 터질 듯 뛰었다. 갑자기 연못이, 얼음덩어리, 영원의 거울이 불쑥 나타났다.

내 영혼은 단번에 육신에서 벗어나 하늘을 향해 날아올랐다.

여자들이 가슴을 치며 통곡했다. 병사들은 그들의 주군에게 소식을 전하기 위해 말을 타고 질주했다. 사찰마다 청동 종소리와 염불소리가 울려 퍼졌다. 충격과 슬픔에 사로잡혀 직녀는 베틀을, 상인은 장부를, 농부들은 일손을 놓았다. 모두가 옷을 찢고, 머리를 풀고, 통곡을 했다. 하룻밤 사이에 풍악, 웃음 그리고 화려한 빛깔들이 중국 땅에서 자취를 감췄다. 말 등에서 수놓인 안장들이 벗겨졌고, 백성들은 삼베옷을 입고 새끼줄로 묶었다. 전선戰船들은 흰 돛을 올렸고, 모든 성벽 위에는 조기弔旗들이 나부꼈다.

조정은 내 유언장을 고쳤다. '내 마지막 의지'에 따라 현은 나에게 붙여진 황제의 칭호를 삭제하고 측천대성 황후라는 사후 칭호를 내렸다. 긴 논쟁 끝에 장간지와 그의 지지자들은 장안으로 돌아가 남편의 무덤에 같이 묻히고 싶다는 내 유지를 받들려는 신료들의 완강한 저항 앞에 굴복했다.

황궁에서 스물일곱 가지의 장례의식이 치러지는 동안 예부의 관리들이 양산에서 남편의 혼을 달래기 위한 헌주의 식을 올린 다음, 그의 무덤으로 통하는 통로를 다시 열었다. 벽화들은 다시 칠해졌고, 가짜 방 여러 개와 진짜 방 하나가 마련되었다. 노예, 집, 가축, 가구를 나타내는 삼색 도자기들이 지하복도를 따라 길게 놓여졌다.

공사는 다시 봄이 돌아왔을 때에야 끝이 났다. 다섯 번째 달, 황실 점성술사들이 택한 날, 옻칠한 나무, 은, 금 그리고 옥으로 만든 내 관과 얼음으로 채워진 수백 개의 화병, 단지, 항아리들이 천 명의 병사가 끄는 영구수레에 실렸다. 보석 치장도 화장도 하지 않은, 화려한 비단옷을 벗은 황제, 왕, 공주, 고관대작들이 흰 아마천으로 덮은 마차를 타고 위풍당당한 모습으로 천천히 나아가는 내 육신을 뒤따랐다.

　황사로 뒤덮인 길이 중원의 벌판 위로 구불구불 이어졌다. 해가 뜨고, 달이 졌다. 제국 방방곡곡에서 달려온 백성들이 길을 따라 제물을 내려놓았다. 궁궐, 말, 신하, 흰 종이나 금박 입힌 돈 종이로 만든 지전이 장안까지 이어졌다. 내가 지나가고 난 후, 날이 어둑어둑해지면 사람들이 그 선물에 불을 놓아 수천 개의 연기 기둥이 밤하늘에 총총한 별들을 향해 피어올랐다.

　저 멀리 지평선에 내 무덤, 양산이 솟아났다. 입구에 서 있는 두 구릉에는 귀신들을 쫓는 궁사의 탑 두 개가 세워져 있었다. 황릉의 문이 열리자 궁궐, 사찰 그리고 탑들이 모습을 드러냈다. 내 영구수레가 황도皇道 위를 굴러가는 동안 말, 해태, 대신, 돌사자들이 곁을 스쳐 지나갔다. 하늘을 배경으로 거대한 비석 두 개가 서 있었다. 금가루로 채워진 글씨로, 번쩍이는 하나에는 내 남편의 치세를 찬양하는 내 글이 새겨져 있었다. 거울처럼 매끄러운 다른 비석은 미래의 인간들을 위한 내 글을 기다리고 있었다.

　태양이 지평선 너머로 물러갔다. 하늘이 점점 줄어들더니 이내 사라졌다. 산의 입속에서 부는 암흑의 바람이 횃불을 납작 엎드리게 만들었다. 벽을 뒤덮고 있는 벽화 위에서 황실 행렬이 빛을 향해 천천히 나아가고 있는 동안, 나는 영원한 밤 속으로 내려갔다.

햇불이 내 옷, 보석, 그림, 붓글씨가 들어 있는 궤짝들을 내려놓은 넓은 방을 훤히 밝혔다. 인부들은 내 비밀 유언에 따라 벽화에 환관으로 변장한 회의, 이지, 창종의 초상을 그려넣었다. 천장에는 내 동물과 시녀들이 이미 저 세상의 무사태평 속에서 뛰놀고 있었다.

도원경의 장면들로 장식된, 설화석고 연단 위에 놓인 흰 대리석 영구대 속으로 들어갔다.

제관들이 마지막 염불을 외고는 물러갔다.

묵직한 그르렁거림이 온 산을 뒤흔들었다.

바위 문이 닫혔다.

하늘의 문이 열리고 있다.

열넷

제국은 나를 당 왕조 황제들의 아내이자 어머니로 경배
했다. 현은 내가 내 비석에 새기기 위해 준비한 비문을 태
워버리고 황제가 아니라 황후에게 바쳐진 추도사로 대체했
다. 대신과 왕자들이 문장 하나하나를 놓고 한 치의 양보도
없는 논쟁을 벌였다. 내 생애의 각 단계들이 날 찬양하는
동시에 부인해야 했던 그들을 혼란케 했다. 봄이 가고 다시
돌아왔다. 조정의 고관대작들이 내 치세를 설명하는 데 의
견일치를 보지 못했기 때문에 비석은 여전히 비어 있었다.
그리고 잊혀졌다.

조정을 이끄는 현은 친구와 적을 구분할 줄 몰랐다. 후궁
에서는 위 황후가 완아의 도움을 받아 내 뒤를 이으려 했
다. 그녀는 동생과 사촌을 조정대신으로 임명케 했고, 아침

마다 황제 왼쪽에 앉아 대신들의 알현을 받았다. 그녀는 삼사와 손을 잡고 승상 장간지와 권력 투쟁을 벌였고, 결국 그 칠십 대의 대신을 귀양지에서 죽게 했다.

한 비빈의 아들로 황태자의 자리에 오른 후계자는 자신의 입지가 위협받는 것을 보고는 무력으로 자신의 미래를 다지고자 마음먹었다. 어느 날 밤, 그는 고위관료와 근위대 부위들로 구성된 군대를 이끌고 들이닥쳐 삼사를 살해하고, 황궁으로 들어가 황후의 목을 요구했다. 황후가 북문까지 달아났을 때 황실 군대가 때마침 도착했다. 역도들은 혼비백산하여 달아났다. 역모를 이끈 왕자는 달아나다가 한 병사에게 목이 잘렸다.

황제는 셋째아들을 후계자로 지명했다. 더 이상 기다릴 수 없었던 위 황후는 남편을 독살하고 섭정을 선포했다. 현은 즉위한 지 겨우 오 년 만에 세상을 떴다. 그의 나이 겨우 쉰다섯이었다.

새 태후의 인척과 지지자들이 또다시 여자 황제를 옹립하기 위해 정지작업을 벌이고 있는 동안 태평 공주와 예왕 단이 그들의 혈통을 지키기 위해 나섰다. 현이 죽은 지 이십 일 후, 단의 셋째아들 융기隆基가 야음을 틈타 군대를 이끌고 황궁의 문을 넘었다. 단잠에 빠져 있다 기습을 당한 위 태후와 충용의 지위를 얻은 완아는 반란군의 칼에 무참하게 살해됐다.

태평 공주가 나서 현의 아들을 스스로 물러나게 하고 단을 권좌로 떠밀었다. 결코 통치하기를 원치 않았던 그 왕자는 역사에 떠밀려 또다시 황제가 되었다. 이번에는 태평 공주가 황태자로 책봉된 융기와 권력 투쟁을 벌일 차례였다. 이 년 후, 단에 이어 권좌에 오른 새 황제는 하룻밤 사이에 태평 공주의 지지자들을 모두 처형하고 태평 공주에게 자신의 궁궐에서 목을 매도록 강요했다.

내가 세상을 뜬 지 육 년 만에 내 왕조를 전복하고자 했던 자들이 모두 처참한 죽음을 맛보았다. 내가 조정에 마법을 걸었다고 확신한 융기는 내 능으로 주술사들을 급파했다. 양산 중턱, 무덤 발치에 아무 글도 새겨지지 않은 내 비석이 중원을 굽어보고 있었다. 주술사들은 그 비석 주위에 인간의 피를 뿌려 복수심에 치를 떠는 내 영혼을 지옥으로 보내려 했다. 하지만 나는 계속 제국을 떠돌았다. 융기의 명령으로 무씨 집안의 남자들이 모조리 처형되기는 했지만 내 피는 그 자신의 혈관 속에도 흐르고 있었다. 그는 꽃을 피운 가지였고, 나는 나무였다.

제국은 더 이상 과거의 번영을 이어가지 못했다. 세기가 흘러갔고, 당 왕조는 쇠퇴해갔다. 반복된 타타르족의 침입이 시간의 부식처럼 비옥한 들판과 번창하는 도시들을 파괴했다. 제국은 다섯 개의 왕국으로 쪼개졌고, 그들도 하나씩 멸망해갔다. 장안과 낙양은 이제 폐허에 불과했다. 황제의 능과 왕자의 무덤들이 파헤쳐졌다. 약탈자로 변한 떠돌이농부들이 주변을 배회했다. 내 궁궐들은 불태워졌다. 천추는 이미 오래전에 한 군대에 의해 녹여져 무기를 만드는 데 사용되었다.

시간이 흘러갔다. 운의 바퀴가 돌아갔다. 기술은 전쟁의 화염 속으로 사라졌고, 사람들은 더 이상 구름에 가닿는 궁궐을 지을 줄 몰랐다. 타타르인들이 사막과 초원에서 불쑥 나타나 중원을 휩쓸었다. 왕조들이 이어졌다. 여자들은 예술을 포기하고 전족을 했다. 황제들은 내가 도입한 과거시험을 계속 실시했고, 내가 발명한 진실의 함을 사용했다. 그들은 내가 제정한 법들을 적용했고, 내가 만든 의식들을 지켰다. 하지만 나는 타락한 여성의 상징이 되었다. 실록은 내가 황후에게 죄를 뒤집어씌우기 위해 내 딸을 교살했다고 전했다. 여성을 혐오하는 역사가들은 내가 내 권위에 도전하는 큰아들 홍을 독살했다고 비난했다. 소설가들은 그들 자신의 성적 환상을 투사시켜 나를 방탕한 여자로 만들었다. 시간이 흘러감에 따라 진실은 불확실해지고 거짓이 뿌리를 내렸다.

다른 여자들이 발을 처놓고 천하를 다스렸다. 제국을 통치한 여자들은 많았지만 왕조를 세운 여자는 단 하나도 없었다. 성스러운 산으로 순례를 떠난 황제들은 많았지만 신의 발현을 대한 황제는 아무도 없었다.

길고 긴 세월이 스쳐지 나간다. 넝쿨이 벽을 타고 기어오르고, 벽화들이 지워진다. 구더기들에게 갉아먹힌 나무기둥이 지의紙衣 아래에서 썩어간다.

왜 어떤 물건들은 시간의 장막을 관통하는가? 왜 어떤 장소들은 세월이 흘러도 변하지 않는가? 왜 하나의 이름, 하나의 보석, 하나의 화병이 그들을 맞아줄 항구를 찾아 헤매는 쪽배처럼 수세기가 지난 후에야 모습을 드러내는가?

예전에 삼양궁이 펼쳐져 있던 지역의 나무들이 베어졌다. 지하 갱도들 속에 유리전등이 음침한 광채를 발한다. 시커먼 땀에 젖은 광부들이 땅에서 암흑의 에너지를 캐기 위해 기계들을 조작한다. 그들 중 몇몇은 모슬린 내의 차림의 여자들이 긴 비단소매를 끌며 검은 수정으로 뒤덮인 벽 속을 들고나는 것을 보았다고 이야기한다. 그들은 기계의 윙윙거림 사이에서 맑은 종소리와 피리가락을 들었다고 주장한다.

천삼백 년 후, 매년 찾아오는 홍수가 석종하를 흙과 자갈로 메워버렸다. 에메랄드색 절벽은 시커먼 바윗덩어리로 변해버렸다. 절벽의 두 절단면에서 내가 새기게 한 시들이 아직도 발견된다. 거의 해독이 불가능한 시들이. 농부들은 보름달이 휘영청 밝은 밤이면, 보리밭이 바람에 술렁일 때면, 아련한 음악 속을 항해하는, 수천 개의 주홍 깃발로 장식된 금빛 찬란한 배들을 아직도 볼 수 있다고 주장한다.

내 능은 무수한 내전과 외적의 침입을 바라보았다. 더위, 추위 그리고 폭우를 견뎌냈다. 내 이름은 우롱당하고 내 왕조는 잊혀졌지만, 내 비석은 여전히 남아 있다. 많은 사람들이 그들을 괴롭히는 의문에 대한 답을 구할 희망을 안고 그곳을 방문했다. 납작하고 매끄러운 내 비석은 벌거벗은 채 하늘을 향해 우뚝 서 있다. 어떤 이들은 비문의 부재에서 내 겸허함의 상징을 본다. 내가 후세 사람들에게 비난이나 찬사를 새겨넣을 수 있는 자유를 주고자 했다는 것이다. 다른 사람들은 그것을 황제가 된 여자의 오만함의 표현으로 해석한다. 어느 누구도 내 운명을 평할 수 없다는 의미라는 것이다.

신은 나를 시간을 초월하는 존재로 만들기 위해, 내 영혼을 땅 위에 퍼뜨리기 위해 내게서 유언을 남길 권리를 박탈했다.

나는 얼굴을 붉히는 저 모란, 흔들리는 저 나무, 속삭이는 저 바람이다.

나는 순례자들을 하늘의 문으로 인도하는 저 가파른 길이다.

나는 어휘 속에, 아우성 속에, 눈물 속에 있다.

나는 정화시키는 뜨거움이고, 조각하는 아픔이다.

나는 계절을 가로지른다, 나는 별처럼 빛난다.

나는 우수에 젖은 인간의 미소다.

나는 산의 너그러운 미소다.

나는 영원의 바퀴를 돌아가게 하는 자의 수수께끼 같은 미소다.

옮긴이의 글

중국 서안시西安市 건현乾縣 양산梁山에 있는 당나라 고조 황제의 건릉에는 황제의 비석 옆에 신기하게도 아무 글도 새겨져 있지 않은 비석 하나가 유구한 세월의 풍상을 견디며 우뚝 서 있다. 도대체 누구의 묘비이기에, 아무 비문도 없이, 그것도 중국 황제의 비석과 나란히 서 있는 것일까? 그것은 바로 중국 역사상 유일무이하게 여자의 몸으로 황제의 자리에 올라 16년 동안 중국 천하를 다스린 측천무후의 비석이다. 그렇다면 그 비석은 왜 그 수수께끼 같은 모습으로 후세 사람들의 호기심을 자극하고 있는 것일까?

자존심에 상처를 입은 때문인지 남성들의 점유물 '히스토리history'는 측천무후를 권력욕에 사로잡힌 표독스런 여성의 상징으로 만들어놓고 있다. 실록은 그녀가 고조의 황후 왕씨에게 죄를 뒤집어씌우기 위해 자신의 딸을 교살했다고 전하고, 역사가들은 그녀가 자신의 권위에 도전한 큰 아들 홍을 독살했다고 비난하며, 소설가들은 그들의 성적 환상을 투사시켜 그녀를 방탕한 요부로 묘사했다. 그렇다면 텅 빈 비석이 강변하고 있는 측천무후의 '허스토리 herstory'는 과연 어떤 것일까? 저자가 건릉을 홀로 거닐며 마치 어디 한번 채워보라는 듯 백지와 같은 모습으로 서 있는 비석과 교감을 나눈 후 오랜 세월을 두고 구상한 것이 바로 이 허스토리, 소설『측천무후』다.

따라서 이 소설은 서사적 관점에서 측천무후의 일대기를 기술하기보다는, 때론 치열하게 때론 거리를 두고 그 삶을 대하는 그녀의 내적인 목소리를 일인칭 화자의 관점으로 전하는 데 무게를 두고 있다. 이 소설이 역사소설의 외양을 띠고 있지만 한편으론 어린 나이에 궁녀가 되어 결국에는 중국 황제의 자리에까지 오르는 한 여자의 내면을 그린 성장소설로도 읽히는 이유가 바로 거기에 있다.

평민 출신으로 쿠데타에 참여해 신흥귀족으로 부상한 무사확의 둘째딸 무조武照는 아버지의 사망으로 몰락의 길을 걷다 정5품 재인으로 천거 받아 가족과 자신의 명운을 걸고 황궁으로 향한다. 만 명의 미녀들이 단 한 남자의 광휘에 홀려 뱀의 군무를 펼치는 내궁, 빼어난 미모도 연줄도 금전도 없는 무조는 후에 황제가 되는 치노와의 운명적인 만남을 통해 절대권력에 다가서게 된다. 피비린내 나는 암투 속에 추락과 부상을 거듭하다 마침내 황후의 자리에 오른 무조는 강단과 지략으로 정적들을 제거하고 심성이 여리고 경박한 황제를 대신해 천하를 경영한다. 그리고 후계자의 권리를 요구하는 아들들을 물리치고 황제의 자리에 올라 제국의 기틀을 닦는다. 하지만 이 무소불위의 권력자, 무정한 어머니의 내면은 그리 간단치가 않다. 잠시 지상에 머무는 '하늘의 딸'로서 권력의 고삐를 쥐고 천하를 다스리면서도 그녀는 늘 '모든 것이 허상', '삶은 일장춘몽'이라는 불교, 도교 철학에 심취하고, 절대권력을 넘어서서 하늘에 가닿으려는 욕망에 사로잡힌다.

  샨사는 모든 것을 말하지 않음으로써 짙은 여운을 남기는, 때론 간결하고 때론 비장한 문체로 추락과 부상, 절망과 희망, 야망과 환멸, 절대자의 고독, 노쇠와 죽음에 대한 두려움, 초월적인 세계에 대한 갈망과 지상의 삶에 대한 집착 등, 아무도 관심을 가지지 않은 측천무후의 내면을 실감나게 그려내는 데 성공하고 있다.

감히 범접할 수 없는 고독과 신비가 발산하는 묘한 매력, 비밀에 싸인 이력과 걷잡을 수 없는 부상, 적대적인 세상에 맞서 투쟁하는 남성적인 힘, 이 소설을 번역하는 동안 역자에게는 측천무후의 초상과 작가 샨사의 초상이 끊임없이 겹쳐졌다.

소설 측천무후가 많은 독자들의 사랑을 받길 바라며, 이 자리를 빌려 중국 인명과 지명을 일일이 확인하는 수고를 해주신 조성진 씨와 이 소설의 편집을 맡아 변변찮은 번역 원고를 꼼꼼히 읽어주신 이영아 씨에게 감사의 말을 전하고 싶다.

2004년 10월

이상해

女皇 측천무후 下

지은이	샨사
옮긴이	이상해
펴낸이	양숙진

초판 1쇄 펴낸날   2004년 10월 11일
초판 8쇄 펴낸날   2004년 12월 23일

펴낸곳	㈜현대문학
등록번호	제1-452호
주소	130-905 서울시 서초구 잠원동 41-10
전화	516-3770
팩스	516-5433
E-Mail	book@hdmh.co.kr
홈페이지	www.hdmh.co.kr

찍은곳	대한교과서주식회사

ⓒ 현대문학 2004

값 8,500원

ISBN 89-7275-292-4 03860
ISBN 89-7275-290-8 03860 (전2권)